苴却记

文芳聪 著

云南出版集团
云南人民出版社

图书在版编目（CIP）数据

苴却记 / 文芳聪著. -- 昆明：云南人民出版社，2019.12
ISBN 978-7-222-18655-2

Ⅰ.①苴… Ⅱ.①文… Ⅲ.①中国文学－当代文学－作品综合集 Ⅳ.①I217.2

中国版本图书馆CIP数据核字(2019)第225827号

责任编辑：刘　焰　雷啟星
装帧设计：李乐乐　熊小熊
责任校对：姚实名
责任印制：窦雪松

ZUOQUE JI
苴却记
文芳聪　著

出　版	云南出版集团　云南人民出版社
发　行	云南人民出版社
社　址	昆明市环城西路609号
邮　编	650034
网　址	www.ynpph.com.cn
E-mail	ynrms@sina.com
开　本	889mm×1194mm　1/32
印　张	10.5
字　数	240千
版　次	2020年3月第1版第1次印刷
印　刷	朗翔印刷（天津）有限公司
书　号	ISBN 978-7-222-18655-2
定　价	49.80元

如需购买图书、反馈意见，请与我社联系
总编室：0871-64109126　发行部：0871-64108507　审校部：0871-64164626　印制部：0871-64191534

版权所有　侵权必究　印装差错　负责调换

云南人民出版社微信公众号

目 录

第一辑 苴却钩沉

洞穴里的村庄 /003

打米嘎列的炊烟 /008

灰坝岩画 /015

金马碧鸡故地考辨 /021

武侯问路此南征 /029

探寻苴却最古老的县城 /039

从微州到伽毗馆 /051

苴却黉学庙四百年记 /060

仁者张迎芳 /085

苴却的背影 /092

直苴的云彩 /134

第二辑　苴却风闻

风闻三则 /153

风吹过火把 /156

偷　哥 /168

猛虎坪子 /171

沈家坪 /173

阿尔卑斯彝族 /175

第三辑　在苴却记

苴却小记 /179

直苴异俗记 /186

爬百草岭记 /191

好一汪清柔碧水 /196

热水塘 /199

谢　腊　班三界 /201

漏　天 /205

赛装去哟 /209

绣娘村的绣花节 /215

打板栗 /226

猴　子 /229

第四辑　出苴却记

雁塔之春 /233

千年华竹 /236

香河盐影 /264

走进吕交城 /283

不虚双柏行 /287

和于坚在通海 /291

河　口 /297

落恐山记 /301

第五辑　苴却后记

情悟天钧
——"永仁文学丛书（2013）"后记 /307

春风又绿
——"永仁文学丛书（2014）"后记 /309

苴却钩沉
——2015 年永仁文学作品集《古道钩沉话苴却》后记 /312

不拔的老张
——《乍石地名考释》序 /314

苔花绽放
——2016 年永仁本土作者文学作品集《苔花》后记 /317

阳光照耀
——《文化楚雄·永仁》后记 /319

苔花点点
——2018 年永仁本土作者文学作品集《苔花续编》后记 /322

后　记 /324

第一辑

苴却钩沉

洞穴里的村庄

知道永仁有个大石门,是在永仁在了20年以后的事情。

在闲散的羊群后面,在茎叶精壮的苞谷地边,在新修的乡间公路上奔驰的汽车里,看大石门村必须俯视。那天,天空万里无云,阳光铺天盖地,我第一次见到大石门村这样的村庄,恍若天外来客。

这是一个位于地面以下的村庄,锲而不舍的流水硬生生把地面切割开来,切出一条叫作江底河的河流。在大石门,江底河河道曲折回旋,刀削斧劈的两岸山崖灌木横生,时有猴群出没。我们慕名来到这里,是听说这里在全国文物普查时发现了半穴居遗址,取名大石门半穴居遗址。遥想远古时代我们祖先的居住情况,有点穿越的味道。恶补些这方面的知识,知道在漫长的居住史上,人类的居住方式，先是构木为巢，后是住进山洞，地穴、半地穴，再后来在地上建房造屋居住，其中的筑巢居住和洞穴居住就是我们常说的巢居和穴居。巢居和穴居是人类早期的两种主要居住方式，在我国古代文献中有不少这方面的记载。战国时期的思想家韩非子在《五蠹》里用"上古之世，人民少而禽兽众，人民不胜禽兽虫蛇，有圣人作，构木为巢，以避群害"的文字记载了上古时期人类的巢居情况，更早的《庄子》也有"古者禽兽多而人民少，于是民皆巢居以避之"的记载。韩非子和庄子都是两千多年以前的先哲，而在成书远远早于韩非子和庄子的《易经》里还有"上古穴居而野处"的记录，说的是在上古的时候，人们在野外生活，在洞穴里居住。从早期人类的北京周口店遗址、山顶洞穴居遗址开始，原始人居住的天然岩洞在辽宁、云南、贵州、湖北、浙江等地都有发现，可见穴居是当时的主要居住方式，它反映了早期人类的居住和生存状况，成为人类文明史上的一种客观存在。随着生产生活经验的不断积累和技术的不断进步，居住方式从穴居发展到半穴居，最后又被地面建筑所代替，但是在环境适宜的地区，特别是在边远偏僻的山区，利用洞穴居住作为当地人的一种居住方式而存留下来，因而有种活化石的味道，只不过在天然洞穴里面增加了人工加工的内容。江底河大石门村的半穴居遗址就具备了这样的特征。遗址位于云南省楚雄彝族自治州永仁县宜就镇潘古里村委会大石门村东南面的山崖上。这里地处滇北，属于金沙江水系的江底河在洞穴遗址与村落之间流淌。

　　下到河底，来到洞穴前，抬头望天，有种井底之蛙的感觉。井底的大石门半穴居遗址，在一面陡峭的山崖上，从洞穴口上到山顶三十来米，下到河底三四米。岩洞洞腔很大，可容纳数十人居住，当地人叫它大石门岩洞。现在的洞穴口有竹木和土石遮拦着，里面有的地方还分为上下两层，上面住人，下面喂养牲畜，人、畜混居的迹象明显。很显然，这是当代人居住迁移以后遗留下来的。在江底河的大石门河段，小一点的洞穴还有好几个，都有人居住过的痕迹。不知道在哪朝哪代，穴居的村民凿开石门，改直河道，在弯曲的那段曾经的河道里填土造田，竟然有几十亩之多，成为他们的衣食之源。据当地人讲，大石门洞穴一直以来都有人居住，最后一户人家是1995年才从洞穴里面搬迁出来的，这与湖北省恩施土家族苗族自治州鹤峰县走马镇锁坪村在解放初期还有人"依树积木"而巢居树上十分相似。

"巢居"是在树上架木为屋，因形似鸟巢而得名。而巢居由于其易毁性而很难找到原始遗存。穴居则不同，其居住情况容易形成文化遗存而成为文献记录的实物证据。20世纪60年代发现的河南安阳县小南海洞穴遗址，就是因为有厚达6米的5个文化堆积层而受到世人瞩目。在文物普查中，专家认为大石门洞穴具备原始人居住的一切可能性，但是人们在里面居住一直持续到20世纪八九十年代，早期人类居住的遗迹可能遭到严重的破坏。也许正是这个原因，对洞穴的发掘工作还没有列入议事日程，以至于里面柴棒杂乱，粪便堆积，落叶和干草到处是，只有那些岩洞顶板上的驳杂烟迹，似乎还弥漫着历史与岁月的声音。由于没有经过有关专家组织的科学发掘，大石门半穴居遗址的谜团依然留在洞穴里。

谜总是有趣的，更有趣的是不少汉字都蕴含着穴居信息。根据文字学家的解读，但凡与"穴部首"有关的汉字大都透露出穴居信息，比如窨、窖、穷、窘、突等。我国第一部系统分析字形和考究字源的字书《说文解字》中是这样解释这些字的，窨：地室也；窖：地藏也；穷：地穴尽头也，有有力使不出来的意思；窘：迫也；突：犬从洞穴中出来。还有一种解读，认为"厂部首"的字和"广部首"的字大多与半穴居有关，如厢、厕、厨、厝、厦、厩、庐、庙、廊、庑、库、庖、廒等。无论是远到西安的半坡村原始社会遗址，还是近在眼前的永仁县菜园子新石器遗址，都证明了远古穴居存在的事实。正因人类早期是在洞穴里居住，很多汉字造型和字义解释都显现出穴居文化的影子，这其实是我们华夏先民的原始思维在汉字里的反映。

文物普查时对大石门半穴居遗址有过初步的分析，它既有天然的一面，也有人工的一面，是一种天然与人工合二为一的建筑，这也是一种文化。专家认为，永仁县大石门半穴居遗址可以解读为从穴居到半穴居的一种过渡类型，有人类早期山陵地带穴居生活方式的影子，它反映的是人类生产生活和居所环境发展变迁的历史，这是它的价值所在。

给我们带路的大石门村村民老杨光着上身，肌肤古铜色。他说，岩洞里冬暖夏凉，其实好在呢。到河里捕鱼不叫捕鱼，他们叫拿鱼，好像鱼就摆在那里任由他们去取。他们到河里拿鱼，一两个小时就够吃一顿。从洞穴中出来，披着绿装的山崖在河的两岸相对而立，江底河河水在河底的岩石上丝绸般流淌，声音清脆悦耳。想到从洞穴中出来到河里取水和捕鱼都十分方便，而遇到危险撤回洞穴也极为便捷，我竟也艳羡起他们世外桃源般的生活来。

  日过正午，江底河里开始变暗，我们开始从大石门村往上爬，爬到地面，回望大石门村，还有那个曾经的洞穴村落，它们好像陷落在地面以下。

  回家很久了，江底河、大石门依然在脑际萦绕，化成一首叫作《大石门村》的小诗：

  是水千万年的切割
  一路千回百转

  是山千万年的坚持
  呈现千姿百态

  一点一点搬掉的是岁月
  一刻一刻坚守的是记忆

  我来到这个减土成山的地方
  水的玻璃感很强

  这就是大石门，一处流水刻出来的风景
  一个井底般的村庄

打米嘎列的炊烟

在云南省永仁县维的村老尖山下一个叫作打米嘎列的长条形山梁上发掘出一大批新石器时期石板墓,被定名为维的石棺葬新石器遗址。维的石棺葬分布面积之广、发掘规模之大、出土石板墓数量之多,激发了专家学者的极大研究兴趣。研究表明,这些石板墓属于中国石棺墓早期类型,对研究石棺墓文化的起源、发展及其内涵都有重要的考古学价值,对研究云南早期人类社会经济活动及其文化面貌有着极其重要的意义。打开打米嘎列石棺葬的石板墓,此地先民的生活就"从远古的墓茔/从黑暗的年代/从人类死亡之流的那边/震惊沉睡的山脉……"也震惊了当时的一个重要会议。

事情要从32年前说起。1985年11月,首届全国石棺葬文化学术讨论会在紧邻永仁县的四川省渡口市（今攀枝花市）召开，马曜、汪宁生等来自17个省（自治区、直辖市）的专家学者参加了这次讨论会。为配合这次学术讨论会，考古队来到永仁县维的乡维的大村村后的打米嘎列山梁对埋葬在这里的石板墓葬进行发掘。现任维的村党总支副书记的李进平见证了那次规模盛大的发掘。那时，年轻的李进平担任维的村团支部书记，他积极响应上级号召，组织了村里43名团员组成青年突击队义务参与发掘，协助考古队工作。他们在考古队的指导下完成了土方开挖等主要的重体力活，部分队员在接受了简单的培训之后，还拿起小刷子参与墓葬石板和墓内物件的清理。带领青年突击队员在打米嘎列山梁上为考古队义务奋战了一个多月的李进平至今还清晰地记得当时的发掘情况。他说，发掘之前，少部分墓葬上部已经裸露在泥土外面，但是大部分还是埋在土里。发掘出来的石板墓都是一头宽大一些，另一头窄小一些，宽大的一头都斜向山梁顶部。这些石板墓的棺底、棺帮、棺盖，用大小不一的石板砌成，顶部用石板盖着，这就是一个石板墓的大致样子。这些墓板都是一些未经加工的粗糙石板，大小不一，形状也不规则。墓内没有任何遗骨，但是在石板墓墓腔里面靠宽大的那一头都放置着土陶罐，每座墓葬里至少有一个土陶罐，大约可以装一市斤水。土陶罐都是圆形的，口很大，稍稍外卷。土陶罐的颜色有的呈土黄色，有的呈黑色。土陶罐有单耳和无耳两种。出土时土陶罐里只有泥土。除了土陶罐外，还清理出一些小石斧之类的磨制石器。此外，再没有其他东西。

维的石棺葬发掘后，引发了一系列思考。

石棺葬的墓葬石材，那些板块状的石头取自什么地方呢？维的大村土生土长的李进平对这一带的情况非常熟悉。他说，在野戈嘞河，因为墓葬石块的颜色以及纹路与野戈嘞河里的岩石一模一样，其他地方很少有这种石头。野戈嘞河就在打米嘎列山脚，河里有很多这种分层的岩石，有的岩石石片上还有自然生成的起伏的水纹状。长久裸露在外面的这种岩石，简单地敲击就会破碎成大大小小的块状石头，取材比较方便。

这些土陶罐都是简单烧制而成的，可烧制这些土陶罐的具体地点在什么地方呢？这些土陶罐是如何烧制的？烧制土陶罐的窑址应该会有大量的炭屑堆积吧，在什么地方呢？直到现在，集中烧制这些土陶罐的遗址还没有找到，或许像当年烧制土陶罐飘出的火烟一样飘荡得无影无踪，再也无法确定；但是可以确定的是，从那个时候开始，人类炊烟就在这里升腾，风风雨雨绵延到如今。

到底发掘了多少座石板墓呢？作为当年青年突击队的组织者，李进平记得非常清楚，当时出土了193座石板墓，铺在打米嘎列山上一大片，很壮观。后来还拍成录像拿到村子里放，好多人都看了。经过专家的仔细甄别，最后确定为打米嘎列山梁新石器石板墓的墓葬为60座。永仁县文物管理所公开的资料显示与《云南通史》的记载是一样的，为配合那次中国石棺葬学术讨论会而在永仁县发掘的维的新石器时期石板墓葬群，共发掘石板墓60座，其中完好的有54座，每一石棺墓内都有殉葬品，最多的有5件，少的有2件。共清理出各类磨制石器和陶器器物205件，全部由考古队带走。现在来到这个地方，环顾四维，这个不大的小坝子上有小甲田河、维的河、夜可腊河、麦地河四条小河交汇。可以想象，数千年前维的是一个四面环绕群山、山上森林密布、山下河沟纵横、鱼虾丰饶的地方，很适合生产力低下的先民繁衍生息。从彝话转译过来的"维的"就是野猪很多的意思。

32年前，在永仁县维的乡维的大村对打米嘎列石棺葬的那次发掘，与会专家给予了高度关注，发掘范围长约300米，宽约100米，保护范围10000平方米。石板墓葬群的墓坑分布密集，间距不等，最远相距2米，最近仅隔0.2米。墓室外形为长梯形，头端宽，脚端窄。从出土的土陶罐、石器等器物来看，由于没有任何文字或符号，没有青铜器、铁器等金属器物，镶砌墓室的石材也十分粗糙。这些石棺葬要么安葬时间相当早，要么是贫民墓葬群，初步判断距今在10000～3500年之间，属于新石器时期遗存。

石棺葬是古代先民用石板为葬具的墓葬形式，始于新时期时期。以维的石棺葬下限来看，3500年前后正处于中原地区的夏末商初时期，而重视石、玉是中国古代文化的特点。中国古代文献对石棺葬是有记载的。《史记·秦本纪第五》就有这样的记载："其（中衍）玄孙曰中潏，在西戎，保西垂。生蜚廉。蜚廉生恶来。恶来有力，蜚廉善走，父子俱以材力事殷纣。周武王之伐纣，并杀恶来。是时蜚廉为纣石北方，还，无所报，为坛霍太山而报，得石棺，铭曰：'帝令处父不与殷乱，赐尔石棺以华氏'。死，遂葬于霍太山。"这可能是中国历史上对石棺葬的最早记录。《史记》里的这条记载说的是，在我国古代的商朝末年，有两位具有特殊才能的人：蜚廉和恶来。两人还是父子，蜚廉擅长走路而恶来力气很大，父子都为商纣王所用。在商纣王派蜚廉到北方采办石材的时候，正逢周武王讨伐纣王。等到蜚廉从北方办事回来时，商纣王已经被推翻，殷商灭亡，恶来在保卫商王朝的战斗中被周武王杀死。没有了商纣王，忠心耿耿的蜚廉无处汇报，就在霍太山筑坛汇报。霍太山就是现在的山西东南的太岳山。他在太岳山，见一口石棺上刻着字，那字的意思是说：上天命令你不得帮助殷商作乱，赏给你一口石棺，意思是让他自杀，以此保佑他的氏族的荣华。显然那口石棺是周武王派人送来的。蜚廉见状，走投无路，只好自杀，最后用石棺葬于太岳山。蜚廉到北方采办石材是一件很重要的事情，据专家对殷商卜辞中反映出来的贡品归纳，石材像牛、羊、马、猪、玉一样，可做贡品。周武王赏一口石棺让蜚廉自葬也是一种很高的礼遇。蜚廉的后代果然得到周朝的优待，并以善于驾车和养马的特殊才能而得到封地，成为当时的小国国君。据《史记》记载，后来烜赫一时的赵国国君和秦国国君都是这位埋在石棺里的蜚廉的后代。

另一则关于石棺的记载出于常璩的《华阳国志》。《华阳国志》是一部专门记述古代中国西南地区地方历史、地理、人物等方面的古代著作，是中国现存最早最完整的一部地方志。在民族史方面，《华阳国志》对于中国西南三十几个少数民族和部落，特别是其中主要部族的历史以及他们同汉族、同中央政府的关系所做的记载，比《史记》《汉书》详尽得多，因而史料价值极高。与《三国志》作者陈寿同时代、同为蜀人的常璩，在《华阳国志·蜀志》中有纵目人与石棺葬的记载："有蜀侯蚕丛，其目纵，始称王。死，作石棺石椁，国人从之，故俗以石棺椁为纵目人冢也。"说的是一个叫作蚕丛的蜀王，眼睛不像常人，是竖生的，死后用石棺、石椁埋葬。这一条记载有着浓重的传说色彩，也是非常有意思的史料。虽然常璩对中国西南古代的有些记载令人疑惑，但是透露出来的历史信息很有价值，为后世史家所重视，也使后来的研究者产生了不同的诠释。专家认为，关于石棺葬，是古代西南少数民族中普遍流行的一种葬俗，常璩对此做了真实的记载。考古发现对这种葬式已有相当多的揭示，认为石棺葬主要分布在藏彝羌走廊的岷江上游地区。

彝族聚居区的凉山彝族自治州、楚雄彝族自治州和后来的攀枝花市所处的金沙江中游一带与那个地方相隔很远，奇怪的是，石棺葬最早的、最集中的发掘地是在岷江上游地区。而首届全国石棺葬文化学术讨论会为什么会在远隔千里的金沙江中游的渡口市召开，也许北京大学考古文博院教授李水城的研究成果可以作为解开这个问题的答案。李水城认为，约在商周之际，典型石棺葬出现在川西北的岷江上游地区，很快成为流行葬俗。其随葬器物显示出浓郁的北方草原色彩，这使学界长久以来把岷江上游石棺葬来源指向西北氐羌民族。近年考古发掘表明，自公元前4世纪始，甘肃南部史前文化便向川西北迁徙，石棺葬传入岷江上游，并渐扩至川西南、滇西北、藏东等地。云南元谋、永仁等地发现年代偏早的石棺葬，与川西北地区的石棺葬显然并不是同一系统，族属亦不相同。其在西南地区的文化演进过程中的角色，值得关注。

维的石棺葬是怎么发现的？在距离维的石棺葬的发掘地直线距离不过50公里的渡口市要召开首届全国石棺葬文化学术讨论会，来打米嘎列发掘石棺葬就一挖一个准，有这么容易吗？显然，维的石棺葬发现在先，并且作为一种贮备保存着，一直秘而不宣。为配合在渡口市召开的首届全国石棺葬文化学术讨论会，才于 1985 年 11 月来到这里定点发掘。实际情况是永仁县地界内的石棺葬不仅仅只是维的乡维的村的打米嘎列有，维的乡桃苴村恩就村民小组北面的杨家山、永定镇小汉坝社区的磨盘地和永定镇店子村的石头房对门山等地也发现了大批石棺墓葬群的存在。永定河是永仁的母亲河，发现石棺葬墓葬群的这一地区正好分布在永定河两岸，沿河走向不足 30 公里。在这么短的河段上就有这么多的石棺葬墓葬群，可见远古时代这个地方的繁荣与热闹，正像一首诗写的那样："在阳光普照下／我看到了远处的石岩屋／几处人家在烧饭／炊烟袅袅四处飘散……"

灰坝岩画

在金沙江南岸支流白马河北岸寒婆岭一处断崖上，有一幅岩画，因为距离云南省永仁县永兴傣族乡灰坝村委会灰坝村不远，专家就叫它灰坝岩画。在我的印象中，岩画多以描绘动物图像和表现狩猎场景为主，也有一些抽象的符号和图案，但是残存的灰坝岩画却与众不同，它以类似于人的手掌印图案为主，颜色为褐红色。大概因为过于神秘，当地人无法理解它的成因，以为天外来物，都叫它仙人画。

其实，我国古代文献对岩画多有记录。"姜源出野，见巨人迹，心惭然悦，欲践之。践之而身动，如孕者，居期而生子。"这是成书于公元前1世纪的《史记》里记载的话，这段记载里的"巨人迹"被认为是"脚印岩画"，而且是我国最早的岩画记录。

此外，北魏郦道元的《水经注》、唐代张读的《宣室记》等古代著作都有岩画的记载。岩画还原和再现了远古人类活动的历史史实，是"记录在石头上的史书"。云南是发现远古岩画比较多的地方，而灰坝岩画是永仁县乃至楚雄州目前被确认的唯一一处岩画。我第一次见到灰坝岩画是 2006 年 10 月。那时，县委组织部要在边远而偏僻的傣族聚居地灰坝村建一个农村党员活动室，部里安排我负责这个项目。在项目实施过程中，我听说村外山崖上有这么个岩画，很感兴趣，就请人带我去看。沿着灰坝村外红星水库下方一条窄窄的水沟走，大约一公里就到了。没有经历想象中的艰难跋涉，巨大的山崖就矗立在眼前。说是山崖，其实更像一个屋厦，上方巨大的岩石向外突出，如屋厦一样为岩画遮蔽了些许风雨。站在绕着悬崖蜿蜒而过的沟渠渠道上，仰头就能看到土红色的底色上褐红色的画面。面对峭壁，仰看岩画，会明显感觉到身后是强劲的山风和插入河底的陡峭山崖带来的晕眩。由于常年的日光暴晒和风雨侵蚀，有的地方已经严重风化，土红色的底色色块存在不同程度的剥落，露出青灰色的岩石本色。画面清晰部分大约还有 2 平方米，由褐红色的 16 个手掌图案和 1 对似乎是正在疾走的人形图案构成。这些手掌图案有的大，有的小，掌指一律向上或斜向上，手掌与手掌之间的间距有长有短，掌指与掌指之间的距离也不完全一样。留心查看，还会发现与现代人的手掌相比较，这些手掌图案掌心瘦小而掌指细长，而那对正在疾走的人又像一对正在跳舞的男女。手掌图案没有细节刻画，两个人物图案也只是简单的线条，很小，没有五官，表现手法古朴粗拙，但是这些粗制的图案形象却不乏生动，透露出生活的某种真实，有种难以言喻的神秘感。

由于灰坝岩画的图案与人的手掌非常相像，又叫手掌画。这些看似手掌的图画绝不是用手掌涂抹涂料后直接印到岩石上的，而是"绘"上去的，填抹涂绘的印迹十分明显。中国历史悠久且幅员辽阔，岩画产生的时间跨度很大，早到石器时代，晚至元代。与中国北方岩画以刻画为主不同，南方岩画多以涂绘为主。大多数情况下，涂绘岩画所需的有色涂料制作与岩画的绘制是这样的：先取用有色矿石研磨成粉末，取动物的血或内脏里的黏液掺和在一起，再进行搅拌、和匀，然后才用飞鸟的羽毛、野兽的骨头、一端尖锐的木棍等简单物品作为"画笔"作"画"。由于是用动物的血、内脏里的黏液来作有色矿石粉末的黏合剂，岩画的颜色黏附性强，不易剥离，而有色矿物质的颜色稳定性很强，不易褪色。正是这些原因，岩画能够历经数千年而颜色不改，除非岩石风化成为碎块导致色块脱落。

灰坝岩画在距离金沙江边大约 5 公里的地方，应该属于中国南方岩画系列。咨询县文物管理所夏继芬所长，她翻出资料介绍说，这确实是岩画，属于金沙江岩画中的一幅。金沙江岩画主要分布在云南省迪庆、丽江两州市的金沙江沿岸，初步统计有 50 多处分布点。灰坝岩画在楚雄彝族自治州境内属首次发现，从地域上讲是第一次超出金沙江岩画的传统区域，意义非同一般。她翻出另一份资料，有些激动，说灰坝岩画是一幅幅面很大的巨型岩画，岩面残存的红色印迹是后天浸染的，和岩基的本来颜色完全不一样。她陪同云南省文物考古研究所古人类研究部主任吉学平教授一行早在2005年就去做过调查，根据遗留痕迹做过测量，这幅岩画长达17米，宽约3米，铺满了比较完整的那块巨大岩石的断面，可惜脱落严重，保存下来的部分比原始幅面小多了。不过，她说，好在遗留下来的画面还算清晰，岩画采用的原料是用红土、赤铁矿粉加动物的血配制的，不易掉色。残存的岩画得以保存到现在，是因为画面清晰的那一块岩石的断面没有发生风化破碎脱落，这真是不幸中的大幸。

由于金沙江及其支流的深度切割，在这些河流两岸形成许多大断崖，为古人制作岩画提供了可能，这是金沙江岩画产生的基础条件。至于金沙江岩画的断代问题，大致有三种观点。第一种观点认为，金沙江岩画出现在盛唐时期，是丽江东巴象形文字的雏形，与东巴文字、东巴文化发展有比较深的历史渊源。第二种观点认为，金沙江岩画是新石器时代的遗存，这些岩画与已经明确断代的金沙江石棺墓反映的生活状态相对比，应该为同一时期，是古代氐羌民族的遗物。第三种观点认为是旧石器时代的作品，因为这些岩画与旧石器时代崖壁画动物种类及造型方法上有诸多的一致性，所表现的几乎全是野生动物，很少有人物形象。据此判断，这些岩画存在了数千年以上，甚至与旧石器晚期智人——丽江人——在这里活动有关。就涂料颜色而言，岩画多以红色为主，这与原始艺术中习惯使用红色的现象是一致的。这是因为原始人在频繁的狩猎和战争活动中，鲜血不断地刺激他们的视觉神经，导致红色在视觉中的稳定性。说到灰坝岩画产生的年代，夏继芬所长认同专家们的观点，大约在新石器晚期。证据是因为灰坝岩画图案单一、笔画简单，并出现在险峻的地方。那时人类先祖躲在山崖里像动物一样过日子，他们无法和自然抗衡，也不具备改造自然的能力。最重要的是，夏所长说，当年她和上级部门专家前往灰坝岩画点做实地考察时，曾在岩画所在的峭壁脚下一个小平台上采集到3件石器器物，经过专家们的比较和判断，形制和材料都与1981年和2001年两次发掘出土的永仁县菜园子新石器遗址石器相同，现在还保存在永仁县文物管理所里。这无疑是灰坝岩画为新石器时代产物的有力证据。

后来几年，由于工作原因，我又去过几次灰坝村，顺便去看过几次岩画，发觉那些图案竟然没有什么变化。印象最深的一次是2013年1月19日，陪同作家汤世杰、万丽书、后亚萍到永兴采风。他们慕名采访永兴乡小庄村委会某大学生村官不遇，我便建议他们去看看灰坝岩画。汤老师一听说有岩画，先是不大相信，听完我的介绍后很兴奋，说要是真有，要是真的，那一定要去看看。我说肯定是真的，专家都认可了，只是从乡政府过去还比较远，路也老实不好走。汤老师一仰头，说那都不是问题，然后就去了。那次回来后，汤老师写了一篇长长的散文，叫《岩画里的手》，洋洋洒洒一万两千多字。汤老师在文中激情洋溢地写道："作为彝州境内迄今为止发现的唯一一处岩画，灰坝岩画堪称瑰宝。"

瑰宝，这并非溢美之词。作为金沙江流域的一张文化底片，灰坝岩画为我们打开了远古人类的一个记忆片段。岩画是描绘在崖石上的史书，它反映的是人类在童年时代的生活场景和情感记忆。阅读岩画，内心深处的某根神经似乎被轻轻拨动，仿佛又回到那遥远的古代。在金沙江流域，相信还有更多的古岩画会被发现，被破译，被阅读，它们像一盏盏微弱的灯，为我们照亮了远古人类的生活。因此，要通过这些记录着古人类生活密码的文化底片，引领我们重塑历史，正视现实。

金马碧鸡故地考辨 *

在西汉的时候，在西南方向的益州境内，有金马碧鸡神，可以通过做法事而使它们在天空中显现。当它们在天空中显现的时候，光彩夺目，非常漂亮，非常震撼，当地的人们经常见到这种情况出现。消息传到长安，汉宣帝派谏大夫王褒作为代表，手持使节前往当地求拜，想把它恭敬地迎移到北方。结果王褒在来益州的途中病死，这件事情就没有办成。这是一个自汉代以来就从西南流传到北方的云南故事，而且越往后流传越广，以至于云南不少地方的命名都与之发生过关系，其中以云南大姚县城和省城昆明最为突出。大姚县有金碧镇，县城有金碧路，有金马坊和碧鸡坊。昆明市中心有金碧广场，经过金碧广场有金碧路，金碧路

---

* 《金马碧鸡故地考辨》原载 2017 年 2 月 13 日《春城晚报·山茶》，获第四届华夏散文奖提名奖。

上有金马碧鸡坊。不论是大姚县，还是昆明市，都把"金马碧鸡坊"建造得金碧辉煌。特别是始建于明代的昆明金马碧鸡坊，那里曾经是昆明城里的一个著名景点，还卖过门票。景点宣传说，昆明金马碧鸡坊的独特之处，在于太阳运行到某个特定的时候，会出现"金碧辉煌"的奇景。这个故事还在昆明演绎出金马山、碧鸡山来，明末清初的担当和尚还煞有其事地为之赋诗：

> 一关在东一关西，
> 不见金马见碧鸡。
> 相思面对三十里，
> 碧鸡啼时金马嘶。

然而，史书是怎么记载的呢？金马碧鸡故地到底在什么地方呢？

东汉班固的《汉书》卷二十五下《郊祀志》里是这样记载的："或言益州有金马、碧鸡之神，可醮祭而致。于是遣谏大夫王褒，使持节而求之。"这是首次在史书里出现"金马碧鸡"的记载。他在《汉书》卷二十八《地理志上》里说得更清楚："阑，卑水，潞街，青蛉。临池潞在北。仆水出徼外，东南至来惟入劳，过郡二，行千八百八十里。有禺同山，有金马、碧鸡。"而他在卷六十四下《严朱吾丘主父徐严终王贾传》里写道："王褒字子渊，蜀人也。宣帝时修武帝故事，讲论六艺群书，博尽奇异之好。""是时，上颇好神仙，故褒对及之。""后方士言益州有金马碧鸡之宝，可祭祀致也，宣帝使褒往祀焉。褒于道病死，上闵惜之。"汉宣帝刘询在位25年，史称"宣帝中兴"，有史家甚至认为是汉朝武力最强盛、经济最繁荣的时期。汉宣帝时期，国家版图又有新的扩展，经济发展，社会稳定，文化繁荣，有利于这些神话传说的记录和传承。王褒是西汉著名辞赋家，善作颂词而得到益州刺史的举荐，进而受到朝廷征召，朝臣对他的评价是"淫靡不急"，劝宣帝远离他。可王褒一番"圣主得贤臣颂"，很合汉宣帝心意，非但没有遭到贬黜，反而"擢褒为谏大夫"。汉宣帝对他的宠爱因此可见一斑。汉宣帝驳斥群臣的理由是："贤于倡优博弈远矣。"《汉书》在为王褒作传的时候，再次记录了"金马碧鸡"一事。

到东晋，常璩撰写《华阳国志·南中志》的时候写道："蜻蛉县有盐官。濮水出。禹同山有碧鸡金马，光影倏忽，民多见之，有山神。汉宣帝遣谏议大夫蜀郡王褒祭之，欲致鸡马。褒道病卒，故不宣著。"常璩在这里把显现金马碧鸡的地点、现象，以及汉宣帝派王褒出使益州的缘由都交代得十分清楚。那时的蜻蛉县县域大致相当于现在的大姚县、永仁县两县所辖之地。

南朝时的宋国人范晔在《后汉书·南蛮西南夷列传》的记载简略而言之凿凿："青蛉县禹同山有碧鸡金马，光景时时出见。"

在北朝时期北魏著名地理学家郦道元的《水经注》里，金马碧鸡的故事充满了文学色彩。郦道元的笔下，"金马碧鸡"更加亮丽："淹水出越嶲遂久县徼外。吕忱曰：淹水，一曰复水也。东南至蜻蛉县。县有禹同山，其山神有金马、碧鸡，光景悠忽，民多见之。汉宣帝遣谏大夫王褒祭之，欲致其鸡、马。褒道病而卒，是不果焉。王褒《碧鸡颂》曰：敬移金精神马，缥碧之鸡。"

《水经注》说王褒写过《碧鸡颂》，但只有"敬移金精神马，缥碧之鸡"的记载，被后人推演成《移金马碧鸡颂》后，颂词变为"持节使王褒谨拜南崖，敬移金精神马、缥碧之鸡。处南之荒，深溪回谷，非土之乡。归来归来，汉德无疆，廉乎唐虞，泽配三皇。黄龙见兮白虎仁，归来归来，可以为伦。归兮翔兮，何事南荒"的记载。这种颂词，让人不忍卒读，美丽的地方产生美丽的神话传说，却被他们说成"处南之荒""非土之乡""归来归来""何事南荒"。

到了司马光的《资治通鉴》，连时间也十分确凿了。他在该书卷二十六记载："神爵元年，春，正月，上始行幸甘泉，郊泰畤，三月，行幸河东，祠后土。上颇修武帝故事，谨斋祀之礼，以方士言增置神祠；闻益州有金马、碧鸡之神，可醮祭而致，于是遣谏大夫蜀郡王褒使持节而求之。"汉宣帝神爵元年是公元前61年，距今两千余年了。

至此可以看出，这几部较早记载金马碧鸡故事的发生地都共同地指向"禹同山"。禹同山在什么地方？明末清初中国沿革地理学家、学者顾祖禹却怀疑"禹同山"就是"方山"，他在《读史方舆纪要》第一百一十六卷里写道："马家山县北十里。高出群山，林木深郁。又北二十里有方山。《汉书》青蛉县禹同山有金马碧鸡，或以为即方山也。"顾祖禹写下这段话的时候，前面有一个交代："唐武德四年（621年），置利州。贞观十一年（637年），改微州，领深利、十部二县。后俱废。"唐贞观年间的深利县县治在今天的永仁县苴却街，十部县县治在今天的四川省攀枝花市仁和区仁和镇土城一带。仁和镇原本是云南省永仁县的一个大镇，1965年从永仁划出去，成为四川省攀枝花市三区两县中的一个区。在唐代，深利县对应今天的云南永仁县，十部县对应今天的四川仁和区，这在何耀华主编的《云南通史》里讲得很清楚。顾祖禹何许人也？顾祖禹，江苏无锡人，生于明崇祯四年（1631年），清康熙三十一年（1692年）去世。他继承祖父辈志向，毕生专攻史地，对中国沿革地理和军事地理的研究十分精深。《清史稿·顾祖禹列传》说他花了二十一年才写成《读史方舆纪要》一书，与他同时代的魏禧称赞这本书为"此数千百年绝无仅有之书也"！

顾祖禹的怀疑是否有道理呢？还是从史书的山水里来找答案。说得最清晰的是《水经注·淹水》："淹水出越嶲遂久县徼外。吕忱曰：淹水，一曰复水也。东南至蜻蛉县。县有禹同山，其山神有金马、碧鸡。"遂久县治在今天的丽江市古城区，淹水是金沙江中游（见谭其骧《中国历史地图册》"东汉益州刺史部南部图"）。汉代对金沙江还没有全面的认识，按现在对金沙江的上游、中游和下游的划分法，金沙江中游1220公里，方山正好在金沙江中游靠近下段的位置，在方山望江岭上一眼可以看见三段金沙江。远眺方山，它四四方方的，像一张书桌。与顾炎武、黄宗羲齐名的明末清初云南本土思想家、文学家高嶅映写过一篇文章，叫《方山说》，用"其体方焉"状其外形，用"襟带金沙江，而元谋、黑琅井、武定、定远、姚安之诸山，皆若儿孙仰哺其下"言其高峻。方山现今是AAA级风景名胜区，核心区的具体位置在永仁县城北面约20公里处，金沙江从西面、北面、东面绕方山而过，与《汉书》记载的"仆水出徼外，东南至来惟入劳，过郡二，行千八百八十里，有禹同山"也很相符。近代以来，人们的看法是：禹同山就是今天大姚县境内的紫丘山，绕山而过的仆水就是蜻蛉河，可是蜻蛉河发源于姚安县滚水箐，流经大姚县后，入永仁境内的江底河，再经元谋县物茂乡后在一个叫作"丙宕浪"的小村庄旁注入当时称作"毋血水"的龙川江。全长只有117公里。这与《汉书》记载的"仆水行千八百八十里，有禹同山"完全不相符。其实，仆水就是复水，就是淹水，即金沙江，在宾川、祥云、姚安、大姚、永仁、元谋、永胜、华坪以及四川的攀枝花市这一区域，除了金沙江，再无超过500公里的河流了，更何况流经禹同山的是一条"行千八百八十里"的大江。因此，顾祖禹认为禹同山即方山是有更符合历史记载的文献支持的，古益州刺史部越嶲郡青蛉县显现金马碧鸡神的地方当是方山无疑。

可是金马碧鸡故地后来怎么就嫁接到大姚去了，最后甚至跑到了昆明，这又是为什么呢？

金马碧鸡故地"大姚说"可能有两方面的原因。一是区划原因，永仁县是1924年从大姚县划出来新设立的一个县，在此之前，二者原本就是同一个县，在永仁在大姚都是在大姚，西汉时期统称青蛉县。另一个原因是受今人谭其骧的影响。谭其骧曾担任过中国历史地理研究所所长，1955年起主持编纂《中国历史地图集》。查看谭其骧《中国历史地图集》"西汉益州刺史部南部图"，图中标注很清楚，禹同山在现在的云南省永仁县和大姚县之间靠近永仁县城一方。那里就是现在大姚、永仁两县交界处的紫丘山，被指认是金马碧鸡显现的地方。金马碧鸡故地"昆明说"则滥觞于第一次出现"金马碧鸡"记载之后三百年的《华阳国志·南中志》。《南中志》"云南郡"一节明白记载"金马碧鸡"在蜻蛉县。在《南中志》"晋宁郡"一节又有"滇池县,有泽水,周回二百余里。所出深广,下流浅狭,如倒流,故曰滇池。长老传言:池中有神马,或交焉,即生骏驹。俗称之曰'滇池驹',日行五百里",而在之前的"益州西部"一节还有"章帝时,蜀郡王阜为益州太守,治化尤异,神马四匹出于滇池河中"的记载。唐代樊绰在《蛮书·山川江源》里有关金马山、碧鸡山的记载也传承常璩的这一说法。可是,常璩的《华阳国志》和樊绰的《蛮书》里记载的昆明滇池却有马无鸡。

这或许就是清初大学者顾祖禹认为金马碧鸡发生地禹同山就是永仁方山的原因了。这样看来,流传在古称青蛉、微州、苴却而现在叫作永仁的这个地方的神话传说,最有名的当数"金马碧鸡"的故事了。文化是相通相融的。中国文学的源头是上古诗歌和神话,有文字记载并从完整作品开始计算的文学史,已有三千余年的历史。随着过境永仁的秦汉零关道的开通,汉武帝设置郡县对这一区域实行有效管辖,汉文化开始浸染这个地方,这个地方的神话传说也沿着这条古道传到中原,丰富着汉文化的内容。

还有一个现象值得注意,就是被当代人指认为"金马碧鸡"显现的紫丘山,在清代地方志书里的记载情况,即越往后离大姚县城越远、离永仁越近,且没有任何有关"金马碧鸡"在紫丘山显现的记录。康熙《大姚县志》记载:"紫丘山,在县东五里许。"到道光《大姚县志》,则改为:"紫丘山,即禹同山,在东二十五里许",东移了二十里。民国《大姚县地志》又改记为"紫邱山在城东二十五里","丘"变成了"邱"。这倒是无关紧要,关键是道光《大姚县志》记载了"紫丘山"即"禹同山"，但民国《大姚县地志》并没有采信。而且不论是记作紫丘山还是记作紫邱山，三本志书都没有"金马碧鸡"现此山的记载。这也是我认同明末清初大学者顾祖禹观点的原因，认为史书里数度出现的"禹同山"就是永仁方山，就是金马碧鸡现的地方。

至于"青蛉县"和"蜻蛉县"，不同的史书有不同的写法，《汉书》《后汉书》《隋书》、新旧唐书等正史写作"青蛉县"，地方志书《华阳国志》写作"蜻蛉县"。

武侯问路此南征 *

"当年问路此南征"是清代云南广南府训导王安廷《苴却怀古》一诗里的句子，说的是蜀汉丞相诸葛亮亲率大军取道苴却、渡过泸水、完成南征的历史往事。

"苴"在南诏土语是一个使用频率很高的字音，意为俊美，樊绰的《蛮书·蛮夷风俗》就有"苴，俊也"的记载。"苴却"是一个古地名，口头称呼大约始于南诏，流行于大一统的元代，有汉文字记载的确切时间是明代，地域大致相当于现今的永仁县全境、大姚县赵家店乡和四川省攀枝花市东区、仁和区、部分西区等地。到了元代至元十一年（1274年）开始设置的大姚县，明

---

* 《武侯问路此南征》原载 2018 年 1 月 5 日《云南日报·云之美》，有删节。全文在《中国三峡》2018 年第 11 期刊载时改为《五月渡泸，深入不毛——诸葛亮渡的"泸"究竟在哪里》。

清时期其境内金沙江沿岸仅有的两个汛——白马河汛、拉鲊汛，均在苴却境内。明代设置的苴却督捕营，其军事辖区沿金沙江南岸曾一度上达今天的大姚县铁索，下抵元谋县龙街。明清实行移民戍边，以镇、协、营分守各地，镇下为协，协下为营，营下设汛，汛下设塘，塘下设哨卡，这就是汛塘制度。汛算是不小的驻军单位，在大江大河的渡口盘诘往来人员。拉鲊汛就是这样的一个渡口，岸边的一块"古渡保护碑"记录着它不平凡的过去。在1974年区划以前，金沙江南岸的拉鲊村是云南省楚雄彝族自治州永仁县属地，江北岸的鱼鲊村归四川省凉山彝族自治州会理县管辖。

两汉三国时期，从金沙江与雅砻江汇合处的两江口至宜宾一段称泸水。古时泸水盛大，水流湍急，江弯滩险，乘木船过江，其惊心动魄可想而知。拉鲊渡口就在两江口往下不远处的方山脚下。唯有此处江道直，山势缓，江滩开阔。

在拉鲊渡口，挑着挑子的人都上了船。歇稳挑子，船工竖起一根木杆，凭熟练的经验调整好木杆上的可以上下移动并可牵引帆布的横木，哗的一下拉起帆布，风就鼓着帆船往上游驶去。过了江心水急处，船工放下帆布，摇着长橹短桨，船就顺流而下，过对岸鱼鲊村去了。从鱼鲊村过来拉鲊村也是这样。这样的渡江情景在2015年4月24日建成的金沙江鱼鲊大桥通车以前是可以经常见到的。看着这样的情景，让人忍不住猜想当年的蜀汉大军是不是这样"渡泸"的，或者猜想这样的渡江经验是不是诸葛亮发明、使用，然后流传下来的。

这里，就是武侯当年"五月渡泸"处。

"五月渡泸"是指蜀汉丞相、武乡侯诸葛亮率领蜀军渡过金沙江远征大理、保山等地的故事。在前后《出师表》里都有这么一句话："故五月渡泸，深入不毛"，这可以说是诸葛亮的原话，史册朗朗，无可辩驳。但是具体在何处渡泸，历来争议很大，有人说是在原云南永仁拉鲊渡，有人说在昭通巧家渡，有人说是在四川省的泸州。这些就是所谓的"滇西说""滇东说"和"泸州说"。如果是泸州，那么就不是渡金沙江而是渡长江了。"滇东说"的依据是因为有些史书上说孟获是云南曲靖人。在越嶲败于武侯大军后，孟获就从昭通巧家渡口渡过泸水回了曲靖老家。诸葛亮就是沿着孟获的退路跟踪追进，在巧家渡口渡过泸水的。仅凭孟获是曲靖人就坚持"滇东说"，这个观点持论牵强。

其实，历史上的学者名家大都坚持"滇西说"，认为武侯所率大军就是从古地苴却拉鲊渡口渡过泸水，完成南征的。早在明代，正德状元、大才子杨慎就坚持这一观点。他写过一篇《渡泸辩》的文章，援引古志书《沈黎志》的记载，说："《沉黎古志》'孔明南征'，由今黎州路黎州四百余里至两林蛮，自两林南琵琶部三程至嶲州，十程至泸水，泸水四程至弄栋，即姚州也。今之金沙江在滇蜀之交，一在武定府元江驿，一在姚安之左却。据《沉黎志》，孔明所渡当是今之左却也。"这篇文章收在《四库别集·杨慎全集·地理》里。书里把"苴却"写成"左却"，这不足为怪，徐霞客还把它写成"苴榷"呢。文人记录当时土人口语，怎么写都有可能。现在通用的"苴却"二字是比杨慎稍晚一点在明代中过进士做过江苏江阴知县的云南大理人李元阳在《苴却督捕营设官记》一文中记载的。沈黎郡是汉武帝新设的一个新郡。《华阳国志·蜀志》记载："建元六年（公元前135年），分蜀、广汉置犍为郡。元封元年（公元前110年），分犍为置牂柯郡。二年，分牂柯置益州郡。以广汉西部白马为武都郡，蜀南部邛为越巂郡，北部冉、駹为汶山郡，西部筰为沈黎郡，合置二十余县。天汉四年（公元前97年），罢沈黎，置两部都尉：一治旄牛，主外羌；一治青衣，主汉民。"《沈黎志》现在已经找不到了，《宋史》艺文志有存目。杨慎从贬谪地云南永昌府（永昌府大致就是蜀汉时期南中四郡之一的永昌郡）往还四川新都老家，多次取道元江驿（今元谋姜驿，1955年10月以前，姜驿乡还是武定县辖地，之后才划入元谋县），过三十五里沙沟箐、四十五里火焰山，在今天元谋龙街渡口过金沙江，还留下过"江声月色那堪说，肠断金沙万里楼"的诗句，不过他否定了武侯大军从元谋县龙街渡过金沙江的说法，这应该既有他从史料角度的阅读分析，又是他实地考证的结果。清代乾隆永北府知府陈奇典的《泸水考》、道光大姚知县黎恂的《金沙江考》都各自论述了"武侯五月渡泸处"就在苴却拉鲊渡。清代最后一名状元、浙江提学使、云南盐运使袁嘉谷更是用文言文专门写了一篇《武侯五月渡泸在今何处考》，用洋洋洒洒两千多字论证了"武侯五月渡泸处"必在苴却拉鲊渡无疑。

　　那些四处为官的学者诗人也支持"武侯五月渡泸处"在苴却的观点。元代乌撒乌蒙道宣慰副使、《云南志略》作者李京有"雨中也过金沙江，五月渡泸即此地"（《过金沙江》）的诗句，清代广南府训导王安廷有"绝塞蜻蛉汉著名，当年问路此南征"（《苴却怀古》）的诗句，清代嘉庆进士、贵州知府刘荣黼有"汉家先后收南土，舟楫俱从此地来"（《泸水》）的诗句。这些诗句都把"武侯五月渡泸处"一同指向苴却拉鲊渡。

后来，方山上出土的汉代铜鼓也很能说明问题。《新纂云南通志·金石考五》卷八十五记载："大姚铜鼓：乾隆三十一年（1766年），阿桂征缅，驻大姚县（方山）诸葛营故址，发掘出铜鼓二。嘉庆间复掘得铜鼓，形如瓦缶，周围有蚌蛤之形。""永仁铜鼓：永仁县输成里（大布乍）出土铜鼓一具，上有汉篆。"清代乾隆年间，缅酋多次骚扰云南边境，名将阿桂平缅大军曾住方山，在方山旧基上掘土筑营墙发现铜鼓和铁柱。嘉庆年间在方山再次发掘出铜鼓。史书对这次发掘的铜鼓有仔细描述，说："鼓如瓦缸，四周有蛙、蚧之形，击之不甚鸣。唯置之于流泉，水激其心，声甚厉。"光绪二十二年（1896年），本地人彭加善、李福云又在方山发现一面铜鼓，曾被当作演奏乐器用，解放后被中央西南服务团发现并护送到云南博物馆收藏。《新纂云南通志》记载的永仁铜鼓、大姚铜鼓发掘地均在方山，因此，也称方山铜鼓。志书记载的方山多次发现汉代军鼓，是诸葛大军曾驻的有力证据。

诸葛亮完成南征后是怎么回成都的呢？明代初年镇守大理的李浩在他的《三迤随笔·泸水渡碑》一文中明确记载："武侯归蜀则走姚州，东出弄栋道。古伽毗馆设坛祭祀南征阵亡将士，立碑于渡口。碑述南征始末。碑为李恢立。"这是李浩根据南诏文献和自己的见闻写下来的。他所说的伽毗馆为南诏所设，具体地点就在今天的永仁县城苴却街。

这些亦官亦学的前人,以自己丰富的学养和扎实的学风,实地走访踏勘,结合地形地势分析,认为武侯大军渡泸处就是古老的苴却拉鲊渡。

武乡侯诸葛亮亲率大军从苴却地界过金沙江,他的行军路线如何呢?当时的政治形势怎么样?

先看看政治形势。

东汉在今天的云南大部分、四川南部和贵州西部一带设立了四个郡,就是史书经常提到的南中四郡:越巂郡、益州郡、永昌郡和牂柯郡。西汉武帝开始,这些地方都属于益州刺史部的巡查范围,统称益州的南中地区。这个地区的情形与今天还十分相像,这是一块尚待开发的、少数民族人口占优的边疆地区。

刘备占领益州后建立的蜀汉政权对这一地区的影响力十分有限,特别是夷陵之战后更是如此。彰武元年(221年)七月,也就是刘备称帝三个月后,他挥兵东征东吴,结果在夷陵吃了败仗,就是《三国演义》里写得十分生动的火烧连营,败得很惨。越巂郡少数民族首领高定见刘备征东吴失败,蜀军大伤元气,就乘机发动叛乱,并自称为王。益州郡的地方豪强雍闿也随之叛乱,杀了蜀汉政权认可的益州太守之后,又在东吴的唆使下发兵攻打永昌郡,就是现在的保山及以西地区。随着越巂郡和益州郡的反叛,牂柯郡太守朱褒也趁机反叛。这些叛乱势力相互勾结,使蜀国的南中四郡除永昌郡以外的其他三个郡几乎全部脱离了蜀汉政权的控制。

四年后的建兴三年（225年）春天，这已经是刘禅时代了。在与东吴的关系得到修复和国力初步恢复的形势下，诸葛亮决定出兵南征，平定南中叛乱，以剪除后顾之忧，同时筹备军资，为早日北伐创造条件。事实上，诸葛亮南征不但达到了稳定后方的政治目的，还从南中地区源源不断地获得大量的盐铁、皮革、竹木、生漆等战略物资，促进了蜀汉经济发展，为北伐提供了物质保障。

平叛大军兵分为三路：东路军总指挥马忠，从今天四川的宜宾出发进攻贵州西部牂柯郡。东路军进军很顺利，很快就打败了朱褒。中路军总指挥李恢领军进攻云南中部的益州郡。起初并不顺利，在今天云南宜良县一带被雍闿的军队团团包围，情势危急。情急之中，李恢用诈兵之计制造机会，乘对方放松警惕之机，突然发动进攻，反败为胜，直抵今天昆明的滇池湖畔。部队四散而去的雍闿没有退路，就带领所剩精锐部队奔向曾一起反叛蜀汉的少数民族首领高定占据的越巂郡。那时的越巂郡范围大致是今天金沙江北岸的凉山州和丽江市的华坪、永胜、宁蒗等县，攀枝花市的西区、米易、盐边，加上南岸的仁和、东区、永仁、大姚、姚安、祥云、宾川、鹤庆、玉龙、古城等区（县、市）。雍闿带着孟获领军来到越巂协同高定合力攻击诸葛亮的西路军也有自己的打算，他希望与高定联合，合力打败诸葛亮后，再借力收复自己的益州郡。

西路军由诸葛亮亲自率领，他要对付的是高定的越巂部队和前来增援的雍闿所部。因此，武侯南征不但要打败两部联军，还要渡泸平定益州、恢复对永昌郡的有效管辖。这就是武侯南征的政治背景。

孟获真有其人吗？如果真有，那正史《三国志》为什么只字不提呢？《三国志》只用"三年春，亮率众南征，其秋悉平"12个汉字记述了这场战事，简略得无法再简略，没有提到作战对象，当然就不可能提到孟获了。其实，与《三国志》几乎同时代的东晋名家习凿齿撰写的《汉晋春秋》不仅提到了孟获，还特别说到诸葛亮对孟获是"七擒七纵"；为《三国志》作注的裴松之在为《汉晋春秋》作注时也承认"七擒孟获"这个史实。写作时间稍后的著名历史地理著作《华阳国志》和《水经注》也都提到了"七擒孟获"。所以，孟获这个人历史上是真实存在的。

再看看行军路线。

综合《三国志·李恢传》《三国志·马忠传》《华阳国志·南中志》《云南通史》等史料记载来分析，诸葛亮的西路军从成都出发后，顺岷江水路，到达今天四川的宜宾，然后在沿金沙江逆流而上，取道卑水河谷，就是今天的美姑河，深入越嶲郡腹地与叛军激战，斩杀越嶲郡少数民族首领高定之后，雍闿被高定部下杀死。联军的两个首领都没了，剩下来的叛军部队归孟获指挥。战败、首领被杀，孟获计无所出，率部西逃，在盐源、盐边、永胜一带被诸葛亮打败，便渡泸向南逃避。

诸葛亮亲率主力走直道沿安宁河谷南下，以便截击追击孟获。诸葛亮率军来到了泸水边的拉鲊渡，他在《出师表》中说

"故五月渡泸，深入不毛"，泸，就是泸水，不毛就是人烟稀少、尚待开发的意思，这也符合当时实际。诸葛亮渡过泸水，从海拔960米的金沙江边沿南方丝绸古道顺山谷登山，到海拔2377米的永仁方山望江岭安营扎寨，占据望江岭，居高临下，监视渡口动向。这里山势高峻，视野开阔，是个战略高地。方山上今天还有诸葛营遗址。遗址尚存遗迹两处，一处是在望江岭，防御长墙、营梗、墙基、壕沟、岩石上开凿的插旗圆孔等遗迹还在。望江岭是一个从方山腹地伸向金沙江岸的三角形犄角山岭，两面都是悬崖，修一道营墙到两边山崖就形成了封闭圈，那就是一个能够俯视江面、通视对岸的战略要地。据考古发掘记载，遗址占地约3.5万平方米，面南而筑，南防御墙长356米，最高3米，厚2.4米。残存寨墙高3米，厚0.62米，内壁填护坡1.6米。有内壕宽6.5米，外壕宽4.5米。南寨门宽2.6米，门道深3米。另一处是烽火台，在现今诸葛营村下方的岩坎上，烽火台基址隐约可见。此外，方山上还有诸葛小道、诸葛洞等道洞名称。方山顶上的诸葛营村原来叫王家队，根据千百年口耳相传，说王家队这个村子就是当年诸葛亮南征获胜后留下的一个王姓下级军官率军士驻扎方山、监守金沙江渡口和苴却要地而由军转民传承下来的。

诸葛亮率军渡泸水，登方山，筑营垒，不但截住古驿道，还可以监视四野动向，扼守渡口，切断叛军归路。在此后不到一年的时间里，从永仁到姚安，到大理，到保山，上演了一场"七擒孟获"的千古大戏。

今天，我们在望江岭可以俯视江面、通视对岸几十公里之外。我们登上2008年地震恢复重建时在遗址上新建的烽火台，向南近可以看见永仁县城，远能看到元谋东山、武定白露、牟定戌街、大姚紫丘山，数百平方公里尽收眼底。多少人来到方山望江岭，还依然感叹当年诸葛亮选择这个战略要地的独到眼光。诸葛亮南征，那是1700余年前的事情了，真是"岁月易新同草木，古今未改此山河"。

探寻苴却最古老的县城

给外来的领导或者朋友介绍永仁，总会说：我们永仁1924年才设县，历史很短，还不足一百年，很年轻……不错，从现代意义上讲，永仁县的历史短，不足百年，但在明清叫苴却、民国叫永仁的这块土地上，很早就设置过"县"这一行政机构，而且不止一个。1995年版《永仁县志》第454页有明确记载："永仁，唐初曾置强乐县，设县令为行政长官执掌政事。其后，千余年间皆未设置。"云南人民出版社1988年出版的《云南地州市县概况》"永仁建置沿革"条目里也有"古称苴却，唐初曾置强乐县"的记载。中国社会科学出版社2011年出版的《云南通史》虽没有"强乐县"的记载，但记载有"乐疆县"，而且说明具体位置在"大姚县城北麻街"。麻街在永仁县与大姚县的两县交界处，蜻蛉河东北面，江底河南侧，现在偏居在崇山峻岭中，交通十分不便。可谁能想到，在隋唐，它正是处在著名的姚嶲古道上。奇怪的是，《云南通史》竟然未见有"强乐县"的记载。《云南通史》算得上是记述云南历史较为权威版本了，历时十余年才编纂完成，可是书中没有"强乐县"的记载，这是为什么呢？或许"乐疆"就是"强乐"吧，这又是为什么？

在云南地方史工作者的多年努力下，滇西北的一些古县方位甚至遗址遗迹得到确认，乐疆县就是其中一个。据史料分析，明清叫苴却、民国始称永仁的这块土地上，唐朝初年曾经有三个县城的记载，一个叫深利县，一个叫十部县，一个叫乐疆县。后几经撤并，直到百余年后的天宝九年（750年），唐廷与地方政权南诏发生战争，是为著名的天宝战争，结果南诏取得胜利，这一地区被南诏占领，中央政府和南诏地方政权对峙，致使古道一时中断，古道县城俱废。到赵宋初年，太祖赵匡胤用玉斧在地图上沿大渡河一挥，说："此外非吾有也"，这条古道就只有商队间或往来，直到民国，千余年未有县一级行政建制。上面说到的十部、深利和乐疆三县都成立于唐朝初年，具体边界不详。有人做过这一时期这一地区的行政设置梳理，大意是说，唐武德四年（621年）置利州，贞观十一年（637年）改为微州，为盛唐六十四羁縻州之一，东接靡州，今元谋一带，领县二，一是深利县（今云南永仁，同时又是州治治所），一是十部县（今永仁县仁和）。这也仅仅只是谈到地方政权设置，没有说具体疆界。同时说到乐疆县，竟然说治地不详，说应该"在大姚县邻近"。可在《新唐书》中，记载的不是"利州"，而是"西利州"，设置时间也不是武德四年，而是武德七年（624年）。领深利、十部二县均在老永仁境内无异议，这在《云南通史》里有明确记载。至于"乐疆"，在《旧唐书》里，"裒"（音"póu"，聚集的意思）州后面跟一个"下"字，说明裒州是一个下等州，下辖"扬彼""强乐"两县，管理1470户人家，是武德四年设置的。而《新唐书》的记载是："裒州，武德七年置，本弄栋地，南接姚州。领县二：杨彼，乐强。"一对比，时间不一致，两个县名也都不完全一致。正是这种不一致，我反而强烈地认为"强乐"就是"乐强"，就是"乐疆"。在古代，"强"和"疆"是可以通假的。如"武留匈奴凡十九岁，始以疆壮出，及还，须发尽白。"这是《汉书·李广苏建传》描写出使匈奴十九年而归汉时的苏武前后对比非常经典的一段话，文中的"疆"就是"强"的通假字。

《新唐书》说唐廷依"山川形便"设州置县，"行便"就是交通方便的意思。十部、深利和乐疆三个县城的治所，从北到南，在姚巂古道上次第排开。十部县在最北面，治所在四川攀枝花市大竹河、永富河汇合处的旧城村、官房村一带，一说在现在的攀枝花市仁和区政府驻地西面的老街、古城路一带，两地相距不远，都处在拉鲊渡、辣子哨、大把关这段古道上。旧城村、官房村现属四川省攀枝花市大田镇，老街和古城路在今仁和区中坝河、仁和河两条河之交界处的仁和镇。深利县居中，《云南通史》记载："深利，今永仁县城。"其治所的具体位置，我认为很有可能在永仁县城永定河西岸两条"人"字形山梁中间的旧村、菜园子村一带，处在大把关沿永定河西岸出来的这段古道上，很不可能又过河折到现在的永仁老城区里去，须知，1500年前物资转运主要靠的是骡马驮运，过河是一件很困难的事情，反复地过河就更要命了。乐疆县在最南面，治所在现在的大姚县赵家店麻街村委会麻街组。当时设置这些县的功能主要可能就是两个，一个是保障古道交通，一个是对周边山民进行松散的统治，北宋欧阳修参与编撰的《新唐书》对这种情况有生动的记述，说当时西南九十二个蛮州，蛮民居住地没有城邑集市，平常穿着兽皮做的衣服，头发在头顶盘扎成椎状，只有来州府县衙，穿衣戴帽才像华夏人一样。

一个问题是，讲永仁曾经的老县城怎么会讲到大姚呢？永仁县自民国十三年（1924年）从大姚县析出成为一个单独的县，县域北以金沙江为界，至拉鲊渡口，南至现在的大姚县赵家店乡北新街、麻街一带，比之前的苴却地界更广阔。查阅资料，有"康熙五十三年（1714年）始详各宪附归县管，因将苴却附属大姚，为又北界"的记载，又有"道光二年（1822年）大姚县令曹佳和请设巡检分治，三年设苴却巡检司"的记载。还能说明这问题的是李元阳写于1566年的《苴却督捕营设官记》，文中有"今姚安置公馆于苴却，亦其法也"的内容。也就是说，大致在元代以后，康熙五十三年以前，苴却是分治的，由姚安府直管，实际是高氏土同知的土司领地，但并未具体到设县而治，事实是土司也无权在其领地内自行设县。"又北界"则可以理解为大姚县治所在地的北面为北界，苴却是大姚北面更北的地方。之后数十年，大姚、永仁两县多次进行边界调整。这里主要讲讲现在赵家店乡政府周边的团塘、龙王箐、老梅树三个村（那时的村相当于现在的村委会）的区划调整。这一小块区域，要迟至1952年，才将当时永仁县属的团塘、龙王箐、老梅树（含北新街、麻街）三个行政村划归大姚县，与之交换的是把当时大姚县的辖地伙把、阿朵所、外普拉三个村委会划给永仁。再迟至1958年，大姚县政府才在这一地方设置红星公社，公社驻地在赵家店村北约三里地的赵家店（原为村外马店驻地），1962年改为赵家店区，1988年改为现在的赵家店乡。2006年9月南永二级公路通车，赵家店乡政府从蜻蛉河北岸的赵家店迁到南岸南永二级公路的河对面台地新建，成为现在的格局。现在的赵家店乡辖地扩大为北新街、团塘、赵家店、江头、他利颇、麻街、茅稗田、黄羊岭、平地、小红山、黑什里、打苴基十二个村委会。另一个能说明唐初置"乐疆县"不在现在的大姚境内的理由是，《云南地州市县概况》"大姚建置沿革"里也只有"汉武帝元狩二年（公元前121年，与《汉书》记载的时间不统一）置蜻蛉县，属越巂郡。蜀汉、西晋属云南郡。东晋属兴宁郡。隋朝先后置扬波、兴来、马西县。唐武德四年改置泸南县，隶属南宁州都督府。南诏属弄栋节度"的记载，而没有提到"乐疆县"。泸南县城遗址在大姚七街锁北村，天宝战争的前奏"泸南之战"就发生在这里。马西县城遗址在今天的大姚新街大古衙村。扬波县遗址不是现在的大姚县城，而是在大姚龙街缴末村，现在叫大沙地村。据说，城墙地基遗迹在"包产到户"后被群众建房挖到，还能依稀能辨认。蜻蛉县城遗址也不是现在的大姚县城，而是在蜻蛉河与大姚西河交汇处的李塆村。仅仅就名称而言，"蜻蛉"作为当年的县名，今天已经变小城姚安县的一个村子名。村里人指给我看的"蜻蛉河"，竟然只是一条躺在姚安坝子里面的浅窄的水沟。

另一个问题是，说永仁曾经的老县城，怎么会从云南说到了四川呢？众所周知的原因，1965 年，中央将永仁县的仁和、大田两区（其实是两个乡镇，当时已经完成了乡改区的设置），凉山州的米易、盐边两县划出，成立渡口市归属四川省管辖。1974 年再次将永仁县的平地、大龙潭两个公社（相当于现在的乡镇）划入这个地州级市，才形成了稳定的沿用至今的攀枝花三区（东区、西区、仁和区）两县（米易县、盐边县）的格局。

什么时候开始叫苴却呢？这个可能难以确切考证。擅长制作苴却砚的仁和人罗润先认为，苴却作为地域名可能相当早，当地老人根据世代传闻认为始于元代，但文字资料仅见于明朝，而我认为要更早。"苴"字在史籍里出现是很早的，成书近两千前的《华阳国志》就有"苴侯""苴侯奔巴"的记载，不过，那讲的是发生在川东重庆一带的历史。我查阅了许多记载云南历史的史籍史料，明以前，没有史籍史料有"苴却"的确切记载。直到明代正德六年（1511 年）杨慎在引《沈黎志》来佐证诸葛亮五月渡泸的具体位置为拉鲊渡口的《渡泸辩》中，才写作"左却"。沈黎郡是汉武帝设的一个新郡。《华阳国志·蜀志》记载："元居六年，以广汉西部白马为武都郡，蜀南部邛都为越嶲郡，北部冉駹为汶山郡，西部笮都为沈黎郡，合置二十余县。天汉四年，罢沈黎，置两部都尉：一治旄牛，主外羌；一治青衣，主汉民。"稍晚一点，在明代中过进士做过江苏江阴知县的云南大理人李元阳所著《苴却督捕营设官记》一文中才有"苴却"的确切记载。这是我看到的史料中关于"苴却"的最早记载，但是口头称呼那一定是要比文字记载早的。根据这两篇文章内容，可以判断"左却"

和"苴却"其实就是同一地方，文字写法不同而已。明末徐霞客还有另一种写法的记载——"苴榷"。这些著名人物的个人记录可能算是把这一地方叫作"苴却"的有文字可考的最早记载了。而民间记录只能来源于民间，来源于当地人的口语，而口语的传习应该要经过相当长的时间才能定型。因此可以推断，口语里的"苴却"比这个时间段要早得多。事实上，"苴"在南诏时期是一个很受欢迎、很流行的字，好多南诏文官武将的名字里常有"苴"字，比如南诏称英武的勇士为"罗苴"，也有作地名用的，比如自南诏王异牟寻开始作为国都所在地的羊苴咩城，即今天的大理古城，都带有"苴"字。亲自来过云南考察山川城镇和风土人情以备战争之需的唐代末期人樊绰编写的《蛮书·蛮夷风俗》记载得更明白："苴，俊也"，说"苴"是南诏土话，相当于中原人讲的"俊"，就是英俊的意思。那么，"苴却"是不是那个时候就有的称呼呢，我认为这个可能性是有的。

　　作为一种探讨和追寻，对苴却的边界作一个大致的界定是一个有趣的事情。我根据阅读所及的资料做过大胆的推测，古地苴却面积最大的时候大致应该包含永定河上游、蜻蛉河北新街村团塘村以下一段及与之相连接的江底河中段，仁和河和万马河流域的全部。它包含的地区大致相当于永定河流域的维的、永定两个乡镇和元谋的芝麻、凹鲊两个村委会；江底河流域的宜就镇、赵家店乡的麻街、北新街、团塘、赵家店、江头等几个村；仁和河流域的东区、仁和区和西区的一部分；万马河下游的万马、中和以及中游的桂花、上游的昙华。整个区域正好在金沙江起于入境地万马河门口止于出境地石坎子的怀抱，是志书所谓"环金沙江大曲之中心"的地方。在明朝嘉靖己未年（1559年）设置的苴却督捕营甚至沿江而上管理到今天大姚的铁锁，以"窃君之权""盗父之柄"为名上书参劾严嵩父子祸国殃民的邹应龙在严嵩倒台后就任云南巡抚时曾经调遣苴却督捕营的兵围剿地处姚安府、大理府、北胜州三角地铁索箐（今大姚铁锁）诸夷伙头叛乱。在那时的苴却这个区域里，有两条通道：一条从北端的拉鲊（唐朝时记载为末栅馆）过苴却街（唐代叫伽毗馆）、江底河（樊绰的《蛮书》记作清渠铺，袁滋的《云南记》记作"渠桑驿"），到南端的麻街（唐朝叫藏傍馆），唐朝时的十部、深利、乐疆三县的县城就在这条道上。这条古道开发较早，唐以前的秦汉就已经开通，当时叫零关道，是南方丝绸之路的西线。另一条古道的开发要晚至元代中后期，以石羊作始发地，从西北面入境，经白马河、老渡口、拉鲊等过江北上，或经苴却街到东南面的元谋，以昆明为目的地。由于通道的原因，古地苴却的面积也随两条通道成十字形。在这一小块区域内，最先有人类活动的时间是在距今4290 ± 135年无疑，因为有考古资料作为坚实的依据。依据就是长达34页的《云南永仁菜园子、磨盘地遗址2001年发掘报告》，它发表在2003年2期的《考古学报》上。这是一篇由中科院考古研究所、云南省文物考古研究所、成都市文物考古研究所共同发掘、整理、撰写的学术报告。这里受汉文化最先浸染的时间应该在秦汉时期。这也有文献资料记载，最早建立郡县是在汉武帝元鼎六年（前111年）。《汉书·地理志》载："越嶲郡，武帝元鼎六年开"，"县十五"，青蛉名列其中，通常认为是现在的大姚县。注意，汉书记载的"青蛉"的"青"是没有"虫"字旁的，地域也与现在的大姚县境不大一致，而是金沙江南岸、百草岭昙华山以东、龙川江以西，沿着古道一线自北而南依次是苴却、金碧、龙街、仓街、七街、新街一带，甚至可能还包含姚安坝子。因为以姚安坝子为中心的弄栋县要在3年以后的元封二年（前109年）才建立。青蛉县的设置时间另有记载，为汉武帝元狩二年（前121年），那就更是早了十一年。而且先后设置的青蛉县和弄栋县也不同属于一个郡管辖，青蛉县是郡治，为今天名为西昌的越巂郡下辖县，而弄栋县则归治所设在今天晋宁区（时称滇池县）的益州郡管辖。

为什么会对古地苴却的疆界有这样的推测呢？从万马到昙华的整个万马河流域、永定河上游，到江底河中段，这一地区在元明时期直属姚安府。"元宪宗七年（1257年）废褒州置大姚堡千户所，属大理下万户；至元十一年（1274年）改置大姚县，苴却改属姚州；元天历元年（1328年）改属姚安路军民府。"（1995年版《永仁县志》）高氏得世袭后改为土官治理，代管该地。到高𤩽映时，他常在昙华山与方山之间往来，写过《方山说》。另外，《云南通史》中记载，明清时期姚安府境内仅有的苴却、白马河二汛全部在现在的苴却境内。白马河汛驻金沙江边，即现在的永兴傣族乡白马河村，是个渡口。苴却驻"环金沙江大曲之中心"的轴心之地，即现在的永仁县城。《永仁县志》记载，说苴却统管"江岸长数百里，大小渡口数十个"的金沙江段。汛是明清时期驻守关隘的军队单位。明清实行移民戍边，以镇、协、营分守各地，镇下为协，协下为营，营下设汛，汛下设塘，塘下设哨卡，这就是汛塘制度。这样看来，汛是不算小的。而永定河流经的芝麻、凹鲊、竹棚三个大队是1958年由于永仁撤县并入大姚才从永仁划入元谋的。后来改为村公所，凹鲊村公所从驻地河外村迁到竹棚村，与竹棚村公所合并，驻竹棚，仍然叫凹鲊村公所，现在叫凹鲊村委会。涉及四川的东区、仁和区以及大姚部分如前面所述。

目前我见到的把"乐疆""乐强"与"强乐"联系起来的资料是《宜宾历史沿革表》。这个资料对"衰州"的理解是："衰州，本弄栋（今云南元谋、楚雄、镇南、广通等地）地区。南接姚州。领县二：杨彼县（州治，今云南大姚县），乐疆县（又作乐强县，强乐县。治地不详，拟在大姚县邻近）。"我赞同"乐疆县又作乐强县，强乐县"这个说法，可以这样认为是基于通假的原因，我在前面已做过分析。这个资料里冒出一个"杨彼"县，因为不同的史料记写不一样，有"扬彼""杨彼""扬波"，《云南地州市县概况》里就记作"扬波"，但就所在位置而言，看法比较一致的，是在大姚县龙街镇鼠街村。龙街坝子和鼠街坝子挨得很近，山连着山，水却不连水。龙街河向北流入江底河，鼠街河则向东进入班果河。

不得不提的是，历史上有两个有趣的神话传说可能与这一地方有关。一则是在流传甚广的"金马碧鸡"的故事，一则是"牧猪化石"的故事，浩繁的史籍不乏记载。"金马碧鸡"故事有说在大姚，有说在昆明，还据此创造了不少建筑物，可清初学者、地理学家顾祖禹却认为史籍里的大姚"禹同山"可能就是永仁县的方山。他在《读史方舆纪要》里说："《汉书》青蛉禹同山有金马碧鸡，或以为即方山也。"而"牧猪化石"的故事也同样充满想象力，说渡过金沙江后，到一个叫作蜻蛉县的县境内，有一条长箐，箐中有数千个大小石猪，那都是真正的活猪变成的。没有任何附加条件，只要把猪赶进去游草，猪即刻变成石头，样子还是猪的样子。这些定格在长箐里的几千头石猪把当地土人吓住了，视之为畏途。这是常璩在《华阳国志》里记载的故事，原文是："三缝县一曰小会无，音三播。道通宁州，渡泸得蜻蛉县。有长谷，石猪坪中有石猪，子母数千头。长老传言：夷昔牧猪于此，一朝猪化为石。迄今夷不敢牧于此。"三缝县就是后来的会无县，即今天的四川省会理县，与永仁县隔金沙江相望。连接两县的金沙江边古渡口是两个小村子，江北叫作鱼鲊村，江南叫作拉鲊村。1974年以前，鱼鲊村属于凉山彝族自治州会理县，拉鲊村属于楚雄彝族自治州永仁县。

深利和十部自不必细说，两个县城现在的规模比千余年前的唐初不知扩大了多少倍。原来为十部县辖地的四川省仁和区、东区，已经成为繁华的大都市，高楼林立。2017年，仁和区生产总值246.8亿元。微州和深利县治所曾经同城而置的永仁县城，现在也有十九层的高层建筑了。曾经作为乐疆县城址的麻街怎么样呢？曾经作为县治的麻街现在已经沦落为一个的小村落，村子里彝汉杂居共处，村落骑梁而居。山梁像匹骏马，村落像个马鞍扣在马背上，远看呈"X"形。村子坐落的山坡面向东方，西北面的山背后就是在史籍里无数次出现过的蜻蛉河，背靠山神，脚下是一条长长的箐沟，山陡河深，风高日烈。当年的姚巂古道必定穿城而过，商队必定沿着这条长长的渐走渐高的山梁，在城垣里安顿下来，人休息，马上料，为走到下一个驿站补充体力。在这里，还可能闲里偷忙，做一点点物资交换，精神交流。外来人带来汉唐文明，当地人则绘声绘色地给他们讲述诸如"金马碧鸡现""肉猪化石猪"之类的地方神话传说。于是，土垣连着栅栏做成的城墙里，灯火摇曳，伴随清脆的铃铛声，繁盛的汉唐文化在这里传播、交融。这个唐王朝的县城，史料记载说直到清中期城墙地基的遗迹还形迹可辨，现在已经了无痕迹了。现在的麻街村委会九个村民小组全部人口加起来不过千人，真正的麻街自然村的人口不过两百来人，他们世世代代在这里生活，在这里传承，却不知道这里曾经是昌盛王朝的一个县城。时间真是一个橡皮擦，轻轻一擦，就什么都看不见了。

从微州到伽毗馆

在隋唐，途经苴却的姚巂道是联系中原王朝与洱海地区的一条重要通道。先是两爨与隋廷，后是南诏与唐廷，时和时战。和时"山间铃响马帮来"，洱海、保山地区与成都平原通过这条古道互换有无；战时"车辚辚，马萧萧，行人弓箭各在腰"，双方在这条古道上来回征战不已。

早在东晋时期就坐大于滇池及其以东地区的爨部与气象一新的中原王朝——隋朝——不时作对。受隋文帝派遣到云南平爨的名将史万岁率军就是取道苴却、进击爨酋的。《隋书·史万岁列传》是这样记载的："入自蜻蛉川，经弄栋，次小勃弄、大勃弄，至于南中。贼前后屯据要害，万岁皆击破之。"蜻蛉川即现在的蜻蛉河，弄栋治所在姚安县城北，大小勃弄在现在的弥渡、下关一带。史万岁平定了这些地区,再东向曲靖,平定了爨氏的叛乱,设置南宁州统辖云南。这就历史上有名的"隋文帝平爨"。沿着这条古道,来到大唐王朝。在繁盛的大唐王朝前期,苴却这块土地上曾有建州置县的历史。这一时期,微州、十部县、深利县、强乐县定格在苴却的胶片上。后来,崛起于巍山洱海地区的南诏地方政权与唐王朝,加上来自西北的吐蕃,在这古道上多次来回征战,南诏在苴却设伽毗馆以接济南北交通。

苴却就是这条古道上的一个节点。苴却街是楚雄彝族自治州永仁县县城所在地。唐廷曾在苴却设微州和深利县,开通姚巂道,连通成都平原与洱海地区。过苴却而通南北的姚巂道于是成为当时的交通大动脉。这条古道的生命一直延续到明初,吴光范在《小云南续考(四)》一文中讲:"'今贵州威宁县至云南宣威县一带',明洪武十五年(1382年)前均属云南,且距宣威近而平坦,距昭通至盐津五尺道'豆沙关'远而崎岖,'乌蒙路,结吉旧路,陆站十一所,山路修阻,泥潦难行',不适合大队人马行进,因而乌撒卫军民多数是经沾益州治(今宣威城)南下曲靖、中庆(昆明),走'南诏交通大道'经'小云南',北行经灵关道,由姚安、会川至成都,沿'云南至山西道',途经山西省太原市西南部、临汾市城区东北面之洪洞县(大槐树),至山西太原,东行经山东济南,分赴山东胶州湾各卫所。"《永仁县志》着重指出:"随着中原王朝的统一和强大,永仁也一度出现过繁荣,'唐为姚州重镇','宋明时期五方杂处,庐舍稠密'。'自来川康土产货物,均由西昌、会理经永仁、宾川而抵下关再运入八莫,由缅甸或滇西运入川康货物亦取道于此。'"

1995年版《永仁县志》和1988年版《云南地州市县概况》都有这样的记载："永仁，唐初曾置强乐县，设县令为行政长官执掌政事。"这确有其事，那是唐高祖武德四年（621年）时候的事了，《旧唐书·地理志四》对此有明确记载。九年后还升格为州，翻看《旧唐书·地理志四》，微州出现在唐太宗贞观四年（630年）。"贞观四年，以开边属南通州。于州置都督府，督戎、郎、昆、曲、协、黎、盘、曾、钩、髳、尹、匡、哀、宗、廉、姚、微十七州。"这里出现永仁这块土地的影子了。这里的微州就在现在的永仁。《云南通史》第三卷记载：微，今云南永仁，"姚州都督府微州深利县，今地永仁县城"，"姚州都督府微州十部县，今地永仁县北部仁和"。据《三国志》知道，诸葛亮亲率大军从原属永仁的拉鲊渡口渡过那时叫作泸水的金沙江，用了一年不到时间完成南征，回到成都以后，做了一件大事，就是对南中地区进行了一次区划调整，把南中4个郡分为7个郡，把永仁、大姚、姚安、南华、弥渡、巍山、祥云、鹤庆、玉龙等地从越嶲郡分出，划归新设的云南郡管辖，把永仁北面的金沙江作为越嶲和云南两郡的天然界线。到了唐朝，后来叫作苴却的这块地域包含微州所辖的十部、深利二县和哀州管辖的乐强县（治所在今赵家店乡麻街村），全部划归姚州都督府管辖，已经相当巩固了。

《新唐书·地理志》记载："微州（本西利州，武德七年置，贞观十一年更名。北接縻州。县二：深利，十部）。"武德七年即624年，此时的深利县驻地就是今天的永仁县城，像西濮州一样，微州和深利县，州县同城而置。十部县曾经的驻地在仁和，原先是永仁县的一个乡镇，1965年与同属永仁县的大田公社一起划给四川省设攀枝花市。地处川滇交界的这些地方，与方山互为犄角，近年来发现多处古营墙遗迹。滇中北界有城墙一度引起专家的重视，或汉或唐或明清，众说纷纭，一时还没有定论。

苴却这块土地在唐朝天宝前后，在中央王朝和地方政权之间数次易手。据《旧唐书·地理志四》记载："姚州，武德四年置，在姚府旧城北百余步。……武德四年，安抚大使李英以此州内人多姓姚，故置姚州，管州三十二。……天宝末，杨国忠用事，蜀帅抚慰不谨，蛮王阁罗凤不恭，国忠命鲜于仲通兴师十万，渡泸讨之，大为罗凤所败。镇蜀，蛮帅异牟寻归国，遂以韦皋为云南安抚大使，命使册拜，谓之南诏。大和中，杜元颖镇蜀，蛮王嵯颠侵蜀，自是或臣或否。咸通中，结构南海蛮，深寇蜀部。西南夷之中，南诏蛮最大也。领县二。泸南，县在泸水之南。长明，户三千七百，至京师四千九百里。"这段史料透露出来的信息量很大，后面还会涉及。这里有意思的是：姚州为什么叫姚州，原来1400年前，"此州内人多姓姚，故置姚州"。更有意思的是：本来姚州都督府"管州三十二"，由于杨国忠和鲜于仲通乱了个"天宝战争"，又没有乱清楚，这一地方被南诏夺取了，另外五诏也失控了，姚州都督府变成姚州，只管泸南和长明两个县。《云南通史》说长明县旧址在姚安前场镇、牟定县西部一带，泸南在现在的金沙江南岸的石羊、苴却一带。

这场战争的经过是这样。天宝七年（748年），云南王皮逻阁死，作为云南王的长子，阁罗凤取得事实上的王位。唐王朝从稳定南诏的角度考虑，只得承认既成事实，派黎敬仪为朝廷特使，到南诏实地册封阁罗凤为云南王，是为第二代云南王。曾经得到唐王朝云南郡太守张虔陀支持的阁罗凤二弟诚节上位失败，被阁罗凤以不忠不孝罪名流放，从此阁罗凤与张虔陀结怨。而张虔陀推荐诚节继位云南王在政治上是有远见的，他全力支持亲唐而懦弱的诚节继承南诏王位，好建立完全臣服唐朝的地方政权，把统一了洱海地区的南诏变为唐王朝西抗吐蕃的前沿阵地。扶持诚节上位失败，张虔陀与阁罗凤矛盾激化，一场战争似乎不可避免。

这场战争的爆发是两年以后的事情。两年后，继位的阁罗凤要到蜀都（成都）谒见剑南节度使鲜于仲通。在当时这是一条从南诏出发，经姚安，在苴却的拉鲊渡口过金沙江，沿安宁河谷北上通往成都的大道。阁罗凤途经现在的姚安，拜见了驻军姚安的云南太守张虔陀。张虔陀明目张胆地勒索阁罗凤财物，是可忍孰不可忍的是他还想霸占阁罗凤妻子，强悍二代云南王阁罗凤怒而起兵。历史往往有惊人的相似之处，返回羊苴咩城的阁罗凤誓师出兵，历数云南郡太守张虔陀"六大罪过"——"灭我""间我""仇我""下我""袭我""弊我"，起兵攻打姚州，那情形和千年之后偏居东北的努尔哈赤历数对朱明王朝的"七大恨"而誓师起兵十分相似。阁罗凤亲率大军，占领那时属于泸南县的盐巴产地——美井，即现今的大姚县石羊镇。张虔陀起兵相迎，在结嶙山下的泸南县城决战，兵败被杀，这就是著名的泸南之败。之后又有鲜于仲通的第一次西洱河之败，再有李宓的第二次西洱河之败，盛极一时的大唐王朝从此开始走下坡路。

其实，掌控姚州，经营云南，唐代前期做得比较稳妥，成效也比较显著。高祖、太宗在这个地区列州置县，开通了从嶲州（今西昌）到姚州（今姚安）的通道。这就是著名的姚嶲道。高宗李治设置姚州都督府，武则天击败吐蕃复置姚州都督府。历史性的逆转发生在唐玄宗天宝年间，天宝之战后，在唐玄宗李隆基手里得到巩固的云南复又在他的手中丧失。这些在《新唐书》里都是有记载的。隋末唐初，在青藏高原与洱海地区的民间贸易过程中形成了一条从今天的西洱河地区经姚安、大姚、永仁，在今天的拉鲊（当时叫作末栅馆）过金沙江，北上经过会理、西昌、汉源、理县、茂县，再西入当时的吐蕃地区的商道。通道经济繁荣的同时，军事地位也十分重要。吐蕃控制这条通道，就可以深入西洱河地区，虎视剑南。唐王朝控制它，则可以经营洱海地区，并确保南宁州都督府，即现今的楚雄东部和昆明、玉溪、红河、文山、曲靖、昭通等地的安全，并牵制西北方向吐蕃对京畿长安的压力，于是，这条通道就成了双方争夺的焦点。这场争夺先以唐王朝胜利告终，一个措施是在今天的茂县筑安戎城，阻断吐蕃南下经苴却拉鲊渡过金沙江的通道。另一个措施是在高祖李渊列州置县的基础上，高宗李治在麟德元年（664年）设立了地位与南宁州都督府平等的姚州都督府，初领十七州，后增至三十二州。这样，就可以打通姚巂古道，连接原有故道，从成都南下，过巂州、姚州，直通洱海地区和普洱、保山、腾冲等地。但是这样的争夺并未停止，还是在高宗李治的手里失掉了姚州。高宗永隆元年（680年），吐蕃突袭安戎城成功，沿着这条道从后来叫作苴却的地方过金沙江，攻取姚州，西洱河诸蛮尽降吐蕃，威胁昆州、朗州等爨地。《新唐书·吐蕃传》记载："初，剑南度茂州之西筑安戎城，以迮其鄙。俄为生羌导虏取之以守，因并西洱河诸蛮。"这样一直到武则天时代，在昆州（今昆明）刺史爨乾福的请求和支持下，才从吐蕃手里夺回并重新控制这条通道，并于垂拱四年（688年）重置姚州都督府。不久，蜀州刺史张柬之上奏请罢姚州。《新唐书·五王》记载："宜罢姚州，隶巂府，岁时朝觐同蕃国；废泸南诸镇，而设关泸北，非命使，不许交通；增巂屯兵，择清良吏以统之。"对这样的建议，《新唐书》记载的是武则天"疏奏不纳"。重设姚州都督府这一举措有武则天深远的政治考虑：它在保卫剑南安全的同时，能保证唐王朝在西北进攻吐蕃时在南方有力量牵制吐蕃。这使得道经永仁的姚巂道再次畅通。在唐王朝与吐蕃的激烈争夺中，洱海地区成为双方反复争夺中心，而焦点则是与苴却隔江相对的昆明（今永仁对岸的盐源、盐边一带）和上面提到的安戎（今茂县）。唐王朝只有牢牢控制安戎和昆明才能有力地掌控姚州，掌控洱海地区。直到唐中期，这样的局面才形成。唐玄宗开元十七年（729年），唐将巂州都督张守素攻取昆明城（今盐源境内），斩获万人，之后派五千人的部队驻守，史书准确记载为五千一百人的昆明军。开元二十八年（740年），剑南节度使章仇兼琼用谍战攻取安戎城，改名平戎城，收复安戎、昆明两城，强化了唐朝对西南地区的统治。在经营姚州和与吐蕃的战争的过程中，一个不容忽视的历史事实是，因为唐王朝越来越意识到通过姚巂道控制洱海地区的重要性，于是才有后来两次设置姚州都督府和为对抗吐蕃而支持蒙舍灭北方五诏，放任甚至扶持南诏做大，成为后患。千余年后的今天，在方山和方山东麓、江底河南岸仍然有姚巂古道的遗迹，岩石里深深的马蹄印似乎还弥漫着历史的味道。

作为羁縻州县的州府县衙共置之地的苴却，地处姚巂道上的金沙江南岸，位置很重要，是唐廷与南诏往来的途经之地。天宝前，为表臣服唐廷的诚意，蒙舍部落首领细奴逻，即第一代云南王皮逻阁的曾祖，派儿子逻盛于高宗永徽四年（653年）出使长安，为其父获得巍州刺史封号，往来要经过这里。高宗麟德元年（664年）和武则天垂拱四年（688年）两次设立姚州都督府，军队往来要经过这里。永昌元年（689年），已是蒙舍诏首领的逻盛再次入唐，拜见武后，往来也要经过这里。玄宗开元二十六年（738年）剑南节度使王昱到姚州处理张寻求事件，要经过这里。同年，唐廷派中使李思敬持节到姚州册封皮逻阁为云南王，要经过这里。天宝后，唐廷与南诏围绕这条通道争战不已，是双方或战或和的途经地。肃宗李亨至德元年（756年）南诏攻陷嶲州，抢掠"子女玉帛，百里塞道"，往还要经过这里。退兵的南诏次年再次攻破杨廷琎恢复的越嶲州，并在今天的会理设置会川都督府，把与唐廷争战的前沿哨所推进到金沙江北岸的嶲州地界，军政人员往来要经过这里。德宗李适贞元十年（794年）南诏王异牟寻弃蕃归唐，最后促成"苍山盟誓"的双方使者往来，要经过这里。随后派往成都、长安学习汉文化的南诏子弟每年"数十成百"，要经过这里。文宗李昂太和三年（829年），南诏王劝丰祐发兵攻下嶲州、邛州，次年破成都，诗言："锦州南渡闻遥哭，尽是离家别国声""大渡河边蛮亦愁，汉人将渡尽回头""越嶲城南无汉地，伤心从此便为蛮""云南路出陷河西，毒草长青瘴色低"，大军掳掠工匠、满载玉帛南归，要经过这里。太和五年（831年），新任成都尹、云南安抚使李德裕修复嶲州，派遣使者入南诏，索还百姓四千人，要经过这里。懿宗李漼咸通二年（861

年)、五年(864年)、六年(865年),南诏世隆时期三次侵入嶲州,要经过这里。

决定性时间是懿宗李漼咸通十一年(870年)和僖宗乾符元年(874年),南诏两次进围成都。唐廷无力再战,请议和而南诏罢兵。南诏的势力范围自此固定在大凉山北面的大渡河。南诏政权在这一地区开通了自己的国内交通线,《云南通史·南诏交通》对此有详细记载:从南诏首府阳苴咩城(今大理古城)出发,经龙尾城(下关)、渠蓝驿(凤仪)、波大驿(祥云县)、云南城(云南驿)、佉龙驿(普淜)、求赠馆(南华英武关)、外弥荡(姚安弥兴)、弄栋城(姚安)、阳褒馆(大姚李湾村)、藏傍观(大姚麻街村)、清渠馆(永仁江底河村)、伽毗馆(永仁苴却街),在末栅馆(原苴却拉鲊渡口)渡金沙江后过河子馆(四川黎溪)、会川(会理)北上,翻越俄准岭,经嶲州(西昌)、台登(泸沽)、箐口驿(越西),过清溪关大后到达大渡河边。过了大渡河,到成都平原已经不远了。

经过战乱,曾经是大唐王朝微州和深利县州县驻地的苴却降为南诏馆驿——伽毗馆,成为南诏政权传递文书者或来往官吏中途住宿、补给、换马的一个处所。

苴却黉学庙四百年记*

2016年是中国农历丙申年。这一年的冬天，修复一新的苴却黉学庙悄悄地过了自己400周年的生日。在古代，中国人有早婚的习俗，十八九岁结婚已属晚婚，以25年为平均代际，400年够16代人扎扎实实地走过。16代人走过的时间是多么的漫长，这时间长得让人有些发晕。但是作为永仁人，我们应该记住400年前的那个冬天，记住那年冬天建成使用的苴却黉学庙。这是永仁教育有迹可循的起点，是永仁官办学校的开端。同时，黉学庙还是中国彝乡楚雄仅存的三座古老文庙之一。

---

*《苴却黉学庙四百年记》原载《金沙江文艺》2017年第9期，为云南人民出版社2017年12月出版的《文化楚雄·永仁》一书第一编第3章，原文名为《四百年苴却黉学庙浸润濡养》。

一

　　回想遥远的过去，春秋战国时期礼崩乐坏，人们的现实生活与精神生活被双重放逐天外。在物质与精神的双重苦难中，当时的思想家结合新的时代特征，开始了对规范人们生活新秩序的思考，造成了这个时期诸子百家像百花一样竞相绽放的崭新局面。在这样的背景下，孔子通过恢复周礼，开启用历史人文传统来服务时代需求的新探索，提出以"仁"作为调整社会秩序的新观念，逐渐形成完备的儒家思想体系，成为中国传统文化的主流，对中国和世界都产生了深远的影响。黉学庙，又称孔庙、文庙，儒家思想往往通过庙学来教化、传播、普及。古地苴却远离中原，最早接受儒家思想的浸染并有遗存保留到现在的就只有始建于明代的苴却黉学庙。

　　黉，古时对学校的称谓，也称黉序、黉校、黉门、黉宫、黉学。"仇览字季智，一名香，陈留考城人也。少为书生淳默，乡里无知者。年四十，县召补吏，选为蒲亭长。劝人生业，为制科令，至于果菜为限，鸡豕有数，农事既毕，乃令子弟群居，还就黉学。其剽轻游恣者，皆役以田桑，严设科罚。"这是《后汉书·循吏列传》里的一段话。所谓循吏，就是"奉公守法、注重农事、重视教育、所居民富、所去见思"的古代地方官吏。范晔在为循吏仇览作传时无意中把东汉时期黉学的办学特点记载了下来。据仇览后来还被报送到"太学"深造这个历史事实来看，当时是分级办学的，黉学当属农村初级学校，所招学生为农家子弟，农忙时节回家从事农业生产，农忙结束又回到黉学庙继续学习。从中原到西南，黉学传承千余年后落脚苴却。苴却黉学庙是怎么办学的呢？据《永仁县志》记载："（黉学）招收15岁以下儿童入学，以《三字经》《百家姓》《孝经》《幼学琼林》《小学》《大学》《论语》等为主要教材。"

开永仁教育之先河的苴却黉学庙建成数百年来，既命途多舛而又生命力强劲，毁坏一次就有一次重修而又重新焕发出生命的光彩。家住文庙街、曾任永仁县教育局教研室主任的已故教师王宗仁老先生对1952年被"拆牌倒碑填泮池"改作粮食仓库前的苴却黉学庙原貌有过记述。苴却黉学庙背靠来凤山，面向永定河，内部结构精巧，外观庄严壮丽。布局为三进院落，分为前院、中院和后院。前院宽大，北南两厢建有两幢房屋，是旧时作为学堂供子弟读书的地方。前院有泮池，中院有大成殿，后院为崇圣祠。前院一进大门是一照壁，转过照壁就能看见泮池，也称学海。泮池上有一座石拱桥，名为三沅桥。泮池周围有几排柏树和紫薇树，树身枝丫交错，相映成趣。泮池边上围有雕琢精美的石栏杆，小孩子可以在院内玩耍、嬉戏。从前院坝到中院大成殿还有二十多级台阶，台阶两边采用光滑坚硬的大石板镶嵌，小孩子可以在上面"梭滑梯"，并不会遭到训斥。中院的大成殿是整个黉学庙最重要的建筑，殿内数十棵大柱子将大殿高高擎起，高大巍峨。大成殿为重檐歇山顶，棂星门、南庑和北庑均为单檐硬山顶，挑檐斗拱，画栋雕梁，是突出的明代建筑风格。大成殿里是供奉孔子圣贤的地方，殿内正面正中供奉的是孔子的牌位。左右两边是孔子的弟子牌位，左侧从外向内是曾子、孟子、子贡、子张等，右侧是颜回、子思、子路等。大成殿及其院心是祭孔活动的主要场所，每年祭孔大典都在这里举行，小孩子要由大人带着才可以进殿祭拜孔子。后院的崇圣祠是单檐硬山屋顶，琉璃瓦屋面，梁架结构，设格子雕花门，是簧学庙老师的住所，一般人是不可以进去的。

这样肃穆的地方，用作粮食仓库也就作罢，不想在20世纪60年代外县红卫兵来永仁搞大串联和70年代初全县"批林批孔"运动中，簧学庙一再遭到破坏，里面的文物被肆意砸坏丢弃，部分建筑被任意拆建拉走，周围的土地也被蚕食和侵占，昔日规模宏大的簧学庙建筑群，只留下大成殿和南庑。又过数十年失修，使簧学庙硕果仅存的大成殿和南庑翼角残缺，椽断梁朽，脊坠墙塌，像一艘在历史长河中风雨飘摇的破船。

历史的长河太长，长得有些让人迷茫，但是读到这段历史，仍然会激起心中情感的波澜。回顾苴却，秦汉零关道上开路先锋的喧嚣、隋唐姚嶲道上商队马帮的铃声都已经从这里走远，迎面而来的是大宋王朝。宋太祖赵匡胤在平蜀将军王全斌所献的地图上沿着大渡河一划，说："此外非吾有也。"这是发生在965年的事情。从这以后，宋朝与大理国政治上互不信任，经贸上少有往来，从成都出发，渡过大渡河，翻越小相岭，经西昌、会理，在苴却过金沙江，前往洱海地区的这条古道冷落了。二十四史中最庞大的一部官修史书《宋史》在《大理国传》里也有"自后不常来"的记载，明代嘉靖《大理府志》的记载则更为决绝："王全斌既平蜀，欲乘胜取之（大理国），以图献太祖。太祖鉴唐之祸，以玉斧画大渡河以西，曰：'此外非吾有也'，由是兹地遂与中国绝。"元世祖忽必烈1253年破大理城后经营云南，云南的政治中心从洱海地区逐渐转移到滇池地区，从成都平原南下的那条古道在会理稍稍往东南一转，取道姜驿，过元谋坝子，翻越马头山，经武定、富民，直达新的政治经济中心昆明。从此，"环金沙江大曲"的苴却被这条奔涌的大江阻隔，三百年时间便化成大姚北界之北的"又北界"，偏僻而荒芜。

时间又过去了三百余年，这就到了明朝万历四十四年（1616年）。这一年冬天，江西宁都举人出身的大姚县知县谢于教在离县城"二百余里"的苴却建成文庙，时称"姚府北界胜"景。就在这一年冬天，苴却依靠黉学庙正式办起了社学。社学是旧时乡村启蒙教育，元代即有规制，明清两代，各府、州、县皆立社学，社学多设于当地文庙。四百年前的永仁尚未置县，苴却也不是县城，但是苴却黉学庙"先圣牌位、门庑、池泮俱与郡邑学校同"。"先圣牌位、门庑、池泮俱与郡邑学校同"可不是胡说，这是三百四十六年前大姚知县张迎芳亲眼所见、亲笔所书。崭新的苴却黉学庙开始选任教师，于农闲时节令子弟入学，教育内容包括经史历算和各种礼仪。由此而后，山荒水远的苴却，儒家教化得以广布，圣人之道晓然边陲。

明万历四十四年，苴却黉学庙首建告成，着实让苴却街的街坊邻里兴奋了一阵子。可惜没有文字记录，哪怕片言只语。顺治庚子年是1660年，《永仁县志》误记为1720年。这一年是董安邦重修苴却黉学庙后的第十年，苴却黉学庙里的教书先生刘芳远请新任大姚县知县张迎芳为重修后"大改旧观"的苴却黉学庙写篇文章，记述重建苴却黉学庙的功德，欲勒石垂久。张迎芳可是一个不畏权贵、清廉出名的人物。他是湖北应城人，顺治十六年（1659年）考中进士，十年后的1668年被任命为大姚县知县，是大姚第三十四任知县。后因母亲生病去世，离开云南，回老家守孝。孝期满后还担任过河北玉田县知县、山东博平县知县、山东泰安府知州。在玉田县，张迎芳不准往返于京城和东北的朝廷官员因私使用驿站马匹；在泰安，不准用公款购买肉食和果品接待朝祭泰山的朝廷大员；在家里，不准家人接受同僚的"宴请"，妻子劝张迎芳为子孙后代着想而收些分外之财，被张迎芳责打。这就是在现在看来都难能可贵的清朝地方官员张迎芳。他一生勤于政务，最后在泰安"瘗于任上"。雍正年间，泰安府重建包公祠，奉祀宋代名臣包拯，增祀张迎芳，接受后人祭拜。对于张迎芳，就连听惯了奇闻逸事的蒲松龄都感叹不已，把他写进了《聊斋志异》卷二十四《一员官》里，还评论说："此不可谓非今之强项令也。然以久离之琴瑟，何至以一言而躁怒至此，此人情哉。而威严能行床笫，事更奇于鬼神矣。"一己之私，虽小不为，这就是仁者张迎芳。康熙《大姚县志》对张迎芳的评价是"简静宜民，廉明听政"，离任之日，"老幼泣送"，并为之建德政碑亭。这样的张迎芳当然知道刘芳远的意思，欣然写下了《重修苴却社学记》。这篇碑记，史书有载，文采斐然，是苴却这块古老的土地上难得的一篇好文章，甚至可能是永仁最早的一篇文章了。全文如下：

重修苴却社学记

邑治之北去二百余里，曰苴却，环万山而绕曲水，川岳卓荦之气，独有所钟，郡黎多聚族于斯焉。其间俊秀英敏之士，翩翩济济，诚姚境一胜概也。前明万历丙辰冬，邑令青莲谢公讳于教者，以征粮按其地，虑其去县治甚远，而教化之未易覃敷也，爰仿古社学之意，创建文庙，立先圣牌位，门庑、池泮俱与郡邑学校同。令博雅老成之儒，考钟伐鼓、横经论道于其中，集附近之英才而教育之。圣人之道，于是晓然于边陲矣。殆至烽烟四起，兵贼之去来者，咸指为馆舍，窟虎豹于黉序，饮战马于桥门，高堂倾，斋庑圮，木主毁弃，瓦砾堆盈，而洙泗几灭焉。

幸我皇清统一寰宇，楚藩南服，于庚子年以董君讳安邦者干议此地，会计易沐。董君固三韩世裔也，甫入其境，即留心文事，见故宫之废坠萧条，辄欣然捐资鸠工。躬自省试，大兴作而再修之。剪榛棘，平块圮，正础扶栋，丹楹刻桷，殿宇奂轮，门庑轩敞，牌位更新，崇祀聿隆，庄严壮丽，大改旧观，于戏盛哉。

夫兼三才者，存乎儒；开万世者，存乎学。泽宫，教化之源也。是以古之教者，家有塾、党有庠、术有序、国有学，于焉离经辨志，敬业乐群，以阐明先王之道。而异端邪说，始不惑世诬民也。况滇云远居天末，而苴却又极末之末，顾安可使讲堂旧地，鞠为茂草，而不阐明先王之道乎？

今学官既复，文教要兴，入其门者，以讲以射，兴仁兴让，咸知君臣父子之纲，共晓春秋礼乐之义。人才蔚起，出为国桢，其以黼黻王猷，赞勷圣治者，殊非浅也。则董君修复之功，诚未可没也。迎以戊申来牧兹邑，明年冬课赋至此，觐谒先圣，有邑庠耆士刘生芳远，振铎于斯。为述其始末，而索言于迎，欲勒诸石，以垂诸久。因薰沐而为之记。

至若金粟之费，助资督役之人，皆得于碑阴并列云。

大清康熙九年十一月初一日
赐进士出身大姚县知县三楚运城张迎芳敬撰

可奇怪的是，朗然屹立了三百多年的《重修苴却社学记》却在解放后不翼而飞。什么时候不翼而飞，不翼而飞到什么地方去了，无人知晓。在那时，似乎也没有什么人关心它的去向，时间就这样静默着。

时间就这样在这块碑上静默到了2012年。作为永仁县一项重要的文化工程，修复苴却黉学庙被列上2012年的议事日程，当年开工建设。在永仁县黉学庙修复过程中，2012年11月15日中午，剑川工匠史福生、史安林等在黉学庙大成殿庙正堂偏西靠后的地方偶然挖出一块石碑，上面阴文刻写的正是《重修苴却社学记》，正好印证了这件史实。县里对这块堪称文物的石碑很重视，按照修旧如旧的原则，把它原样竖立在修葺一新的苴却黉学庙大成殿前。它与在这里存在了四百年的苴却黉学庙共同见证了儒家文化对苴却这块土地的浸润濡养。

二

永仁县古称苴却，先秦为古滇国属地，古老的昆明部族曾在这一代游牧。两汉至南北朝时期，苴却先后分属越嶲郡青蛉县、云南郡青蛉县、兴宁郡青蛉县。到了隋代，苴却为南宁州总管府辖地。自隋炀帝大业元年（605年）开始推行科举制度到修建苴却黉学庙的明代万历四十四年，在这千余年时间里，未曾见到有苴却人考中举人、进士的记载。这么多年可以说是苴却漫长的"天荒"年，想想千余年未曾"破天荒"也是有缘由的。人是文化最活跃的载体，学校是文化最重要的依托，黉校不兴，作为古代知识分子代表的举人、进士从何而来。黉学庙建成后，教化苴却子弟，儒家文化遂逐渐浸润濡养这块古老的土地，富有地域特色的文治之花在这里盛开。据1995版的《永仁县志》记载："明万历四十四年（1616年）在苴却街建文庙，至光绪二十四年（1898年）清廷谕令废科举，凡282年，有进士、举人、贡生近百人。"

"荒营处处埋铜鼓，野菜家家种蔓菁。"这是曾经担任过云南广南府训导的姚安人王安廷《苴却怀古》里的诗句，是苴却一地在那个时代的真实写照。黉学庙建成以来，苴却一地近百名的进士、举人、贡生，经历历史的风尘。他们的生平事迹现在已经无法一一列出，但有举人三父子在"荒营处处，野菜家家"的苴却确实曾经显得那么耀眼，值得一书。他们是王惟宽王嵩父子、陈铨陈于宁父子、王运开王际唐父子。

王惟宽，字子亮，号千里，幼年即入黉学，习武读经。据苴却王氏族人口耳相传，王惟宽刀枪弓马均十分娴熟，特别擅长大刀。一把青龙大刀，手抛脚踢，刀锋团身，十分威武。康熙二十八年（1689年），王惟宽参加武乡试，考中庚午科第二十五名武举人，时年29岁。这在当时是一件盛事，姚安军民府的缙绅为其题赠匾额达7块之多，《云南通志》载其名。颇为不易的是，王惟宽还于康熙三十六年（1697年）远赴京师考选"掌印卫正堂"。由于武举开考不多和中举不易等原因，自明到道光年十三年（1833年）以来数百年间，原姚安军民府辖地内各州、县、提举司只有7人考中，成为武举人。值得一提的是，王惟宽不但有武才，文采也好，年老而不荒学业，曾传著有《醉书堂诗稿》两卷。云南书院教习侯如树读其书文，羡其文采，因此在他七十大寿时率子弟前来祝寿，并送过一块题款为"锦章寿言"的寿匾。王惟宽的婚姻也颇为传奇，他娶的是远在四川、中间隔着大凉山的嘉定州（今乐山市）袁国政之女袁氏为妻，生儿子王嚣、王嵩、王嚣、王乔。王嵩也是个举人。王嵩，苴却黉学庙完成启蒙教育后，获得前往姚安府学继续学习的机会。雍正四年（1726年）增补为廪生。那时，姚安府学书院兴盛，有栋川书院、南中书院、三台书院、麟凤书院、大成书院等。雍正十年（1732年），王嵩参加乡试，考中壬子科第三十名举人。雍正年间，王嵩接受大姚县令邀请，教读于大姚日新书院，正值盛年而病亡，回葬永仁县乍石村傍山，年仅四十一岁。后迁葬苴却东山，墓碑还在。王惟宽另外三个儿子王嵩、王嚣、王乔都通过了云南学道主持的"院试"，都有庠生身份。

王惟宽曾被康熙《姚州志》误认为是姚安军民府姚州人，后又被光绪《白盐井志》和民国《盐丰县志》误记为石羊人，实为姚安军民府大姚县苴却人，七十八岁寿终，先葬苴却桥头寺山，后迁葬乍石。同样被地方志书误记的苴却簧学庙子弟还有王惟宽的侄儿子王谟。王谟的父亲是王维一，与王惟宽同为王立之孙。王谟，字宪伯，幼入苴却社学，青年入姚安府学，康熙六十一年（1722年）以岁贡入学国子监，乾隆岁进士。王谟墓在永定镇苴却东山，有《进士王宪伯行述碑》《王宪伯墓志》两块，楚雄州档案馆藏有拓片。非常巧合的是，据《姚州志》的记载，嘉庆二年（1797年）来姚州担任州牧的人也叫王谟，开鳌峰书院，使姚安"文风为之丕变"，很受地方学子欢迎，其事迹被载入"循吏"目录。

陈铨，乾隆二十四年（1759年）庚辰科第三十九名举人。他"淡于仕进"，考中举人后"即不再上公车"，次年即捐资筹建苴却桂香书院，教书育人，史称陈铨"品行端正，心地善良"，"享年甚高，尊为一乡之望"。苴却桂香书院建成后，请修支金获得允准，与大姚县学日新书院一样，每年支银四十二两，其中书院山长的年聘薪金为银四两，书院所需器具由礼房传知苴却乡保制备。至此，苴却的文化教育，从苴却黉学庙发展到苴却桂香书院，无论是教育等级还是教育质量均上了一个台阶。绝非巧合的是二十七年后的乾隆五十年（1785年），他的儿子陈于宁考中丙午科第三十九名举人。时隔二十七年，陈铨、陈于宁前后相继，同为第三十九名举人，苴却一地争相传颂。道光《大姚县志》记录了当时盛况："父子相继，人争羡之。"陈铨、陈于宁父子中举之后，不愿为官，热心公益，致力于地方文人的培养，史载"苴却创建社学，捐立书院，繁荣地方文化，其父子出力最多"。

王运开，光绪十七年（1891年）辛卯科举人。王际唐，王运开之子，也是光绪十七年（1891年）辛卯科举人。王运开、王际唐父子双双中举，且为同年同科举人，被称颂一时，成为苴却科举佳话。王氏家族是苴却一带的望族，王运开、王际唐父子虽然同年中举，族人还是称王运开为老举人，称王际唐为小举人，以示区分，也有一点炫耀的意思。

老举人王运开，字雨初，青少年时期在苴却完成学业后，到姚安府参加院试，考取廪生，接着参加乡试中举，曾进京参加会试，后来回云南以教育家乡子弟为业。《永仁县志》记载，他考中举人后曾担任过通海县教谕，任期满后回苴却讲学，担任苴却桂香书院教谕二十余年。他品行纯正，文风淳朴，举止风雅，能文善书，尤其是书法自成一路，很受学生欢迎。小举人王际唐志行坚卓，学识渊博，毕生主讲于苴却桂香书院，大姚日新书院、仁和义学，地方志称他"桃李盈门，誉满全邑"。

据县志记载，王际唐热心公益事业。他的一个善举是修建了羊蹄江铁索桥。那个时候，苴却境内的羊蹄江上没有桥，夏秋发大水，阻断两岸交通，往来商旅因此隔绝，影响地方经贸发展。王际唐于是首倡在羊蹄江上修桥事宜，并带头捐资，得到苴却商绅响应，连接羊蹄江两岸的铁索桥得以开工建设。不久，羊蹄江铁索桥在今天的宜就镇木马村委会黑么村民小组旁一个叫作孔雀塘上方的江面上建成通行，从此不再受洪水阻隔，商旅行人因而络绎不绝。此事很受苴却邑人称赞，时称王际唐修建羊蹄江铁索桥一事为"唐公善举"。

王惟宽王嵩父子、陈铨陈于宁父子、王运开王际唐父子等都是从簧学庙中走出来的苴却子弟。

三

苴却簧学庙修成以后，旋即招收本地懵懂儿童入学，笔墨纸砚随之引入，文化渐成氛围。可谁也没有想到的是，苴却子弟会在笔墨纸砚的使用过程中研制出一种享誉世界的名砚——苴却砚。"砚，研也，研墨使和濡也"，这是东汉琅琊王刘熙对砚台的解释，也是第一次对砚台的名源进行探求和释义。砚台历经秦汉、魏晋，至唐代起，各地相继发现适合制砚的石料，开始以石为主的砚台制作。其中采用广东端州的端石、安徽歙州的歙石、甘肃临洮的洮河石及山西绛州的澄泥石制作的砚台，被分别称作端砚、歙砚、洮河砚、澄泥砚。史书将端砚、歙砚、洮河砚、澄泥砚称作四大名砚。而用云南永仁苴却石制作的砚台被称作苴却砚，有人称之为中国第五砚。曾任中央文史研究馆馆长、中国国家文物鉴定委员会主任委员、中国书法家协会名誉主席启功在1995年看到苴却砚，惊喜不已，为之留下墨宝：中国苴却砚。此后，苴却砚作为国礼赠予多位国家元首，苴却砚再次走出国门，走向世界。

在曾为苴却辖区的金沙江大峡谷南岸的悬崖峭壁中有一种石头，瓦青色，可做砚台，苴却人把它叫作砚瓦石。奇怪的是这种石头里面有厚薄均匀的带彩条带，称石标；有大小各异的眼，称石眼；有金黄色、银白色的线条镶嵌在石头里，称金线、银线，特别是有些线竟排列得像书签一般非常整齐，非常罕见，极为珍贵。当地人从金沙江南岸悬崖上采来这种石头制作墨盘、砚台，供自家子弟入学使用，因此世代相传，制砚技术日积月累而日臻完善，渐渐形成了自己独特的风格而销往省内各地及四川。这种砚台因石质细密腻滑、莹洁滋润，而且"抚之如婴儿肌肤、扣之声音清越铿然、视之文理清秀"，特别是它研墨细腻、发墨如油而冬天历寒不冰、盛夏存墨不腐的特性，加上它特殊的石质和花纹，在云南、四川两省市场上很受欢迎。这种此地仅有、别处所无的特殊砚台因采产自苴却而叫作苴却砚。

民国初年，传来要在全国各地征集物品参加巴拿马万国博览会的消息，宋光枢用三方苴却砚应征参展。不久，消息传到苴却，说寸秉信为宋光枢制作的三方砚台在巴拿马万国博览会上获得金牌奖章。宋光枢何许人也？宋光枢，贵州人，曾在苴却巡检司担任过三年巡检。他在苴却为官时购买收集了一些苴却砚，获奖的三方苴却砚就是从苴却砚名家寸秉信处购得的。宋光枢把获奖消息告知制砚人，并与之共同分享获奖的喜悦，获奖消息就此在苴却传开，在苴却小城引起不小的震动。

原来，美国联邦政府为了庆祝巴拿马运河开凿通航而决定在美国旧金山市举办的巴拿马万国博览会，动荡中的中国决定由农商部全权办理此事，并为此专门筹备成立了专责参赛事宜的巴拿马赛会事务局，各省相应筹备成立巴拿马赛事会出口协会，制定章程，征集物品。参赛物品大致分为教育、工矿、农业、工艺美术等，征集范围从工矿企业、机关学校，甚至直到普通农民百姓，征集参展物品的时间长达数年之久。中国作为国际博览会的初次参展者，第一次在世界舞台上公开露面，并取得了令世界瞩目的成绩：一是中国参展展品总数高达10万余件，为参展各国之最；二是在那一届博览会颁发的25527个奖中，中国获奖总数在所有参展国家中排名第一。这两个第一，当时在国内引起了非常大的反响。苴却偏居一隅，所产物品获得国际大奖，"藏在深山人未识"的苴却砚自此享誉海外。从此以后，中国的名砚中，苴却砚有了一席之地，更受文人墨客青睐。

到了当代，苴却砚名声日隆，得到方毅、范曾、黄胄等中国当代政治家、著名书画家的广泛赞誉，获得"砚中珍品"美誉的苴却砚声名鹊起。启功是当代著名的书法家，他的"中国苴却砚"题名更是让苴却砚与启功的书法相映生辉。1995年4月，乔石任全国人大常委会委员长，出访日本、韩国时，特选苴却砚赠送日本天皇和韩国总统，再次引起世界的关注，受到很高的赞誉。进入新世纪，苴却砚得到国家领导人的关心重视，习近平总书记在担任国家副主席时就参观过苴却砚在北京的展览。

获得良好声誉的苴却砚还引起了文物专家的重视，甚至考证苴却砚的前身就是在宋代文人中受到追捧的泸石砚。"苏门四学士"之一的黄庭坚是北宋著名的书法家，他在文章中多次写到泸石砚，对泸石砚多有赞赏，还把泸石砚与当时的其他名砚并列。特别值得一提的是，中央电视台《艺术品投资》栏目2002年12月10日做了一期名叫"中国苴却砚（泸石砚）的收藏与鉴赏"的电视节目，确认苴却砚就是泸石砚。那一期电视节目的收藏鉴赏嘉宾是国家文物鉴定委员会副主任委员、中国收藏家协会会长史树青。史树青说泸石砚在北宋时就是砚中极品，并运用《砚笺》卷三中有"泸川石砚，黯黑受墨，视万崖、中正砦白眉"来说明宋代泸石砚在名砚中的地位非凡。"白眉"典出《三国志·马良传》。马良眉中有白毛，是马家兄弟五才俊中最有才名者，因此用"白眉"比喻同类中的杰出代表。综合各方的论述，苴却砚就是泸石砚前身的理由有三：一是北宋时期向朝廷进贡泸石砚的泸州并无产砚石的地方；二是泸石砚当时又叫泸水砚，泸州一带已是长江，不叫泸水，而流过苴却一地的金沙江古代称作泸水；三是据宋元文人记载，泸石砚质地花纹与当今苴却砚十分相近。如果这样的分析成立，苴却砚不但是名砚，而且还是有来历的名砚。

苴却砚的收集整理研制得到一些地方政府的重视，永仁县文管所曾经一次就收集了170余方苴却砚，经云南省文物局2008年3月鉴定，其中5方为国家三级文物。这5方砚台中，双龙戏珠纹方形苴却砚、牙池碟苴却砚为清代文物，巧雕松鼠葡萄猎手纹苴却砚、巧雕竹架松鼠葡萄苴却砚、喜鹊登枝纹随形苴却砚是民国初年文物，一些企业、商家，甚至地方政府还修建了风格各异的苴却砚博物馆，其中以中国苴却砚博物馆最为壮观。苴却砚潜在的收藏价值多次在社会上掀起收藏热。在众多的苴却砚收藏人中，永仁县书法协会主席、永仁县人民医院副主任医师毛志品先生是其中一位，业余收藏苴却砚近千方。其中，有一方名为"喜上梅梢砚"的苴却古砚是他最为满意的收藏。"梅花喜鹊砚"巧用绿膘，雕刻一树梅花，两只喜鹊落在梅枝头，寓意喜上眉梢。最为奇绝的是，砚面上自然分布着大大小小几百个青白色石眼，看起来像雪花一样从高空飘飘而下。树干古虬，枝上梅花傲雪开放。砚盖面上刻有"翰墨流香　樾洲氏题"的题款。这是毛志品先生亲自到大理州剑川县收集到的。"翰墨流香　樾洲氏题"传为赵藩为其弟赵奎所题，尚待考证。赵藩是历史文化名人，要是确为赵藩所题，那就不仅仅是一方砚台了。赵藩，字樾村，剑川县向湖村人，清末中举后曾在四川任过酉阳知州、盐茶道、永宁道、按察使，辛亥革命后担任交通部总长、云南图书馆馆长。"能攻心则反侧自消，从古知兵非好战；不审势即宽严皆误，后来治蜀要深思。"这幅悬挂在成都武侯祠的著名楹联就是赵藩的手笔。"白鹤仙圆形加盖砚"是毛志品先生所收藏的苴却砚中很有代表性的一方砚台。这是一方直径9寸的老砚，雕刻年代为清晚期，毛志品先生用1.5万元人民币在昆明小龙四方街翡翠古玩城杨姓老板手中购得，而此前是一位贵州省安顺地区的古玩商在云南盐津县豆沙关收集到的。"白鹤仙圆形加盖砚"选用苴却纯绿膘石，为一位寿翁手执仙杖，身挂宝葫芦，骑着仙鹤，如临仙境。老寿翁头上有"白鹤仙"落款，周围有数簇丝状花菊瓣衬托，高雅稳重。在形态各异、图案繁多的苴却古砚中，这是一方极少见的人物雕饰砚，是苴却古砚人物砚中的珍品。"渔樵耕读圆形摆件"是毛志品收藏的具有一定代表性的苴却石摆件之一。这块摆件选用黄绿膘相兼的苴却石，内容以中国传统文化的"耕读传家"为核心，巧用苴却石内的黄膘、绿膘及部分石皮相互衬托，对山峦、田野、楼台、水榭进行精心布局，将渔、樵、耕、读各类人物刻画得栩栩如生，活灵活现。外框用一椭圆形楸木雕刻而成，造型上雕成琉璃瓦顶，瓦顶下落款"万古长青"，两侧雕有龙凤呈祥图，下方雕有山水、松柏等图案，底座有四个龟足。这块苴却砚摆件直径盈尺，选料精细，布局巧妙，刻画生动，表达了人们对美好生活的期盼与向往，是难得的一件苴却石摆件。

经过漫长的时间洗礼，砚台早已不再是单纯的文具，而成为集雕刻和绘画于一身的精美工艺品，成为文人墨客收藏的对象。砚作为与笔、墨、纸并称的"文房四宝"之一，中国历代的文化人对其珍爱无以复加。刻砚、赏砚、藏砚，作为一种时尚的风气，随着社会历史的演变，浓缩了时代文化、经济乃至审美意识的各种信息。对现代人来说，古砚台完成了由实用品到艺术品的转化，因而也造就了它独特的收藏价值。

随着永仁对外开放的不断扩大和人们生活水平的提高，苴却石产品也从单一的砚台向苴却石艺方向拓展，使苴却石材的发展空间不断扩大。现在，苴却石印章、苴却石茶盘、苴却石书桌、苴却石屏风等品目不断面世。云南省非物质文化遗产保护传承人、永仁苴却民族工艺制品厂厂长马世明甚至用自己多年研究苴却石的制石技艺研制出一套由二十一块长短不一、镂空程度不同的苴却磬石组成的乐器——石磬，其音色优美动听。

苴却黉学庙普及了地方文化，推动了苴却砚台的使用、研制、收藏，而苴却砚台的使用、研制、收藏，反过来也促进了古代苴却地方文化的发展。

四

如果说石刻是历史的存根，那蕴含在里面的文化就是石刻的灵魂，而儒家文化在苴却的传播则肇始于苴却黉学庙。苴却黉学庙建成以后，选聘博雅老成之儒，教书识字，教习书法，开始培养苴却自己的文化人，文化氛围渐渐养成。此后四百余年，历代苴却文化人以石当纸、以刀为笔、以文勒石，赋予冰冷的石头艺术的生命和历史的内涵，形成了苴却石刻。这些伫立在苴却土地上的摩崖和碑刻，展现着苴却人的生活片段，记录着苴却人的历史沧桑，最终形成独特的苴却石刻文化。它们经过历史风云的洗礼，一直存留到今天，成为记录苴却历史的重要载体。

那一方方摩崖石刻就是一处处生动的苴却景观。《古代石刻通论》讲："摩崖石刻是石刻中的一个类别。所谓摩崖石刻，就是利用天然的石壁以刻文记事的石刻。"《金石索》则认为："就其山而凿之，曰摩崖。"在地处川滇要冲的苴却古道上，从江底河、羊蹄江两岸的悬崖到金沙江边方山上的峭壁，散落的摩崖石刻闪烁着历史的光辉。至今幸存的苴却摩崖石刻有清代参将彭子祥题刻在江底河南岸铁索桥头悬崖上的"玉龙桥",清代大姚知县黎恂题刻在方山水头箐北岸的"幽涧鸣泉",民国永仁县县长赵韩文、李嘉策、张渭清分别于任上题刻在方山七星桥南的"漏天""可以悟机""豁我清机",而高奣映题刻于拉列地摩崖的"容中"二字则昂然进入《新纂云南通志》,以拓片形式存之史志。《新纂云南通志·金石考十八》卷九十八记载:"'容中'二大字石刻,高奣映题书,高七尺广三尺,正书,康熙年,在永仁县拉列地,见拓片。"这些优美、遒劲的汉字镌刻在一块块历经沧桑的岩石上,彰显着中国文化的魅力,见证着儒家文化对苴却的浸染与濡养。苴却摩崖石刻文化,正如最初被雕琢的那堵岩石,是我们这个古老民族的坚韧性格与厚重的文明的一部分。

固化历史文化的碑刻,作为历史最忠诚的见证者、记录者,它们默不作声地记录下那些重要的历史事件、历史人物和历史时刻。康熙初年高奣映写了一篇叫作《方山说》的美文,这篇不足四百字的短文把苴却方山写得奇绝而令人神往。几本地方志对此事都有记载,文末写有"近释一朗幕开山,题禅院名'静德',盖高氏其先宅,其上旧以'静德'名,不没前人意。且碑以记之,志此山之概也",透露出方山静德寺的一段过往。方山风景优美,曾经住僧众多,还是僧侣往来于鸡足山与峨眉山之间歇足咏经之地。神仙择胜景而居,此言不虚。至今方山上仍然有多处僧林尼塔,其中比丘尼塔是方山的一个著名景点。方山静德寺是云南最早的一批佛教寺院,为岭南净泽禅师于元代延祐三年(1316年)所建,屡建屡毁,屡毁屡建。在此之前,方山静德寺旧基曾是"高氏先宅"。方山静德寺正大门内不远处有几株巨大的古柳杉和古柏树，相传是岭南净泽禅师开山时亲手所植，现在依然健在，古朴而苍虬。与高崶映同时代的释一朗幕禅师在方山开山建禅院所用的寺院名称沿袭岭南禅师所取的寺院名称静德寺，寺内曾有"方山岭南净泽禅师行状碑"。高崶映在《方山说》一文里写得更明白，释一朗幕再次开方山，建禅院，题"静德"，还专门为此写了一篇记述方山概貌和开山建静德禅院经过的文章。这篇文章曾经被刻在石碑上，这块石碑至今仍然没有被人发现，可能已经毁坏，踪迹全无，可能还深埋地下，不见天日。要是找到了，想想也该是一篇不错的美文。倒是在方山静德寺里发现了一块名为《抚彝府方山静德寺庄田租佃公判碑》的断碑。这块断碑记录了方山静德寺曾经经历过的一件庄田官司，静德寺赢了官司，刻碑勒石以记之，可惜碑石断损了，文字也只剩下一部分。根据这块残碑剩余的文字记载，方山静德寺当时有田庄6庄，每年收租196石，说明当时寺庙的规模不小。而判决这次官司的"抚彝府"却不见史志记载，可能是战乱时期设置于苴却管辖四方的地方临时机构。这块断碑还透露出一个信息：很久以来，彝族就是苴却这个地方的主体民族。

还是在方山，有一块碑刻不能不提：方山乌龟碑，碑面上书"诗文之冢"，碑下是埋藏高崶映的诗文书稿的地方，因此也有人称之为"诗文之冢"碑。《新纂云南通志·金石考十八》卷九十八对此也有明确记载。乌龟碑是苴却人的习惯叫法，因为碑立于一块形似乌龟的石座上，其实，那不是乌龟是赑屃。赑屃是中国古代神话传说中九个龙子之一，形似乌龟，善于负重，长年累月地驮载着石碑。碑面上的"诗文之冢"四字石刻是姚安土同知高奣映所书，高八尺，宽一尺八寸，书法劲挺厚重。高奣映，中国著名思想家、文学家、哲学家，民国《姚安县志》记载："清初诸儒，应以王、顾、黄、颜、高氏并列，非过论也"，把他与王夫之、顾炎武、黄宗羲、颜习斋等明末清初著名思想家并列，评价甚高。高奣映在康熙十二年（1673年）年接任祖上传承下来的姚安军民府土同知，但志不在政，37岁时把土司职位交给儿子高映厚，自己常在今天的姚安结嶙山、大姚县花山和永仁方山之间游历，著书有八十余种之多。到最后，高奣映选择方山作为他诗文书稿的埋藏之地。

　　墓碑石刻是古人遗留下来的珍贵资料，是中国传统文化的组成部分。苴却和很多地方一样，会利用墓碑的方式来记录资料，保存历史，缅怀先人，比如《进士王宪伯行述碑》就记载了康雍乾盛世时期从苴却黉学庙走出去的王宪伯的生平和品质，以及其祖孙四代的家族传承。镶嵌在王谟墓里的《进士王宪伯行述碑》《王谟墓碑》在永定镇苴却东山，碑文为乡进士吏部拣选知县借补大姚县儒学教谕杨德容书，立碑时间是乾隆四十七年（1782年）。王氏家族是苴却望族，家谱记载，其祖籍陕西三原县，约万历年间迁居苴却。据碑载，王宪伯，姓王名谟，宪伯是他的字，王宪伯享年九十一岁，是那个时代了不起的长寿之人。如果说《进士王宪伯行述碑》是苴却文人碑刻的代表，那武将碑刻的代表则非《李宏开墓志铭》莫属。《李宏开墓志铭》为腾越总镇图桑额巴图鲁蒋宗汉撰。李宏开墓位于永仁县中和镇支那村宜（就）中（和）公路旁，碑立于清同治十三年（1874年）。墓志记述，李宏开祖籍江南，后迁住广东，清代乾隆初年，始祖奉调随征云南，落籍腾越（今腾冲），后来移居大姚右北界。大姚右北界也称大姚又北界，即苴却。李氏一族入云南传至李世奇，生李宏开。李宏开幼年体格健壮，秉性质朴，成年后习武带兵，从军廿载，戎马纵横。咸同年间，云南动乱，昆明被围，情势危急，杨玉科率部从曲靖出发，借道四川，从苴却迂回，经元谋、武定，解昆明之困。李宏开追随清末名将杨玉科部转战武定、昆明、楚雄、大理、保山、丽江等地，屡获战功，得到云南提督文祥和腾越总镇图桑额巴图保荐，李宏开得授从三品游击副将领军作战。云南平定后，李宏开离开部队，选择了山清水秀的大嘎么作为自己最后的生活之所，终老支那。《进士王宪伯行述碑》和《李宏开墓志铭》只是苴却古墓碑中的代表。在蓝天白云之下，青山绿水之间，静卧在苴却山地上的古墓碑数以百计，它们像一个个虽逝还存的灵魂，守望着故乡热土，激励着桑梓后学。

庙堂碑刻凸现的是苴却的"人杰"，摩崖石刻表现的是苴却的"地灵"，有一块为涵养水源、保护森林的碑刻则是苴却先辈倡导人与自然和谐相处的见证。这块保护水源地的护林碑刻由曹、罗、孙、李、杨、高六姓人在道光七年（1827年）合立，至今仍然竖立在桃苴祭龙箐，文字依然可读。它彰显了近两百来苴却人古朴的环保意识。祭龙箐护林碑碑文讲禁伐道理、划四至界限、列负面清单、明处罚银两，是一方清代民间保护森林、呵护水源地的乡规民约碑，虽出自乡民之手，却不失为一篇说理透彻、言语明白而又满含情感的文章。在林林总总的各类碑刻中，这类碑刻并不多见，因而更显珍贵。

在地面立石称为碑，在碑面镌刻文字称为碑刻。碑刻集历史、文学、书法于一体，承载着深厚的文化价值。在史学上，能作为史料的文献，除了纸质书籍外，最重要的就是碑刻。边地苴却，受印刷条件的限制，古代很多珍贵的典籍文献，都是通过传抄的方式保存下来的。经过传抄和传阅，往往会出现内容错漏和残缺不全。这时，作为第一手材料的碑刻铭文就显得相当重要了。《重修苴却社学记》这篇文章是清顺治进士张迎芳撰写的，道光《大姚县志》和1995年版《永仁县志》对这篇文章都有专载，后来这块碑刻出土，就发挥了这样的作用。2012年重修苴却黉学庙时偶然在大成殿地板下面发掘出来一块碑刻，经比对确认，就是失传多年的《重修苴却社学记》碑刻。出土的《重修苴却社学记》碑刻，证实了这篇碑记确实为大清进士张迎芳撰写，并载明刻碑勒石的时间。因为碑底刻有"大清康熙九年十一月初一日""赐进士出身大姚县知县三楚运城张迎芳敬撰"的字样，而志书里是没有这两行文字的。《重修苴却社学记》碑刻还填补了道光《大姚县志》和1995年版《永仁县志》中的三处遗漏。特别值得一提的是，《重修苴却社学记》碑刻订正了志书里记载的错误多达二十三处，比如志书所载的"川狱卓莹"，碑刻所载为"川岳卓荤"，错了两个字，语句完全不通，意义也完全不同；比如志书所载的"群黎多聚族于斯焉"，碑刻所载为"郡黎多聚族于斯焉"，"郡黎"要比"群黎"准确；比如志书所载的"董君讳安帮"，碑刻所载为"董君讳安邦"，是"安邦定国"的"邦"，而非"相帮"的"帮"；比如志书所载的"夫兼三方者，存乎儒"，碑刻所载为"夫兼三才者，存乎儒"，"方"字显然是传抄过程中的错误。存史和勘误的作用在张迎芳的这块苴却黉学庙碑刻上得到充分体现。

苴却历史悠久，四千年前就有先人在这里磨制石器，在这里繁衍生息。两千年前秦汉零关道途经这里，蜀汉丞相诸葛亮平定南中从这里渡过金沙江完成南征，唐太宗李世民在这里设州置县。然而，岁月悠悠，沧海桑田，竟找不到那个时期的一碑一刻与文献的记载来相互印证，成为遗憾。直到四百年前建成苴却黉学庙，随着苴却黉学庙的晨钟暮鼓一年年一声声悠扬地传出，文化与文明的种子才在这里落地生根，开花结果。文教勃兴，斯文始盛，一通通镌刻着苴却历史的碑刻，一块块题写着先贤功绩的墓志，一方方记录着文人雅兴的摩崖，或端坐于庙宇寺院，或镶嵌于贤人墓壁，或刻写于名山秀水，默默地记录着苴却的历史，曾经的故事。一方方摩崖、一通通碑刻，就是一页页凝固的历史。历史远去，石刻还在。伫立在苴却的一处处石刻，就是一张张苴却历史的存根，传承着文化，延续着文明，也温暖着生活在这里的人们的心。

仁者张迎芳

"有益于大多数人的思想行为谓之仁",这是1939年4月26日发布的《中国共产党中央委员会为开展国民精神总动员运动告全党同志书》里的一句话。清初以"清廉为民"名震一时的张迎芳就是这样的一位仁者。他曾经来过苴却,为永仁之"仁"增添了光彩。

张迎芳其人

张迎芳,湖北应城人。顺治十六年(1659年),张迎芳考中进士。康熙七年（1668年）被任命为云南省大姚县知县。两年后，因母亲生病去世，离开云南，回老家守孝。

到云南大姚任知县的第二年冬天，张迎芳曾经到过苴却，并应当地人刘芳远的邀请，写下了《重修苴却社学记》。道光二十五年编成的《大姚县志》和1995年出版的《永仁县志》对这篇文章都有专载。在永仁县黉学庙修复过程中，2012年11月15日中午，剑川工匠史福生、史安林等在大庙正堂偏西靠后的地方偶然挖出一块石碑，上面用阴文刻写的正是《重修苴却社学记》，正好印证了这件史实。张迎芳来苴却的具体时间和事由，他自己是这样记述的："迎以戊申来牧兹邑，明年冬，课赋至此，觐谒先圣，有邑人庠耆士刘生芳远振铎于斯，为述其始末而索言于迎，欲勒诸石。"那时候，还没有设永仁县，苴却地方归大姚县管辖。

明清时的苴却还未开化，就像张迎芳在《重修苴却社学记》中记述的一样，"滇云远居天末，苴却又极末又末"。但是，张迎芳在这里只用一年的时间，就赢得了当地老百姓的拥戴。张迎芳虽然当到县官，但是仍保持了当时官员少有的边民本色，吃粗茶淡饭，穿粗棉纺染的官服。他出门不坐轿子，常独自一人离开治所到穷乡僻壤、简巷陋室体察民情，拿出自己的俸银接济周围有困难的乡民。他廉明听政，教化乡民，鼓励人们发展生产。他尊重当地邑人文士，与他们切磋文章，谈诗论道，启智边民，可以说和当地的"庠生乡民"打成一片。他离开治所那天，当地的老百姓知道了，哭泣相送。甚至在离开治所很远的地方，仍然有老百姓在路边等着与他告别。张迎芳离任后，当地乡民捐资为他修了"德政碑"。可惜，现在德政碑已经找不到，碑文遗失，内容也不清楚。

张迎芳在云南的事迹有明确记载得不多，但是离开云南后在别的地方做官，其"有益于大多数人的思想行为"的"仁"的本色没有改变，可以相互印证复观。

"橛子"张迎芳

"我即一羊也，一豕也，请杀之以犒驺从"，这是《聊斋志异》里一位主人公的话，这位主人公叫张橛子。许多人对蒲松龄的《聊斋志异》很熟悉，可是《聊斋志异》最后一卷里《一员官》一文中的主人公张橛子好多人就未必注意到。这篇小说中的张橛子其实真有其人，而且为官清廉，与我们永仁还有一些关系。他就是在云南大姚县当过一年知县、为永仁黉学庙写过碑记的湖北人张迎芳。

康熙十三年（1674年），张迎芳守孝期满，被任命为河北玉田知县。相对云南的边远县份，玉田县算是比较富裕的地方。张迎芳到那里仍然保持着清廉本色，历史记载他是个"廉以守己，礼以待人，宽以抚民，严以绳役"的官员。他从不陪客，也不宴请他人。按规定配置的一顶小轿，张迎芳从来没有坐过，两名轿夫被他安排做了其他杂役。"橛子"就是张迎芳在河北玉田县任知县时他的随从偷偷给他取的绰号。橛子就是木桩，含有贬义，指人倔强，不知道人情世故，不懂得变通。

这个"橛子"后来还"橛"到山东泰安。五岳独尊的泰山就在泰安地盘上，达官显贵及其亲属常来这里登山祭拜，游山玩水。这些人既来朝山祭拜，也来搜刮民财，这为泰安地方官巴结上司提供了无尽机缘。偏偏任泰安知州的张迎芳是一根不谙世事的"橛子"。他上任伊始，就召集属下训话，说是训话，却类似现在的"新闻发布会"。他在会上宣布说，到泰山敬山的太多了，我这衙门没有这笔"预算"，官来敬，官出钱；民来敬，民出钱。上任的第二年，清王朝的宗人府总管李廷松奉旨朝山祭祀，张迎芳陪同祭山的大员一同登临泰山山顶祭祀。祭祀完毕，他只安排茶水和烧饼招待，还说，在这山高人穷的地方，比不了城里，请将就将就吧。祭山大员李廷松非常生气，不吃他的烧饼，饿着肚子下了山。下山以后，回到泰安衙门，招待也非常简单，只有一些简单的饭菜。李廷松的随员向张迎芳索要猪肉、羊肉，张迎芳脖子一梗，说，我就是猪，我就是羊，要吃猪肉，要吃羊肉，请你们先把我宰杀了，再拿去犒劳各位弟兄吧！李廷松气得要命，咬着牙，骂张迎芳张橛子，不会迎合权贵讨好处！

对少数权贵的"橛"，就是对普通大众的"仁"，这就是仁者张迎芳。

"御马"张迎芳

也是在玉田县任上,张迎芳以"御马"自诩。玉田县城位于北京到东北的交通要道上,很早就设有驿站,名为"阳樊驿"。据《玉田县志》记载,当年那里"驿路冠盖相望,差徭之繁重称最。更时有陵寝大差,支应供给,往往官民交困"。而玉田县的公职人员浑水摸鱼,借公家的驿马营私事,成了玉田县一大弊政,驿道管理因此而混乱。张迎芳到任后,明白告示,没有公事,即使是王公贵族也不允许借用驿站马匹,不提供食宿。

为此,一个来自京城的旗员威胁张迎芳说,你看到过皇帝仪仗队里的马匹吗?仪仗队里的马老实听话,因此能吃到御马房精美的饲料。但要是不老实,哪怕是在不该嘶鸣的时候发出一声嘶鸣,就会马上被取消仪仗资格,赶出去驮煤渣,你信不信?真是到了那个时候,你再后悔就来不及了。他的意思就是要张迎芳不要管驿站的事情,让驿站恢复过去的做法。张迎芳反唇相讥,说,我现在就是一匹御马,正吃着御厩里精美的饲料,你,还没有入列,只配到山坡上去啃枯草。只要我一天还在玉田县当知县,任何人不要想借驿站行不义之举,发不义之财。驿道因此变得通畅。也因这个原因,失去这个方便的人借机诬告张迎芳轻慢公务。张迎芳因此被罢了官。后来,康熙知道了这件事,"嘉其敢言",调他到山东博平县任知县。

严格执行规矩,为大多数人服务而不畏少数权贵,这就是仁者张迎芳。

清廉知州张迎芳

　　康熙二十一年（1682年）张迎芳到山东泰安任知州，一任九年。他的夫人带儿子从湖北老家到泰安探亲，一家人终于团聚。在别家看来，这是十分欢喜的事情，他却以"管住家人"的要求来管他的妻子，要求妻子按家乡的规矩做饭，一日两餐，苞谷稀饭，馒头煎饼，到时候了才能开饭，不准提前，更不准接受同僚的"宴请"。妻子见张迎芳这样，就劝他，说你在外面为官这么多年，连一点积蓄都没有，你不替自己着想，你不替我着想，也要为咱们的子孙着想，为他们置办点产业，以免他们日后衣食没有着落，自己受苦，还遭人笑话。张迎芳勃然大怒，说，你这不是教唆我去贪污去犯法吗！按照法律，必须用廷杖给予惩处。他要衙役们用廷杖责打他的妻子，衙役们谁也下不了手，儿子跪下哭着求他，并要求替母亲接受杖刑。张迎芳没有答应，又见衙役不敢动手，就亲自用廷杖责打妻子。他的妻子气极了，哭着说，我和你已经断绝夫妻情义，从此以后，你就是死在这个地方，我也不会再来了。说完，她拉着儿子离开山东泰安回湖北老家去了。

　　对于这件事，就连听惯了奇闻逸事的蒲松龄都感叹不已，为张迎芳的妻子鸣不平，说他这样的事情比奇神怪鬼的故事还离奇。他评论说："此不可谓非今之强项令也。然以久离之琴瑟，何至以一言而躁怒至此，岂人情哉。而威福能行床笫，事更奇于鬼神矣。"（《聊斋志异·一员官》卷二十四）

　　一己之私，虽小不为，这就是仁者张迎芳。

死后的张迎芳

康熙二十七年（1688年）冬，为督修汶水漕运，张迎芳积劳成疾，于1690年春在山东泰安辞世。这件事情史书有记载，说他"瘁于任上"，死后"室无长物，惟图籍数筒"。

张迎芳死后，按照泰安的民俗先行"丘葬"。三年后，泰安乡绅百姓还想着张迎芳，觉得他远离家乡来泰安为官，他的妻子因刑杖而别，与妻子"生不同衾"，于是凑钱千里迢迢护送他的灵柩回湖北应城毛家河与他的妻子安葬在一起。1694年，泰安府在城内为张迎芳修建了祠庙，叫"张公祠"。1723年，已经是雍正年间，泰安府重建包公祠，奉祀宋代名臣包拯，增祀张迎芳，接受后人祭拜。

为大多数人的利益而死，人们永远纪念他，这就是仁者张迎芳。

张迎芳虽然不是云南人，但毕竟曾经在云南为官，必然对云南边民疾苦有直接的了解，甚至切肤的体验，这对他"耿直、清廉、为民"的为官性格的养成必然有影响。张迎芳虽然不是永仁人，却是一位支持过永仁教育事业、关心过永仁人民疾苦的仁者，理应受到我们永仁人民的尊重。

苴却的背影

　　永仁，唐初曾设置微州，管辖深利县和十部县，唐末南诏在此设伽毗馆以通南北，元明以来统称苴却。由驿站、集市逐渐演变而成的永仁县城，曾经是苴却巡检司、苴却行政区、苴却行政公署驻地，是隋唐时期姚嶲道、秦汉时期零关道的途经地，是南方古丝绸之路的一个重要驿站，智慧的化身诸葛亮、南征北战的清代第一将军阿桂、改革开放的总设计师邓小平都曾在这里留下过足迹，这里的宝藏曾经牵动着共和国领袖们的神经。居住苴却、阅读苴却、探寻苴却，苴却远去的背影就越来越清晰地浮现在我的脑海里。我的眼睛像一台摄像机，定格苴却这块我生活着的土地，镜头由近而远，渐渐推开……

一

"苴却'环金沙江大曲之中心',江岸长数百里,大小渡口数十个",这是永仁县成立以前志书中描述的苴却的大致轮廓。苴却街是这块土地的文化中心,它地处四面环山的扇形河谷地带,太平地河、鹰窝河、麦冲河、的鲁河、麦的河、维的河、凹利鲊河犹如扇骨,辐辏于此。中华人民共和国成立以来,永仁县经过了大小8次区划调整。为了开发这里的钒钛磁铁矿和煤矿,仅1965年和1974年2次区划,就从永仁划出人口72925人,占当时总人口的62.55%,划出土地面积1418平方公里,划出几乎所有的矿产资源,与江对面的四川米易县、盐边县合建为渡口市,整建制划归四川省管辖,西南最大的钢铁基地在这里建成。这就是毛主席当年说的"不建攀枝花,我睡不好觉"的地方,这就是周恩来总理为此专门召开过专题会议的地方,这就是邓小平同志1965年11月视察过的地方。

永仁建县并把县城设在苴却街是1924年的事。1995年版的《永仁县志》是这样记载的:"民国十三年(1924年),由大姚析出,取境内永定、仁和两大集镇首字定名永仁县。"在永仁,这已经成为定论。我却十分怀疑,因为设永定镇是在永仁县成立以后的事。之前这里曾经叫作永定乡。之所以有永定乡的行政建制,是因为苴却街内有一条长105米的街道——永定街。永仁县的建城沿革记载:"民国十三年(1924年)设置永仁县,苴却街为县府驻地,同时改名永定镇,虽为县城,但无城墙,仅有连接各街口的9道栅子门为入城通道口。"这段资料说明，设永定镇至少与设永仁县是同时的，设永定镇不可能在永仁县成立之前。另有史料显示：民国二年（1913年），废苴却巡检司，改设苴却行政公署，辖上、中、下3区。民国十三年（1924年），置永仁县，仍设3区，辖1乡18里：永定乡、十六村里、十二村里、莲池里、慕义里、八庄里、涤新里、悦来里、后教正里、前同风里、归德里、七甲里、向化里、兴隆里、输诚里、后同风里、前教正里、丰仁里、大成里。1932年，永仁县重新区划，设4个区，才出现了永定区、大田区、仁和区、灰坝区。永定区、仁和区是这个时候才正式出现的。因此说，"取境内永定、仁和两大集镇首字定名永仁县"的说法恐怕是后人的臆想，是不成立的。

永仁建县伊始，几经易名，1929年才真正确定县名——永仁县。那永仁县的县名到底是怎么得来的呢？我认为，很有可能是来源于苴却街两条街的街名。形成集市的苴却街共有七街四巷一市一街区，分别是四方街、永定街、文庙街、蛉北街、清华街、如安街、兴仁街、卖香巷、张家巷、王家巷、尹家巷、草鞋市、坝塘边街区。任何事物取名，必有由头。我想过这7条街得名的由头应该是这样的：四方街是以形状得名，永定街是人们希望苴却街永远安定，文庙街是因为这条街的尽头有座黉学庙，蛉北街是因为苴却街位居古县蜻蛉之北，如安街则是人们渴望生活如意安康，兴仁街的得名一定是来自康熙大姚知县张迎芳的《重修苴却社学记》，那里面有这样的一句话："今学宫即成，文教要兴，如其门者，以讲以射，兴仁兴让。"

当时，苴却街以四方街为中心，有五条出街口与之相连。四方街北面有永定街，永定街一头连着四方街，另一头连着文庙街，北向出城。四方街西面有兴仁街，沿兴仁街一直可以走到河边，是西北方向的出城口。我带着十分的自信猜想：当年设县时定名永仁县，是取自苴却街内"永定街"的"永"和"兴仁街"的"仁"，寓意"永远施行仁义"，十分美好。

苴却地处滇川交界，有一首诗是这样写的：

苴却有一座著名的方山
一半是云南的
一半是四川的

苴却有一条著名的金沙江
傍晚从云南流过四川去
早上从四川流回来

苴却人是四川半
他们吃辣椒比四川辣
他们吃花椒比四川麻

二

历史的镜头往前推，推到元明清，苴却开始在这个时段定格和成名。我读《云南通史》，再次读到转引自樊绰的《云南记》，说"苴，俊也"，心里似乎明白了"苴"的原始含义。樊绰的《云南记》就是《蛮书》。生活在唐朝末年的樊绰在他的《蛮书·蛮夷风俗》里有这样的记载："言语音白蛮最正，蒙舍蛮次之，诸部落不如也。但名物或与汉不同……饭谓之喻，盐谓之宾，鹿谓之识，牛谓之舍，川谓之赕，谷谓之浪，山谓之和，山顶谓之葱路，舞谓之伽傍。加，富也。阁，高也。诺，深也。苴，俊也。"苴，音左，南诏蛮语。"苴，俊也"，就是英俊、美好的意思，常作人名，也作地名。樊绰曾为大唐安南（今越南河内）经略使（军事长官）蔡袭的幕僚，受命对前来袭击安南的南诏进行过调查，他的"苴"即"俊也"的翻译和解释应当是当时社会的普遍看法。当然，今天我们再去翻《新华字典》，甚至翻《辞海》，也翻不出"苴，俊也"的解释了，因为，那是音译。但是就算是到了今天，在云贵川的广袤山区，仍然有无数个含有"苴"的地名，都读"左"音，而它的含义应该就是这个意思。"苴却"的具体含义目前尚没有令人信服的解释，有人从"苴"联想到"左"，从"左却"联想到"左脚"，联想到"左脚上马"，寓意准备出征，也有人演绎为"得胜回来"。不讲什么古老的传说，单从唐代樊绰"苴，俊也"和《说文》"却，节欲也"的字义来分析，"苴却"是否可以理解为"控制自己过分的欲望而保持俊朗的身姿"，或可引申为"勤俭干净的地方"。

蒙元宪宗三年（1253年）秋，蒙古大元帅兀良合台率大军奔袭大理。十二月，大理城破，退至鄯阐（昆明），手握实权的大理国丞相高泰祥组织军队反抗。高泰祥战败被斩于昆明，大理国亡，降姚府为州。英雄惜英雄，忽必烈佩服高泰祥的忠义，召他的儿子高政均入朝，封为姚州守，子孙世袭。一般认为，这是姚安土司之始，到1729年姚安"改土归流"，已被降为土舍的高厚德被废，土司制在这里共传26世后终结。苴却当在姚安总管府的辖区范围内，但边界无法详细确定，可能是征服云南的元大军是骑马来的原因，让世代生活在这里的原住民知道马这东西不单可以驮运东西，还可以驮着人打架，于是比原先更宝贵了，就纳粮以马。还有一种可能是苴却这地方当年出好马。有明一代，苴却沿袭元制，属姚安府，苴却一地共分11马：路砸、河喇、谷苴、卧马喇、王朝、者车、矣资、三么的、泥旧、石来、兴来。每马管辖几十上百个村落不一。每马设长官一名，称马头，这个很有意思。那个时候，别处是不是这样的，不得而知。

这块土地什么时候开始叫苴却呢？这个可能难以确切考证，苴却作为地域名称被人们认可而且口耳相传可能相当早，传闻始于元代，但文字资料最先见于明朝。"苴"字在史籍中倒是出现得很早，成书近两千年的《华阳国志》就有"苴侯""苴侯奔巴"的记载。我查阅了《史记·西南夷列传》《华阳国志》《元和郡县志》《蛮书》《旧唐书》《新唐书》《云南志略》和当代人杨明的《三国志译注·诸葛亮传》等涉及这一地区的史籍，均见不到"苴却"二字。我特别详查了《华阳国志》卷三《蜀志》、卷四

《南中志》、卷九《李特雄期寿势志》和《蛮书》卷一《云南界内途程》、卷三《六诏》、卷六《云南城镇》、卷八《蛮夷风俗》、卷十《南蛮疆界接连诸蕃夷国名》等，也没有一处有"苴却"二字的记载。

"苴却"二字最早见于明代状元杨慎的《渡泸辩》，载《四库别集·杨慎全集·地理》，但是写成了"左却"。《渡泸辩》很短，这里全文照录。

> 孔明《出师表》"五月渡泸"，今以为泸州，非也。泸州，古之江阳，而泸水乃今之金沙江，即黑水也。其水色黑，故以泸名之尔。《沉黎古志》"孔明南征"，由今黎州路黎州四百余里至两林蛮，自两林南琵琶部三程至巂州，十程至泸水，泸水四程至弄栋，即姚州也。今之金沙江在滇蜀之交，一在武定府元江驿，一在姚安之左却。据《沉黎志》，孔明所渡当是今之左却也。瑟琶一作虱琶。两林，今之邛部长官司也。

《渡泸辩》是一篇古文，我做了断句和标点，标点断句未必准确，但意思大致还是明了的。文中提到的"元江驿"，恐怕是"姜驿"的误笔，沿这条道路过江处是现在的元谋县江边乡龙街渡。这里，他把"沈"写成了"沉"，不知是通假，还是误笔。杨慎从云南往还四川老家，从这里过江，留下了"江声月色那堪说，肠断金沙万里楼"的诗句，不过他否定了武侯从这里渡过金沙江的说法，大概既有他从史料角度的阅读，又有他实地的考证。

杨慎，字用修，号升庵，明代正德六年（1511年）中状元，后因"大礼议"被贬谪云南，嘉靖三十八年（1559年）七月死在贬戍地保山，终年72岁。《沈黎志》23卷，王寅孙著，现在已经找不到了，《宋史》艺文志有存目。沈黎郡是汉武帝新设的一个郡。《华阳国志·蜀志》记载："建元六年（前135年），分蜀、广汉置犍为郡。元封元年（前110年），分犍为置牂柯郡。二年，分牂柯置益州郡。以广汉西部白马为武都郡，蜀南部邛为越嶲郡，北部冉、駹为汶山郡，西部笮为沈黎郡，合置二十余县。天汉四年（前97年），罢沈黎，置两部都尉：一治旄牛，主外羌；一治青衣，主汉民。"从这段记载来看，沈黎设郡时间不长。杨慎引用这本古志里面的记载，目的是为了证明"武侯渡泸"处在左却，具体的渡江位置当在原属苴却现今划归四川的拉鲊村。后人多认同这一观点。稍晚一点在明代中过进士做过江苏江阴知县的云南人李元阳所著《苴却督捕营设官记》一文中有苴却的确切记载。《苴却督捕营设官记》一文，永仁的县志有专载，《渡泸辩》一文全录。阅读这两篇文章，根据它们的内容可以判断"左却"和"苴却"其实就是同一地方。再往后，崇祯年间大旅行家徐霞客在《滇游日记》滞留元谋官庄茶房时两次说到"苴却"，一次谈水，一次谈方山，均写成"苴榷"。"左却""苴却""苴榷"只是读音相同，文字写法不同而已。这些著名人物的记录可能是"苴却"这一地方在文字上的最早记载。到了清代康熙年间，管棆编纂的《姚州志》记载："彝种有七……附近苴却彝曰罗婺，类倮㑩而顽，亦甚贫苦，畏法多疑，遇事则鼠首。"看来，这个时候的苴却已经由地域名向族群名演化了。

李元阳的《苴却督捕营设官记》总计不到1000字，却3次提到"苴却"，说明苴却在当时已经有比较广泛的称呼了。《苴却督捕营设官记》有这样的记载："今姚安置公馆于苴却，亦其法也。"从这句话里可以推测出设"督捕营"于苴却的当年或稍后，李元阳写了这篇文章。具体是哪一年已无从考证，《永仁县志》里的《苴却督捕营设官记》标题末只说是"嘉靖末年"，而文中解释苴却督捕营设官的原因时却说"先是嘉靖己未，滇西盗发于姚安"，总镇两台合力平定。也就是说，"滇西盗"发于前（嘉靖己未年是1559年），苴却督捕营设于这个事件之后，并不是许多人认为的那样，说是邹应龙平定铁锁箐伙头叛乱后设苴却督捕营。事实是邹应龙调苴却督捕营平定了铁锁叛乱。嘉靖皇帝是明朝第11位皇帝，在位时间45年，只比他的孙子万历少2年，比之前的明英宗朱祁镇两次当皇帝的时间加起来翻一倍还长。这是一个荒唐皇帝，没有这个荒唐皇帝，杨慎不一定会到云南来，老百姓或者当地人嘴巴里经常说出来的"左却""苴却""苴榷"要变成文字写在纸上恐怕还要往后推好多年。嘉靖在位最后一年是1566年，"嘉靖末年"不一定是嘉靖在位最后一年，但应该是比较接近1566年，距今近500年。这是我能看到的"苴却"有文字记录的最早时间，而口头称呼比文字记载要早，这应该是常识。按照当地人的推测，可能要早到元代，按常识推测，这是很有可能的。杨慎杨状元，一个外地人，听到当地"zuǒquè""zuǒquè"地讲，就写成"左却"，似乎也是想得通、讲得通的。

这是"苴却"见诸文字的最早时间。那苴却的地域范围包括哪些地方呢？设置苴却督捕营机构的目的是缉捕盗匪，缉捕哪些地盘上的盗匪呢？当然是苴却这块土地上的盗匪。对此，《苴却督捕营设官记》也有明确记载："侦其所据，东至蜀之会川卫，南至元谋，西北至北胜州，西至云南县，广袤各四百余里。"这是苴却在当时的大致范围。会川是现在的四川省凉山州会理会东一带，北胜州是现在的丽江市华坪县，元谋现今未变，云南县是现在的祥云县。祥云县原为云南郡。后为云南州，明洪武十五年（1382年）降云南州为云南县。1918年，因云南县名与云南省同名，故改称祥云县。要与祥云接壤，从苴却开始一路向西，还应有湾碧、铁锁、三岔河等地，否则"西至云南县"就不通。由苴却督捕营到铁锁平定那里的彝族伙头叛乱一事，可证明苴却曾经沿金沙江一直管到铁锁，这与志书所说的"苴却江岸长数百里，大小渡口数十个"相符。看来，作为地域名的苴却，在明代成形过程中，先是一个集市，很小，但四方辐辏，后来成为一个军事辖区，疆域是不小的。到清代雍正七年（1729年）高厚德土舍"改土归流"被废，苴却一地范围再次变动，那是后话。最近读唐正的《中和地区建立人民政权的回忆》一文，知道中华人民共和国成立前后的中和乡，还包含现在的六苴、桂花和湾碧等地，这三个地方先后都各自成立了乡镇，那是后来的事。到了叫作永仁的时候，区划多次调整，面积大幅减小，仅仅1965年和1974年两次区划调整，就划出1418平方公里归新成立的渡口市，也即现在的攀枝花市。永仁的区域面积从此定格为2189平方公里，直到现在。尽管如此，2189平方公里在现今全国2862个县（旗、区、市）里，面积也是不算小的。

下面回头说说与平叛铁锁彝族伙头相关的事。彝族伙头是彝族聚居区的一种古老制度——伙头制的产物，简单地讲就是"头人"的意思。有方志资料记载，邹督军应龙平定铁锁叛乱。督军可能不是一种官职，邹应龙当时的职务是兵部侍郎兼金都御史，巡抚云南。邹应龙平定"铁锁伙头"叛乱，曾调动7年前成立的苴却督捕营参与平叛。这邹应龙也是一个了不得的人物，可谓家喻户晓。原来此"邹应龙"就是扳倒欺世大奸严嵩父子的彼"邹应龙"。《明史·列传》把邹应龙当作长安人记载是不准确的。长安县（今西安市长安区）只是邹应龙发达后的迁居地和终老之所，在西安城郊外。邹应龙其实是甘肃兰州皋兰人，字云卿，号兰谷，明世宗嘉靖丙辰科进士。在嘉靖四十一年（1562年），他弹劾严嵩父子，"嵩以臣而窃君之权，世蕃复以子而盗父之柄"，奏请"斩世蕃首，悬之于市"，致使严嵩革职为民，严世蕃被斩，除了一害。巡抚云南期间，他还查证核实了黔国公沐朝弼的罪状，抓捕并解往京师治罪，又除了一害。他却在万历初年因"劾东厂太监冯保僭肆，遭冯保忌恨"，被削去所有官职，孤寂地老死在迁居地家中。

清代改马为里，编为里甲。顺治十六年（1659年），刚12岁的高奣映上表归附，得袭世职土同知，实际上是他的母亲木氏掌权。高奣映的母亲木氏夫人是个了不起的女人，当时姚州内部的境况与康熙的祖母"清初兴国太后"孝庄时颇为相似。她自小在丽江木府长大，文化和眼界都高，不仅代掌小土同知高奣映的印信，决断姚安府的大小事物，还聘请良师，让高奣映得到良好的教育，成为一位非常有学识的在当时几乎是绝无仅有的土司。

土官里有土知府、土知州、土知县、土司、土舍，连同各级"土武官"一起，通常情况下，都叫"土司"。土同知相当于土知府的副职，职级在土知府与土知州之间，比知府矮半个级别，但在土官里级别是比较高的。在土官体系里，一般来讲，级别比较高的意思是指管辖的范围比较大。而在其管辖范围内，不论高级别的土官，还是低级别的土官，权力都是一样大的，即承认他的土官地位，就是承认在其管辖区内的绝对权力。凡是他所属的土人都直接受他节制，就是他做了杀人的事情，汉官都不会去过问。

康熙十二年（1673年）下令削藩，吴三桂反叛，他的军队渡过金沙江占领四川，高峣映出任吴三桂封的四川分巡川东道按察使，往返滇川，苴却为此间要道，管控严厉。后来，吴三桂下对地方残暴，上对朝廷的军事行动失势，高峣映转而拥护康熙皇帝，仍得授土同知，加衔云南布政使司参政。楚雄州地方志载：明末清初，重新核定地亩钱粮，命高土司代管，令其催收。清代大姚县令陆应几历数高氏土司"虎狼成性，凶暴异常""编夺十马，横征暴敛""无田者子女鬻卖以偿课派，违令即死杖下"（《大姚县辖十马编里改正碑记》）等种种暴行，并声言"苴却十马，自前朝洪武开滇以来，钱粮盐课俱系县辖微解"，明确"于（康熙五十三年，1714年）六月四日，奉巡抚督察吴，批十马地久归流官管辖"。就这样，苴却民众不堪盘剥，自古"民族复杂，彼此分立，不相统属"的苴却从土司领地"独立"出来了。不过，面积再次缩小。苴却县令陆应几随即改马为里，里设里正，共设15里。

三

镜头推到盛极一时的大唐王朝，在苴却这块土地上曾有建州置县的历史。这一时期，微州、强乐县、深利县、十部县定格在苴却的胶片上。

其实，此前的"隋文帝平爨"与苴却也是有点关系的。那时，曲靖的土豪爨玩先降后反，名将史万岁领命带兵从永仁一带过金沙江抄爨玩的后路平叛。《隋书·史万岁列传》是这样记载的："入自蜻蛉川，经弄栋，次小勃弄、大勃弄，至于南中。贼前后屯据要害，万岁皆击破之。"蜻蛉川即现在的蜻蛉河，弄栋治所在姚安县城北，大小勃弄在现在的弥渡、下关一带。史万岁平定了这些地区，东向曲靖，擒拿爨玩，爨玩被迫再降。史万岁的大军当年平爨走的这条线是一定要过永仁的，只不过记载过于简单，不如《旧唐书》《新唐书》记载唐朝的事情那样丰富。

"永仁，唐初曾置强乐县，设县令为行政长官执掌政事。""（永仁）古称苴却，唐初曾置强乐县。"永仁曾设"强乐县"，分别在1995年版《永仁县志》和云南人民出版社1988年出版的《云南地州市县概况》中有明确记载。但是查阅中国社会科学出版社2011年出版的《云南通史》，这算是云南历史的权威版本了，竟未见有"强乐县"的记载。"强乐县"是否有别名？位置何在？范围多大？带着这些疑问，我想拨开历史迷雾，一探究竟。

往哪儿打探呢？永仁县修的第一部县志透露出来的信息说得非常清楚，永仁设置的县最早是在李唐王朝初年的"强乐县"。历史如果真的是这样，那《旧唐书》《新唐书》必有记载。既然如此，那就先到《旧唐书》里走走。《旧唐书》原本叫《唐书》，后人为区别北宋宋祁、欧阳修等人编的《新唐书》，改名《旧唐书》。《旧唐书》是五代时期后晋官修的现存最早的系统记录唐代历史的一部史籍，为二十四史之一。它记载了从大唐王朝第一位皇帝高祖武德元年（618年）到唐朝最后一位皇帝哀帝天祐四年（907年）一共290年的事情。说来可笑，公元941年，后晋高祖石敬瑭命令张昭远、贾纬等人编撰《唐书》，由宰相赵莹负责监修。赵莹挑选文士，搜集资料，拟订详细的编写计划，组织编写并亲自监修。两年以后，赵莹出任昌军节度使，但《唐书》的编写工作还是按照他的计划轨道进行着。又过两年，《唐书》编成了，此时的赵莹已经不在相位上，新任宰相刘昫就毫不脸红地署上了自己的名字。此时的石敬瑭已死，他收养的儿子后晋出帝石重贵估计也忙不赢干预此事。《唐书》的封面虽然写着"刘昫"的大名，可史家还是认可赵莹，说他"监修国史日，莹首有力焉"。无论怎么讲，这件事刘昫办得很不光彩。不过，石敬瑭干的事情更不光彩。年轻时候的石敬瑭"朴实稳重，寡言笑，喜兵书"，在公职上克勤克俭，在战场上敢冲敢打，还救过庄宗李存勖的命。庄宗李存勖由此赏识他，曾经亲手拍着他的后背当着众将领的面说："将门出将，言不谬尔"，还把他安排在李嗣源（后唐开国皇帝李存勖的义子）的帐下。石敬瑭由此在军中声威大振。李嗣源也很信任他，把女儿永宁公主许配给他，并让他统率

"左射军"，这可是一支负责皇室安全的部队，对他信任程度非同一般。石敬瑭凭借军功和皇亲国戚，地位一时甚是显赫，可石敬瑭并不安分，先是怂恿并伙同李嗣源造了义父庄宗的反，造成后唐内乱。后来石敬瑭又造了自己老岳父李嗣源的反，不惜向外族求援，不惜生灵涂炭，以割让燕云十六州（大致相当于今天北京、天津和河北北部、山西北部）为条件换一把龙椅，造成的结果相当严重。此后，燕云十六州成为辽南下掠夺中原的基地，就像钱穆记述的那样，石敬瑭让出燕云十六州，让北方游牧民族接到了天上掉的馅饼，从此可以长驱直入进攻中原腹地。这使北方社会经济遭到严重破坏，贻害长达400年。后晋与之前的后梁、后唐，之后的后汉、后周，文臣贪名，武将贪功，藩镇混战，争夺地盘，此消彼长，中国遍地乱糟糟。在这样乱糟糟的环境里编出来的史书，可信度如何呢？事实上，后晋居五代乱世之中，乱是乱，但《旧唐书》的修成时间离唐朝灭亡不远，资料来源比较丰富，多数直接来源于唐《国史》《实录》及唐末文书档案，而且许多是照抄照搬，是人们经常说的"第一手资料"，比较真实可信。那就来看看《旧唐书》里面对苴却有什么记载，看看那时的永仁是什么样子。

在唐代，永仁这块土地在剑南节度使的管辖范围内，那就从剑南节度使开始我的探寻吧。《旧唐书·地理志一》记载："剑南节度使，西抗吐蕃，南抚蛮獠，统团结营及松、维、蓬、恭、雅、黎、姚、悉等八州兵马，天宝、平戎、昆明、宁远、澄川、南江等六军镇。剑南节度使治，在成都府，管兵三万九百人，马二千疋，衣赐八十万疋段，军粮七十万石……昆明军，在嶲州南，管兵五千一百人，马二百疋。"剑南节度使，是开元七年（719年）设置的，为天宝十节度之一，管理范围先在四川中南部，后扩展到云贵一带，永仁当在"姚州"辖区内。值得注意的是，"昆明军，在巂州南，管兵五千一百人，马二百疋"，在这里"昆明军"中的"昆明"不是现在的省城昆明，昆明军驻地也不是在现在的滇池一带，而是在现今四川凉山的盐源县，还有盐边县、会理县等地的一小部分。此前千余年，从澜沧江边，经过洱海，到金沙江南岸有一个比较大的游牧民族——昆明族，后曾在今天的盐源县设"昆明县"，就是因为它靠近"昆明族"。嘉庆进士、曾任过翰林院编修、贵阳知府的刘荣黼回大姚老家，途经苴却，过方山，写了一首七言律诗《方山望江岭》，发出"昆明对岸千峰挽，越巂分疆一带拖"的咏叹。其实，在方山顶上是看不到昆明市的，他看到的是唐代的昆明县。这里的"疋"读"匹"，且与"匹"同一个意思。那时的"昆明军"，管兵5100人，马200疋，那可是一股比较强的军事力量了，是否管到仅仅一江之隔的苴却就不得而知了。

"安史之乱"后，剑南道分为剑南东川和剑南西川。《旧唐书·地理志四》记载："十五载，玄宗幸蜀，驻跸成都。至德二年十月，驾回西京，改蜀郡为成都府，长史为尹。又分为剑南东川、西川，各置节度使。"《旧唐书·地理志一》对剑南东川、西川都有明确的记载："剑南东川节度使。治梓州，管梓、绵、剑、普、荣、遂、合、渝、泸等州。""剑南西川节度使。治成都府，管彭、蜀、汉、眉、嘉、资、简、维、茂、黎、雅、松、扶、文、龙、戎、翼、邛、巂、姚、柘、恭、当、悉、奉、叠、静等州，使亲王领之。"这里提供的信息指出唐中央政府把剑南道一分为二：剑南东川道、剑南西川道。现在的永仁在当时的剑南西川节度使管理范围内，但是除了一个"姚"字，还没有出现这一地区的其他信息。

继续翻阅《旧唐书》，"微州"开始出现。"贞观四年，以开边属南通州。于州置都督府，督戎、郎、昆、曲、协、黎、盘、曾、钩、髳、尹、匡、裒、宗、靡、姚、微十七州。"（《旧唐书·地理志四》）这里出现永仁这块土地的影子了。这里的微州就在现在的永仁。《云南通史》第三卷说得很明白：微指今云南永仁，"姚州都督府微州深利县，今地永仁县城"，"姚州都督府微州十部县，今地永仁县北部仁和"。据《三国志》可知，诸葛亮用了一年不到时间完成南征，回到成都以后，把南中4郡分为7郡，把永仁、大姚、姚安、南华、祥云等地从越巂郡分出，划归新设的云南郡管辖，把永仁北面的金沙江作为越巂和云南两郡的天然界线。到了唐朝，苴却（微州二县和裒州的乐强县）这块地盘归姚州都督府管辖，已经相当巩固了。

苴却这块土地在唐朝天宝前后，在中央王朝和地方政权之间数次易手。《旧唐书·地理志四》记载了那段历史："姚州，武德四年置，在姚府旧城北百余步。汉益州郡之云南县。古滇王国。楚顷襄王使大将庄蹻溯沅水，出且兰，以伐夜郎。属秦夺楚黔中地，蹻无路能还，遂自王之。秦并蜀，通五尺道，置吏。汉武开西南夷，置益州郡，云南即属邑也。后置永昌郡，云南、哀牢、博南皆属邑也。蜀刘氏分永昌为建宁郡，又分永昌、建宁置云南郡，而治于弄栋。晋改为晋宁郡，又置宁州。武德四年，安抚大使李英以此州内人多姓姚，故置姚州，管州三十二。麟德元年，移姚州治于弄栋川。自是朝贡不绝。天宝末，杨国忠用事，蜀帅抚慰不谨，蛮王阁罗凤不恭，国忠命鲜于仲通兴师十万，渡泸讨之，大为罗凤所败。镇蜀，蛮帅异牟寻归国，遂以韦皋为云南安抚大使，命使册拜，谓之南诏。大和中，杜元颖镇蜀，蛮王嵯颠侵蜀，自是或臣或否。咸通中，结构南海蛮，深寇蜀部。西南夷之中，南诏蛮最大也。领县二。泸南，县在泸水之南。长明，户三千七百，至京师四千九百里。"这段史料透露出来的信息很有意思。姚州为什么叫姚州，原来1400年前，"此州内人多姓姚，故置姚州"。本来姚州都督府"管州三十二"，由于杨国忠和鲜于仲通乱了个"天宝战争"，又没有乱清楚，这一地方被南诏搞定了，另外五诏也失控了，姚州都督府变成了姚州，只管泸南和长明两个县。《云南通史》认为长明县旧址在姚安前场镇，这个无异议，但是"泸南县旧址在姚安城北妙光寺大街"与当地地方史研究者意见不一，当地地方史研究者认为"泸南"旧址应该在大姚七街锁北村，我更倾向"锁北说"。《云南通史》说到"泸南"的时候，一会儿说在现在的姚安城内，一会儿说在现在的大姚石羊镇，一会儿说在现在的石羊、苴却一带。姚安城到锁北一程路，锁北到石羊一程路。据说，这村名一直就这么叫来着。锁北这名称来的久远，寓意也好——姚州都督府北面的一把锁。

在《旧唐书》里继续找苴却的蛛丝马迹。"袭州下，武德四年置，领县二，与州同置。扬彼、强乐。领户一千四百七十。在京师西南四千九百七十里。南接姚州。"咦，果然有"强乐"的记载，并且明确"强乐县"是袭州所辖的两个县中的一个，这个

"裒"读作 póu，一是聚集的意思，二是减少的意思。《旧唐书》里记载的强乐县的方位、里程，具体位置是"南接姚州"，这从地理位置上做了确认。从长安出发，翻越秦岭，过汉中盆地，到当时叫剑南道的治所成都，再从成都出发，经邛崃、雅安，渡大渡河，穿越清溪关而进入凉山地界，沿安宁河谷至西昌、德昌、会理，渡金沙江进入云南，入云南后永仁是第一站。这里正处在京师长安西南方向，当时要走完这段路程没有准确的时间记载，但"四千九百七十里"应该是从长安到永仁比较准确的里程。沿着大凉山安宁河谷上下穿行，我有过多次的乘车体验，原来走过108国道，后来走过京昆高速，可那个是不能按照现在的观念和现今的国道或高速公路里程来估算的，因为现在国道、高速公路可以"一桥飞架"，联通两岸，那时的西南地区几乎是无"桥"可走的，马帮怕水，必须绕河走，这样一来，路程就要翻几倍、十几倍，甚至几十倍。永仁境内有一段姚嶲古道的走向正好可以印证这种情况。我走过这一小段古道，它从鱼鲊渡口过金沙江，经大松树、迤沙拉老街子、翻过方山干坝塘，到桃苴、大把关、的鲁、维的、糯达，达现今的永仁县城（当时叫伽毗馆），而不是顺着挖断路梁子直下，直达永仁县城。为什么不走可以省一天路程的挖断路梁子，而绕道两天走桃苴、大把关呢？因为要绕开永定河，只能沿着永定河西面的山梁走，为此要多走大约一倍的路程。

这里要对"鱼鲊渡"和"拉鲊渡"略做说明，不然读者读到与之有关的历史会很糊涂，因为有的史料记作"拉鲊渡"，有的史料记作"鱼鲊渡"。"拉鲊"和"鱼鲊"其实是同一个渡口的两个村子，分别在金沙江的两岸。"鱼鲊"在金沙江北岸，属四川会理县；"拉鲊"在金沙江南岸，当时在云南苴却的地界上。

四

尽管《旧唐书》编纂距离唐亡不远，资料来源可靠，可信度高，但是成书不足百年，就遭到北宋学者、文人和史家的严厉批评，说《旧唐书》"纪次无法，详略失中，文采不明，事实零落"。如此，那就再到《新唐书》里走走。

无论在哪一本史书里，苴却的地理位置都不会改变，改变的只是名称叫法。无论在《旧唐书》里，还是在《新唐书》中，苴却都归属剑南道。那时的"道"相当于现在的"省"，只是《新唐书》记载更清晰，交代更清楚。比方说，贞观元年，就是627年的时候，唐太宗并省，设10个道358个州府1551个县，道设刺史。"太宗元年，始命并省，又因山川形便，分天下为十道：一曰关内，一曰河南，三曰河东，四曰河北，五曰山南，六曰陇右，七曰淮南，八曰江南，九曰剑南，十曰岭南，凡州府三百五十八，县一千五百五十一。"（《新唐书·地理志一》）100余年后，唐玄宗分天下为15个道328个郡府1573个县，道设采访使。《旧唐书》中的记载也是这样的，只是更简略，关键是《旧唐书》没有羁縻州的记载。《新唐书》卷四十三下专门用一卷来记述羁縻州的情况。盛唐时期，分天下为十道，其中九道都设过羁縻州。羁縻州的设置，是唐王朝强盛时加强边疆建设的一大创举，对于缓和民族矛盾，加强边疆统治，密切中央王朝与边疆少数民族的关系，促进民族之间的经济文化交流，以及促进民族融合，推动经济社会发展，都起着重要的作用，但也留下了些负面的东西。这是大政治家唐太宗李世民阔大的政治胸怀的体现，也是他具体问题具体分析时由于妥协而产下的怪胎。唐王朝因此一度出现了"中国既安，四夷自服"的极盛局面，又为此后轻易地分裂埋下了隐患。那个时候，羁縻州首领为州刺史，世袭，"贡赋版籍多不上户部，治地不常，较之朝贡、藩属关系密切"。条件要是成熟了，可以升为正州。我理解，所谓正州，就是正式的编制州。我每次阅读羁縻州制度都很有感慨，而又道之不明，它是后来土司制度的滥觞，是后来的民族地方自治的灵感来源。

在唐代，建立和掌控姚州，经营云南，好几个皇帝都有建树。唐高祖、唐太宗在这个地区列州置县，开通巂州、姚州通道。高宗李治设置姚州都督府，武则天击败吐蕃复置姚州都督府。戏剧性的一幕发生在玄宗天宝年间，云南在李隆基的手里得到彻底的巩固，又在他的手里彻底的丧失。这些在《新唐书》里都是有记载的。从隋末群雄纷争开始，在青藏地区与云南茶马贸易过程中，两地之间形成了一条成熟的商道，即从西洱河地区经姚安、大姚、永仁，在今天的拉鲊（当时叫作末栅馆，自有苴却的名称开始就在其区域内）过金沙江，北上经过会理、西昌、汉源、理县、茂县，再西入当时的吐蕃地区。这条通道上的多个地方还盛产盐铁。盐铁在当时既是生活物资，又是战略物资。通道经济繁荣的同时，军事地位也十分重要。吐蕃控制了这条通道，就可以深入西洱河地区，虎视剑南；唐王朝控制了它，则可以经营洱海地区，并确保南宁州都督府（现今的楚雄东部、昆明、玉溪、红河、文山、曲靖、昭通等地，领五十三州）的安全，牵制西北方向吐蕃对京畿的压力。于是，这条通道就成为双方争夺的焦点。这场争夺先以唐王朝胜利告终，一个措施是在今天的茂县筑安戎城，阻断吐蕃南下的通道。另一个措施是在唐高祖李渊列州置县的基础上，唐高宗李治在麟德元年（664年）设立了地位与南宁州都督府平级的姚州都督府，领二十三州。这样，打通姚嶲古道，连接原有故道，从成都南下，过嶲州、姚州，直通洱海地区和普洱、保山、腾冲等地。但是这样的争夺并未停止，唐中宗李显永隆元年（680年），吐蕃突袭安戎城成功，沿着这条道从后来叫作苴却的地方过金沙江，攻取姚州，西洱河诸蛮尽降吐蕃，威胁昆州、朗州等爨地。《新唐书·吐蕃传》中，"初，剑南度茂州之西筑安戎城，以迮其鄙。俄为生羌导虏取之以守，因并西洱河诸蛮"说的就是这个历史事件。前中宗李显、睿宗李旦命短，直到武则天时代，在昆州（今昆明）刺史爨乾福的请求和支持下，从吐蕃手里夺回并重新控制这条通道。在是否重置姚州的问题上，显示了武则天的政治远见。当时，蜀州刺史张柬之上奏说："宜罢姚州，隶嶲府，岁时朝觐同蕃国；废泸南诸镇，而设关泸北，非命使，不许交通；增嶲屯兵，择清良吏以统之。"（《新唐书·五王》）他极力主张放弃姚州，依靠泸水（金沙江）天险，舍姚保嶲，在北岸的嶲州设立关卡，派重兵把守，凡与吐蕃有关人员与物资，不得往来，一来保证嶲州安全，二来封锁吐蕃经济。对这样的建议，《新唐书》记载的是武则天"疏奏不纳"，否决了张柬之的主张而从爨乾福之请。武则天重设姚州都督府是有她深远的政治考虑的，目的在于保卫剑南安全的同时，保证唐王朝由西北进攻吐蕃时在南方有力量牵制吐蕃。于是，姚州都督府得以在武则天垂拱四年（688年）重新设立，所发挥的作用，果然如此。在唐王朝与吐蕃的激烈争夺中，洱海地区成为双方反复争夺的中心，而焦点则是与苴却隔江相对的昆明（今盐源一带）和上面提到的安戎（今茂县）。唐王朝只有牢牢控制安戎和昆明，才能有力地掌控姚州，掌控洱海地区。直到唐中期，这样的局面才形成。唐玄宗开元十七年（729年），唐将嶲州都督张守素攻取昆明城（今盐源境内），斩获万人，之后派五千人的部队驻守，即前面已经提到的五千一百人的昆明军。开元二十八年（740年），剑南节度使章仇兼琼用谍战攻取安戎城，改名平戎城。收复安戎、昆明两城，强化了唐朝对西南地区的统治。在经营姚州和与吐蕃的战争过程中，唐王朝越来越意识到通过姚嶲道控制洱海地区的重要性，才有了后来两次设置姚州都督府和扶持南诏做大这一历史事实。

今天的苴却当是那时作为羁縻州县的州府县衙共置之地，地处姚嶲道上姚州之北的金沙江南岸，位置险要而备受重视应该是在情理之中的。作为姚嶲道的必经之地，天宝战争之前，唐王朝派军队打击白子国（今弥渡红崖）而扶持蒙舍，为表示感激，并寻求更大支持，蒙舍部落首领细奴逻（第一代云南王皮逻阁的曾祖）派儿子逻盛于高宗永徽四年（653年）出使长安，为其父获得巍州刺史封号，往来要经过这里。高宗麟德元年（664年）和武则天垂拱四年（688年）两次设立姚州都督府，军队往来要经过这里。永昌元年（689年），已是蒙舍诏首领的逻盛再次入唐，拜见武后，往来也要经过这里。玄宗开元二十六年（738年），剑南节度使王昱到姚州处理张寻求事件，要经过这里。同年，唐廷派中使李思敬持节到姚州册封皮逻阁为云南王，要经过这里。天宝战争之后，南诏与吐蕃争战不已，这里还是双方或战或和的途经地。肃宗李亨至德元年（756年）南诏攻陷巂州，抢掠"子女玉帛，百里塞道"，往还要经过这里。第二年，退兵的南诏再次攻破杨廷琎恢复的越巂，并在今天的会理设置会川都督府，把与唐廷争战的前沿哨所推进到金沙江北岸的巂州地界，军政人员往来要经过这里。德宗李适贞元十年（794年）南诏王异牟寻弃蕃归唐，最后促成"苍山盟誓"的双方使者往来，要经过这里。随后派往成都、长安学习汉文化的南诏子弟每年"数十成百"，要经过这里。文宗李昂太和三年（829年），南诏王劝丰祐发兵攻下巂州、邛州，次年破成都，诗言："锦州南渡闻遥哭，尽是离家别国声""大渡河边蛮亦愁，汉人将渡尽回头""越巂城南无汉地，伤心从此便为蛮""云南路出陷河西，毒草长青瘴色低"，大军掳掠工匠、满载玉帛南归，要经过这里。太和五年（831年），新任成都尹、云南安抚使李德裕修复巂州，派遣使者入南诏，索还百姓四千人，要经过这里。懿宗李漼咸通二年（861年）、五年（864年）、六年（865年），南诏世隆时期三次侵入巂州，要经过这里。咸通十一年、乾符元年（874年），两次进围成都，议和而罢兵，要经过这里。作为羁縻州县同置的苴却（时为微州和深利县的州县驻地），其保障交通的作用得到充分的发挥。

具体到某一地方的羁縻州，有的一州多县，有的一州一县，比如贞观五年（631年）设置的陇右道麟州管辖着硖川、和善、剑具、硖源、三交、利恭、东陵七个县，而之前武德五年（622年）设置的河北道鲜州只管辖着宾从一个县，而且在此之前之后，一州一县的情况还不在少数。《新唐书·地理志》对这些羁縻州县都有记载，对这些州县设置的来龙去脉都做了简略记述。这里将其中涉及现今"苴却"当时隶属剑南道"诸蛮州"的一整段文字全部引用下来，似乎能够看得更清楚些：诸蛮州九十二：（皆无城邑，椎髻皮服，唯来集于都督府，则衣冠如华人焉）。南宁州（汉夜郎地。武德元年开南中，因故同乐县置，治味。四年置总管府。五年侨治益州，八年复治味，更名郎州。贞观元年罢都督。开元五年复故名。天宝末没于蛮，因废。唐末复置州于清溪镇，去黔州二十九日行。县七：味，同乐，升麻，同起，新丰，陇堤，泉麻）。昆州（本隋置，隋乱废。武德元年开南中，复置。土贡：牛黄。县四：益宁，晋宁，安宁，秦臧。有滇池，在晋宁。其秦臧，则故臧汉地也）。梨州（本西宁州，武德七年析南宁州二县置，贞观八年更名。北接昆州。县二：梁水，绛）。匡州（本南云州，武德七年置，贞观八年更名。汉永昌郡地。县二：勃弄，匡川）。髳州（本西濮州，武德四年置，贞观十一年更名。汉越巂郡地，南接姚州。县四：濮水，青蛉，岐星，铜山）。尹州（武德四年置，北接州。县五：马邑，天池，盐泉，百泉，涌泉）。曾州（武德四年置，西接匡州。县五：曾，三部，神泉，龙亭，长和）。钩州（本南龙州，武德七年置，贞观十一年更名。东北接昆州。县二：望水，唐封）。褱州（武德七年置。本弄栋地，南接姚州。县二：杨彼，乐强）。宗州（本西宗州，武德七年置，贞观十一年第名宗州。北接姚州。县三：宗居，石塔，河西）。微州（本西利州，武德七年置，贞观十一年更名。北接縻州。县二：深利，十部）。縻州（本西豫州，武德七年置，贞观三年更名。南接姚州。初为都督府，督縻、望、謤罗三州，后罢都督。县二：磨豫，七部）。望州（贞观末以诸蛮内附，与傍州同置，初隶郎州都督，后来属）。謤罗州、盘州（本西平州，武德四年置，贞观八年更名。故兴古郡地，其南交州。县三：附唐，平夷，盘水）。麻州（贞观二十二年析郎州置）。英州、声州、勤州、傍州（贞观二十三年，诸蛮末徒莫祗、俭望二种落内附，置傍、望、求、丘、览五州）。求州、丘州、览州、咸州、泸慈州、归武州、严州、汤望州、武德州、奏龙州、武镇州（本武恒，避穆宗名改）。南唐州、连州（县六：当为，都宁，逻游，罗龙，加平，清坎）。南州（析盈州置。县三：播政，百荣，洪卢）。德州（析志州置。县二：罗连，万岩）。为州（析扶德州置。县二：扶，罗僧）。洛州（析镜州置。县四：临津，宾夷，曾城，葱药）。移州（析悦州置。县三：移当，临河，汤陵）。悦州（县六：甘泉，青宾，临川，悦水，夷邻，胡瑶）。镜州（县六：夷郎，宾唐，溪琳，琮连，池临，野并）。筠州（县八：盐水，筠山，罗余，临居，澄澜，临昆，唐川，寻源）。志州（"志"一作"总"。县四：浮萍，鸡惟，夷宾，河西）。盈州（县四：盈川，涂赛，播陵，施燕）。武昌州（县七：洪武，罗虹，琅林，夷朗，来宾，罗新，绮婆）。扶德州（县三：宋水，扶德，阿阴）。播朗州（析巩州置。县三：播胜，从颜，顺化）。信州、居州、炎州、驯州（县五：驯禄，天池，方陀，罗藏，播骋）。骋州（县二：斛木，罗相）。浪川州（贞元十三年，节度使韦皋表置。县五：郎浪，郎违，何度，郎仁，因阁）。协州（本隋置，隋乱废。武德元年开南中复置。县三：东安，西安，胡津）。靖州（析协州置。县二：靖川，分协）。曲州（本恭州，隋置，隋乱废。武德元年开南中复置，八年更名。故朱提郡，北接协州。县二：朱提，唐兴。朱提，本安上，武德七年更名）。播陵州（析盈州置）。钳州（析开边县置）。哥灵州、滈州（县三：拱平，扫宫，罗谷）。切骑州（县四：柳池，奏禄，縻托，通识）。品州（县三：八秤，松花，牧）。从州（县六：从花，昆池，武安，罗林，梯山，南宁）。轲连州（县三：轲连，罗名，新戌）。碾卫州（县三：麻金，碾卫，涪麻）。右隶戎州都督府。

在这一大段史料里，有三处文字记载与苴却有关。第一处是在髳州的分述里提到了"青蛉"县。这个"青蛉"与《汉书》里"青蛉"的写法完全一致，都是"青"而不是"蜻"。现在，大凡讲到永仁沿革的时候总是说，永仁古称苴却，春秋战国时属滇王领地，秦汉魏晋南北朝时分属弄栋和青蛉二县所辖，隋属蜻蛉县，等等。第二处是在哀州的分述里讲到的"乐强"。古代汉语里的"强"与"僵"通假，估计是叫"乐僵"不好听，变通为"乐疆"，快乐的疆土，多好的名字啊。反过来，"疆"与"强"也是可以通假的，这是以"疆"通"强"，有强壮的意思。如《汉书·李广苏建传》里记载："武（苏武，苏建的二儿子）以始元六年春至京师。武留匈奴凡十九岁，始以疆壮出，及还，须发尽白。""始以疆壮出"的"疆"就是"强"的通假字。两种猜测都有可能，两种意思都不错，乐疆县的治地在麻街，现属大姚县赵家店乡。麻街是在 1952 年与团塘、龙王箐、老梅树几个行政村一起从永仁划出后并入大姚县的。1958年，大姚县在这一地方设置红星公社，1988年改为赵家店乡。第三处是在微州分述里讲到了深利县和十部县。深利县的治地在永仁县城，十部县的治地在现在的四川省攀枝花市仁和区，至少在元朝以来，这个地方一马笼统地叫"苴却"。除了"十部"外，在这段记载，《新唐书》还提到"七部""三部"。七部县在现在的元谋县江边乡，三部县在现在的大理市凤仪镇一带，洱海南岸。"十部""七部""三部"，从数字上看，这里面似乎应该有点什么关系，但是到底有什么内在关联那就不知道了。

这个县名到底是"乐疆""乐强"，还是"强乐"呢？史料驳杂，三种记载都有，但可以肯定，"乐疆""乐强""强乐"系指同一地方，是同一县名的不同写法。分析到这里，可以这样确定了，在唐朝初年，苴却一地，南部有强乐县，中部为深利县，北部为十部县，都是羁縻州所辖的县，只是和内地正式的县还有不同。

五

《旧唐书·地理志四》记载："国忠命鲜于仲通兴师十万，渡泸讨之"，句中的"渡泸"处是什么地方呢？会是拉鲊渡口吗？会像"武侯渡泸处"那样惹出各种争论吗？这要从天宝战争的三次战役说起。

拉鲊渡口当时叫末栅馆，是苴却一带金沙江沿岸最大的常走的渡口。天宝九年（750年），第二代云南王阁罗凤准备从这里过金沙江到成都去拜见剑南节度使鲜于仲通，祸事就此发生。原来，天宝七年，云南王皮逻阁死，这一年是公元748年。这注定是一个多事的年份。皮逻阁死后，作为云南王的长子，阁罗凤取得事实上的王位。唐王朝从稳定南诏的角度考虑，只得承认既成事实，派黎敬义为朝廷特使，到南诏实地册封阁罗凤为云南王，是为第二代云南王。曾经得到唐王朝云南郡太守张虔陀支持的阁罗凤二弟诚节上位失败，被阁罗凤以不忠不孝罪名流放，从此阁罗凤与张虔陀结怨。诚节和阁罗凤同父异母，而张虔陀推荐诚节继位云南王在政治上是有远见的，他全力支持亲唐而懦弱的诚节继承南诏王位，好建立完全臣服唐朝的地方政权，把统一了洱海地区的南诏变为唐王朝西抗吐蕃的前沿阵地。可是诚节在争夺继位斗争中失败被流放长沙，阁罗凤成功上位。张虔陀与阁罗凤的想法每每相左，矛盾激化，一场战争似乎不可避免。为打好这场战争，张虔陀还在现今姚安坝子东面一个山梁上修了一座易守难攻的山城。在这里可以放眼整个姚安坝子，后人把这座山城叫作张虔陀城，现今遗迹还可辨认。在这场或明或暗的对峙中，无论道义还是实力，张虔陀都处于优势。可接下来，干了两件臭事的张虔陀，让唐王朝为此付出了沉重的代价。

那是两年以后的事了，继位的阁罗凤从南诏首府羊苴咩城（大理古城）出发到蜀都（成都）谒见剑南节度使鲜于仲通，途经现在的姚安，顺便拜见了张虔陀，然后准备经阳褒馆（大姚县李埆村）、藏傍观（永仁县与大姚县交界处的麻街村）、清渠馆

（永仁县江底河村）、伽毗馆（永仁县苴却街）、末栅馆（金沙江边拉鲊村）、目集馆（四川会理县凤营村）、河子馆（四川会理县黎溪镇），北上成都。在姚州，张虔陀明目张胆地向阁罗凤勒索财物，还想霸占阁罗凤的妻子，这为阁罗凤起兵找到了借口。阁罗凤立即返回羊苴咩城，并在那里誓师，历数云南郡太守张虔陀的"六大罪过"——"灭我""间我""仇我""下我""袭我""弊我"，起兵围攻姚州，那情形和千年之后偏居东北的努尔哈赤历数对朱明王朝的"七大恨"而誓师起兵何其相似。阁罗凤亲率大军，首先拿下那时属于泸南县的盐巴产地——美井，即现今的大姚县石羊镇，那可是姚州人生活的命脉。张虔陀起兵相迎，在结嶙山下的泸南县城决战。泸南县城在现今的大姚县七街锁北村，在一条长沟里，南北两面是高山，西面过一条小河、一个田坝之后又是高山，居城中无险可守。进攻者居高而下，一攻而破。张虔陀兵败被杀，就是著名的泸南之败。

　　阁罗凤控制姚州以后，鲜于仲通不甘心失败，通过杨国忠，说动朝廷与南诏硬干。唐王朝的大军是分三路包抄南诏的，中路由剑南节度使鲜于仲通从戎州（今宜宾）过金沙江，沿曲靖、昆明、楚雄直扑洱海地区。北路由大将军李晖率领，由巂州（今西昌）顺安宁河南下，在拉鲊过金沙江，经苴却，进击姚州。此时的姚州已被阁罗凤占领，还控制了苴却一带，一直到金沙江边。南路大军在安南都督王知进的带领下，从安南（今越南河内）经步头（今元江）沿着红河北上。三路大军由鲜于仲通居中调遣。鲜于仲通自恃兵多将广，加上功名心理作怪，不听南诏的求和之请，对南诏大有合而围之、一举歼灭的架势，但进军却是七前八后。阁罗凤早有准备，请和不成就退而求其次，与吐蕃结为兄弟，在吐蕃的支持下，纵兵夜袭，把最先到达洱海之滨的鲜于仲通打得落花流水，他的长子鲜于昊战死疆场。鲜于仲通退到滇东北，过金沙江时又被南诏的亲家爨氏部族合力偷袭，淹死无数，只身逃回成都。6万大军死于非命，这便是第一次西洱河之战。从此，阁罗凤顺势控制了昆明附近的安宁盐井，势力更加强大。

三年后的754年，侍御史兼剑南留后李宓率秦陇兵、安南兵共10多万大军再征南诏。估计秦陇兵走的是李晖的老路，沿姚巂道过苴却而来。大军围住大理大和城（大理市七里桥乡太和村，现属下关镇），被阁罗凤坚壁清野，"士卒罹瘴疫及饥死者十之八九"，久攻不下，只好撤退，撤退时被一击而溃，这是第二次西洱河之战。南诏乘势过苴却、渡拉鲊，经会理、米易、西昌、越西一路北上，打到大渡河边，这是后话。曾担任过唐玄宗宰相的李宓战死西洱河，十多万士卒不是病死就是战死，无一生还，埋一坑上万人，以至于明代战将邓子龙率军过大理时，曾有诗悼念唐代天宝年间的万人冢，至今读来阴风惨惨。

> 唐将南征以捷闻，
> 谁怜枯骨卧黄昏。
> 唯有苍山公道雪，
> 年年披白吊忠魂。

这件事情在《旧唐书》的"本纪"和"列传"里都有记载，只是详略各有侧重。《旧唐书·本纪第九·玄宗下》记载的是"(天宝)十载夏四月,剑南节度使鲜于仲通将兵六万讨云南,与云南王阁罗凤战于泸川,官军大败,死于泸水者不可胜数。""十三载。六月乙丑朔,日有蚀之,不尽如钩。侍御史、剑南留后李宓率兵击云南蛮于西洱河,粮尽军旋,马足陷桥,为阁罗凤所擒,举军皆没。"《旧唐书·列传·南诏蛮》记载的是:"明年(天宝八年),仲通率兵出戎、巂州。阁罗凤遣使谢罪,仍与云南录事参军姜如芝俱来,请还其所掳掠,且言:'吐蕃大兵压境,若不许,当归命吐蕃,云南之地,非唐所有也。'仲通不许,囚其使,进兵逼大和城,为南诏所败。自是阁罗凤北臣吐蕃。吐蕃令阁罗凤为赞普钟,号曰东帝,给以金印。蛮谓弟为'钟',时天宝十一年也。十二年,剑南节度使杨国忠执国政,仍奏征天下兵,俾留后、侍御史李宓将十余万,辇饷者在外。涉海,瘴死者相属于路,天下始骚然苦之。宓复败于大和城北,死者十八九。会安禄山反,阁罗凤乘衅攻陷巂州及会同军,西复降寻传蛮。"

　　李晖这一支大军怎么样?我对此十分感兴趣,因为这支军队只要一过金沙江,就到苴却地界了,就一定会在苴却发生点什么事情。遗憾的是,我阅读了我所能看到的所有资料,一无所获,倒是看到这个叫作李晖的将军来头不小。李晖是霍王李元轨的重孙,江都王李绪的孙子。中宗神龙初年(705年),李晖承袭曾祖父的霍王爵位。而李元轨是高祖李渊的第十四子,够厉害的吧!中宗景龙元年(707年),加银青光禄大夫。到唐玄宗开元年间,升任左千牛员外将军,这相当于是宫廷带刀侍卫长,执掌御刀宿卫侍从,是皇帝身边负责安全的人。有资料说他在后来的天宝年间外放任剑南道副总管,云南这一片正好在这个辖区。作为当年参与合围南诏的大军,结果有两种可能,一种可能是过金沙江后,还没有与驻苴却、石羊等地的南诏军队接上火,就得知鲜于仲通败北而缩回江对岸了;另一种可能是根本就没有向南过金沙江。总之,没有明确记载。李晖率领的这支军队在天宝战争中无所作为,说明李晖很平庸。

《新唐书》对此有更详细的记载吗?没有。《新唐书·玄宗本纪》的记载更简略,只有两句话,每年一句话:"是岁(天宝九载),云南蛮陷云南郡,都督张虔陀死之。""十三载,剑南节度留后李宓及云南蛮战于西洱河,死之。"简略是受篇幅限制,因为唐玄宗一朝《旧唐书》用了卷八、卷九两个卷本来记载,而《新唐书》只用了半个卷来记载,时间和事件还与《旧唐书》有出入,因为《新唐书》成书是宋朝时候的事了,而《旧唐书》成书距唐亡很近,更可信。

对于这段历史,与300余年后司马光的记述稍有不同。《旧唐书·本纪第九·玄宗下》讲完了张虔陀与阁罗凤的过节后说:"九载,阁罗凤忿怨,是岁,发兵反,攻陷云南,杀虔陀,取夷州三十二。""十载,夏,四月,壬午,剑南节度使鲜于仲通讨南诏蛮,大败于泸南。"《旧唐书·本纪第九·玄宗下》又载:"十三载,六月,乙丑朔,日有食之,不尽如钩。侍御史、剑南留后李宓将兵七万击南诏。阁罗凤诱之深入,至太和城,闭壁不战。宓粮尽,士卒罹瘴疫及饥死什七八,乃引还;蛮追击之,宓被擒,全军皆没。"杨国忠像包庇鲜于仲通一样包庇李宓,被李白戏弄过的高力士出来说话,说我听说朝廷的军队在云南又打败仗了,边将拥兵太盛,陛下将怎么控制他们啊!我担心一旦祸事发生,就无法再挽救了。让人吃惊的是，曾经开创过开元盛世的老皇帝李隆基却说，你不要再讲了，让我慢慢地想想。我想他迷恋杨玉环已经神魂颠倒，他信任杨国忠已经无以复加。想一想，把一个国家系于一人之身是多么的可怕，专制是多么危险。

　　天宝战争一年以后的天宝十四年，即 755 年，"安史之乱"爆发。史学界有定论："安史之乱"是唐代的一场政治叛乱，是唐由盛而衰的转折点。而认真看看天宝战争，你会发觉正是天宝战争使唐王朝财力、物力消耗殆尽，到了无兵可派的地步，又恶性循环加紧在民间搜刮民脂民膏，动摇了大唐的根基。当时安禄山和史思明看到唐王朝的这种窘境，顿起野心，带头作乱，这样就形成了长达八九年的安史之乱。因此可以这样讲："如果'安史之乱'是唐由盛而衰的转折点，那么天宝战争是'安史之乱'的导火索。"经历了天宝战争、"安史之乱"，大唐帝国国势从此走衰。

六

　　秦汉零关道是南方丝绸之路的西线。这条始修于秦代的古道，从汉武帝开始称为蜀身毒道，是一条起于中国四川成都，经过云南，到达印度、阿富汗等地的通商孔道，其西线的具体路径是：从成都（古蜀都）出发，经邛崃（古临邛）、芦山（古零关山）、雅安（古青衣）、荥经（古严道）、汉源（古牦牛）到达大渡河，过河后经越西（小相岭）、冕宁（古莋都）、泸沽镇（古台登），沿孙水（今安宁河）而下，过西昌（古邛都）、会理（古会无），从苴却拉鲊渡口渡过金沙江，过境后经过大姚（古青岭）、姚安（古弄栋），在普淜驿（今祥云普淜镇）与从宜宾、昭通、昆明、楚雄而来的东线汇合后，到达洱海地区，过保山、德宏，西通缅甸、印度、阿富汗等国。这条古道的一段，即通过现今四川凉山和云南楚雄的这一段，秦汉时期叫作零关道（又叫灵关道），隋唐时期叫作姚嶲道。通过这条史诗般的商路，古代中国的疆域一次又一次向西南方向扩展，一个又一个部落投入中华文明的怀抱，一种又一种文化样式不断丰富。历史上的这条古道与现今的108国道、京昆高速的走向大体一致。108国道在拉鲊村过金沙江，2014年以前客货车均靠轮船在这里摆渡过金沙江，现今有鱼鲊大桥横跨。现在的京昆高速在拉鲊村上游不远处过江，连接两岸的是金江大桥。

秦汉时期的零关道过苴却大约是无疑的，但给苴却的镜头较为细小。非但苴却，历史给整个西南的镜头都是粗线条的。史官深居京城，对远在天边的西南夷的记录真是太粗糙了。摘录几组有关西南夷地域的记载看看，看完之后只感觉到一个大体的方位，哪儿是哪儿还是不知道。不信，可以看看为数不多的几则与"苴却"这地方有关的西南夷的史料。

> 相如使略定西南夷，邛、莋、冉、駹、斯榆之君皆请为臣妾，除边关，边关益斥，西至沫、若水，南至牂牁为徼，通灵山道，桥孙水，以通邛、莋。还报，

天子大说。(《汉书·司马相如传》)

南夷君长以十数,夜郎最大。其西,靡莫之属以十数,滇最大。自滇以北,君长以十数,邛都最大。此皆椎结,耕田,有邑聚。其外,西自桐师以东,北至叶榆,名为巂、昆明,编发,随畜移徙,亡常处,亡君长,地方可数千里。自巂以东北,君长以十数,徙、莋都最大。自莋以东北,君长以十数,冉駹最大。其俗,或土著,或移徙。在蜀之西。自駹以东北,君长以十数,白马最大,皆氐类也。此皆巴、蜀西南外蛮夷也。(《汉书·西南夷两粤朝鲜传》)

唐蒙、司马相如始开西南夷,凿山通道千余里。(《汉书·食货志》)

西南夷者,在蜀郡徼外。有夜郎国,东接交阯,西有滇国,北有邛都国,各立君长。其人皆椎结左衽,邑聚而居,能耕田。其外又有巂、昆明诸落,西极同师,东北至叶榆,地方数千里。无君长,辫发,随畜迁徙无常。自巂东北有莋都国,东北有冉駹国,或土著,或随畜迁徙。自冉駹东北有白马国,氐种是也。此三国亦有君长。(《后汉书·南蛮西南夷列传》)

博望致远,西南来庭。张骞,成固人也。为人强力有谋，能涉远，为武帝开西域五十三国，穷河源，南至绝远之国。拜校尉，从讨匈奴有功，迁卫尉、博望侯。于是广汉缘边之地，通西南之塞，丰绝远之货，令帝无求不得，无思不服。至今方外开通，骞之功也。（《华阳国志》）

对地域记载简略，可是对西南夷的传闻，记载就精彩多了。其中有两则很有可能就发生在苴却这个地方。

一则是非常有名的"金马碧鸡"的故事。这个故事流传很广，以至于云南不少地方的命名都与之发生过关系，其中比较知名的有大姚县城和省城昆明。大姚县城叫金碧镇，金碧镇里有金碧路，金碧路上有金马碧鸡坊。大姚自称是金马碧鸡的故乡。昆明市中心有金碧广场，连接金碧广场有金碧路，金碧路上有金马碧鸡坊，是个景点，还曾经卖过门票。景点宣传说，昆明金马碧鸡坊的独特之处，在于某个特定的时候，会出现"金碧交辉"的奇景。这个故事还在昆明演绎出金马山、碧鸡山，明末清初的担当和尚为此赋诗：

一关在东一关西，
不见金马见碧鸡。
相思面对三十里，
碧鸡啼时金马嘶。

这些都与"金马碧鸡"神话有关，或源自金马碧鸡的传说。

史料到底是怎么记载的呢？东汉班固的《汉书·郊祀志》是这样记载的："或言益州有金马、碧鸡之神，可醮祭而致。于是遣谏大夫王褒，使持节而求之。"意思是说，地处中央王朝西南方向的益州，也就是现在的云南，有人说有金马碧鸡神，可以通过做法事而使他们显现，出现的时候光彩夺目，非常漂亮，非常震撼，当地的人经常见到这种情况出现。汉宣帝因此派王褒手持使节，作为代表前来当地求拜。从这里的"或言"二字来看，有还是没有，《汉书》说得并不十分肯定。

《汉书·严朱吾丘主父徐严终王贾传》记载稍微详细些，但也不甚了了。"王褒字子渊，蜀人也。宣帝时修武帝故事，讲论六艺群书，博尽奇异之好。""是时，上颇好神仙，故褒对及之。""后方士言益州有金马碧鸡之宝，可祭祀致也，宣帝使褒往祀焉。褒于道病死，上闵惜之。"读完这王褒一节，"上颇好神仙"让我有点怀疑是不是有人投皇帝所好，到这里搜集了这么个神话传说去哄宣帝高兴，让王褒跋山涉水当了一回冤大头。只是"上闵惜之"值得玩味，明里是闵惜"褒于道病死"，暗地里恐怕是闵惜"敬移金马碧鸡"没有成功。不过这个神话编得倒是的确美丽，流传这么广、这么久远。

《后汉书·南蛮西南夷列传》的记载简略而言之凿凿："青蛉县禺同山有碧鸡金马，光景时时出见。"

北魏地理学家郦道元的《水经·淹水注》则是这样记载的："淹水出越巂遂久县徼外。吕忱曰：淹水，一曰复水也。东南至蜻蛉县。县有禺同山，其山神有金马、碧鸡，光景悠忽，民多见之。汉宣帝遣谏大夫王褒祭之，欲致其鸡、马。褒道病而卒，是不果焉。王褒《碧鸡颂》曰：敬移金精神马，缥碧之鸡。"《水经注》说王褒写过《碧鸡颂》，但只录了其中两句："敬移金精神马，缥碧之鸡"，被后人推演成《移金马碧鸡颂》，颂词为："持节使王褒，遥拜南崖，敬移金精神马、缥碧之鸡，处南之荒，深溪回谷，非土之乡。归来归来，汉德无疆，广乎唐虞，泽配三皇。黄龙见兮白虎仁，归来归来，可以为伦。归兮翔兮，何事南荒。"这种颂词，让人不忍卒读，美丽的地方产生美丽的神话传说，却被他们说成"处南之荒""非土之乡""归来归来""何事南荒"。

到了司马光的《资治通鉴》，连时间也十分确凿了。他在《汉纪》卷十八《中宗孝宣皇帝中》说："神爵元年，春，正月，上始行幸甘泉，郊泰畤，三月，行幸河东，祠后土。上颇修武帝故事，谨斋祀之礼，以方士言增置神祠；闻益州有金马、碧鸡之神，可醮祭而致，于是遣谏大夫蜀郡王褒使持节而求之。"神爵元年是公元前 61 年，距今将近 2100 余年了。

这的确是一则美丽的传说，多少文人学者为之着迷。清初学者、地理学家顾祖禹则认为《汉书》里记载的"禹同山"可能就是永仁县的方山。他在《读史方舆纪要》里说：《汉书》青蛉禹同山有金马碧鸡，或以为即方山也。"顾祖禹的话值得细细琢磨，永仁县城的靠背、距离苴却街不过 50 里地的方山，很可能是"金马碧鸡"的真正故地！

另一则是"牧猪化石"的故事。这则故事记载在《华阳国志》里。《华阳国志》成书比《水经注》早，比《汉书》晚，是一部专门记述古代中国西南地区历史、地理、人物等地方志的著作，作者是东晋人常璩。常璩在《华阳国志》给我们讲了一个很神奇的故事。故事说，"三缝县一日小会无，音三播。道通宁州，渡泸得蜻蛉县。有长谷，石猪坪中有石猪，子母数千头。长老传言：夷昔牧猪于此，一朝猪化为石。迄今夷不敢牧于此"。三缝县在今天的四川会理、云南姜驿一带，蜻蛉县在今天的永仁、大姚一带。这是确定无疑的，不能确定的是有数千个石猪的那条长箐到底在哪里呢？是不是在苴却这一地界上呢？或者确实有，后因某种变故，这种景观现在已经消失了。这或许要成为一个千古之谜。

七

新石器时代，苴却的背影清晰而准确，这主要得益于新的科学手段的应用。这其中的主要代表是菜园子半地穴式住房建筑遗址、磨盘地住房和石板墓遗址、维的石板墓遗址、楼梯田石棺墓遗址。这几个遗址我专门跑去看过，或许是门外汉的原因，我看不出其所以然来，但四周的山，与遗址下面绕来绕去的河水的确是有某种暗合。

通过科学的考古实证，菜园子半地穴式住房建筑遗址、磨盘地住房兼有石板墓地的遗址清楚地在苴却这张底片上显影了。在1981年夏季的某几天，永仁气象站开工破土时连续挖出许多石器、陶器及建筑遗迹，这引起文物部门的重视。这个后来叫作菜园子新石器遗址的地方，在苴却街对面、距四方街大约900米的永定河二级台地上，一年后在距此东南侧约200米的永定河一级台地上又新发现了磨盘地遗址。经国家文物局2000年批准，由云南省文物考古研究所主持，中国科学院考古研究所、成都市文物考古研究所等单位于2001年3月至4月联合对菜园子和磨盘地2处进行发掘，研究并形成了长达34页的《云南永仁菜园子、磨盘地遗址2001年发掘报告》，发表在2003年第2期《考古学报》上。在菜园子遗址4个文化土层里，发掘出来的遗迹有房子9座、灰坑8个和没有布局结构的零散柱洞38个，房屋建筑材料是树木桩、树枝和草拌泥。这些遗迹中，特别引人瞩目的是最大的那间房子。它由41个有结构布局的柱洞组成，长11.7米，宽4.2米，应该是当时人们进行集体活动的公共场所，相当于现今的大礼堂或者会议室。发掘的遗物也相当丰富，有大型石斧44件，小型石斧20件，石锛33件，石凿14件，石刀2件，石镞11件，石坠1件，普通石核9件，楔形石核6件，石片13件，侈口陶罐209件，直口陶罐5件，敛口陶罐2件，陶壶17件，陶钵3件，陶盆3件，陶器盖2件，陶器底118件，陶器耳27件，石纺轮7件，龟头形饰件1件，陶丸1件，骨匕1件，骨锥2件，动物骨骼500件。44件大型斧中，有20件是磨制石器、24件是打制石器，反映了菜园子遗址新旧石器的过渡痕迹。还出土铜镯残段1件，器型极薄，仅0.06厘米；不明用具铁器1件，长高厚各为5厘米、3.6厘米、0.85厘米，结论说菜园子遗址有金属器，反映出这个遗址可能延续到新石器最晚期或接近金属器大量使用的年代。

磨盘地遗址有6个文化土层，发掘表明这里先是新石器人类的居住地，后废弃成为墓葬地。这里发掘出大小型石斧、石锛、石凿、石镞、石纺轮、楔形石核、石器半成品、石片等石器42

件，陶器 93 件，清理出石棺墓 7 座，里面没有遗物。特别值得一提的是，在磨盘地遗址第 3 土层（红烧土）里还发掘出属于栽培稻的碳化稻 2 公斤左右。而石棺墓和碳化稻这两样出土文物是菜园子遗址所没有的。

菜园子遗物经过碳 14 测定为距今 3190±80 年，后经树轮校正为距今 4290±135 年。磨盘地遗物经碳 14 测定为距今 3400 年左右，同属新石器时代遗物无疑。

之所以这样不厌其烦地罗列这些出土文物，是因为它们确实是太重要了。《考古学报》认为，菜园子和磨盘地新石器遗址是滇西北地区最重要的新石器时代遗址之一。而耗时 13 年编成的《云南通史》则认为，永仁菜园子遗址这种原始的半地穴式窝棚建筑，与西安半坡仰韶文化的半地穴式建筑十分相似。这类房子只出现在新石器时代的最早阶段。它表明至少早在四五千年前，苴却就有人类繁衍生息了。

从往事中抽身出来，眼前的永定河水波光粼粼，远处的黛青色方山静若处子。面对我置身其中又迷茫其中的苴却，悠悠几千年，风驰顷刻过，留下的故事林林总总，不由心生感叹：这块被清代顺治进士张迎芳称之为"滇云远居天末，苴却又极末之末"的土地，也是有它精彩的地方的。居天末的苴却，在新时代的春风吹拂下，真是"风雨难忘日月新"啊！

直苴的云彩*

> 直苴的刺绣是飘落在地上的云彩,天上的云彩是指尖飘出的刺绣。
>
> ——题记

在云南境内金沙江南岸大山深处有一个彝族聚居的地方,任时光流逝千百年,这里古老的赛装节与这里独特的彝绣相伴相生,交相辉映。这就是让云南省永仁县有了"赛装之源、彝绣之根"美誉的直苴,指尖的艺术在这里绘就,心灵的花朵在这里盛开。

---

* 《直苴的云彩》,原题为《彝绣:指尖云朵从直苴飘出》,是《文化楚雄·永仁》一书中的第四章,《中国三峡》2017年第9期以"特别策划"全文刊出,取名《金沙江非遗永仁彝绣》。

这里的彝族赛装节，一年一度，千年传承。这里色彩艳丽的彝族刺绣历久弥新，灿若繁花。

一

赛装去哟——

赛装去哟——

每到农历正月十五，这邀约声就在直苴的山谷里回荡。这些花枝招展的男女老少，要去赶赛装节。

赛装场所在地直苴村是彝族创世史诗《梅葛》的主要传唱地，位于云南省永仁县一个高山上的平坝里。赛装节是这里彝族人赛服装服饰、赛美审美、谈情说爱的节日。

赛装节的起源地直苴村的这个赛装场，在隔河相望的直苴大村和直苴小村之间的山坡上。坡上有几十棵参天古树，把赛装场装点得古意盎然，用当地的彝族话说这个地方叫作"嘎列博"。"嘎列博"的意思是用赛装赛美来表达爱意的地方。

"苴"在南诏话里有"俊美"的意思，生活在唐朝末年的樊绰在他的《蛮书·蛮夷风俗》里有这样的记载："言语音白蛮最正，蒙舍蛮次之，诸部落不如也。但名物或与汉不同……饭谓之喻，盐谓之宾，鹿谓之识，牛谓之舍，川谓之赕，谷谓之浪，山谓之和，山顶谓之葱路，舞谓之伽傍。加，富也。阁，高也。诺，深也。苴，俊也。"苴，音左，南诏蛮语。"苴，俊也"，就是英俊、美好的意思，常作人名，也作地名。樊绰曾为大唐安南（今越南河内）经略使（军事长官）蔡袭的幕僚，受命对前来袭击安南的南诏进行过调查，他的"苴"即"俊也"的翻译和解释应当是当时社会的普遍看法。当然，今天我们再去翻《新华字典》，甚至翻《辞海》，也翻不出"苴，俊也"的解释。但是就算是到了千余年后的今天，在云贵川桂的广袤山区，仍然有无数个含有"苴"的地名，都读"左"音，而直苴只是中国西南云贵川桂若干地名中的一个。千余年后的今天，这已经成为直苴起源于南诏时期的一个证据。

直苴彝族赛装节起源于与唐王朝几乎同始同终的南诏时期。有些云南历史知识的人都知道，南诏国是7—9世纪在中国西南民族地区以洱海为中心出现的一个由边地民族建立的地方政权。它是与唐帝国同时代的地方政权，强盛时包括整个云南和部分贵州大部、四川南部、广西西部、越南北部的广大地区。《新唐书·南诏传》记载："南诏，或曰鹤拓，曰龙尾，曰苴咩，曰阳剑，本哀牢夷后，乌蛮别种也。夷语王为诏。其先渠帅有六，自号六诏，曰蒙嶲诏、浪穹诏、越析诏、邆睒诏、施浪诏、蒙舍诏。兵埒，不能相君……蒙舍诏在诸部南，故称南诏。"关于六诏的历史故事，自《蛮书》以后有很多文献记载。六诏中除越析诏是由磨些族，即今天的纳西族组成的外，其余五诏皆为乌蛮，是秦汉时期的滇西嶲、叟、昆明等部落繁衍而来的。他们分布在以洱海为中心的澜沧江与金沙江之间的广阔区域内，是现代彝族的先民。

历史记载，南诏首领姓蒙，始祖舍龙原居哀牢，唐代初年为躲避仇人追杀而带着儿子细奴逻和一支哀牢夷迁居蒙舍川，即今天巍山坝子的南部，在那里亦耕亦农。唐贞观二十二年（648年），松外诸侯（大致相当于今天的凉山州北部大渡河两岸）降而复叛，巂州都督刘伯英"请出师讨之，以通西洱河天竺道"，唐太宗李世民于是派遣右武侯将军梁建芳率军打击松外诸侯。征服松外诸侯之后，梁建芳率领大军沿着今天的安宁河南下，在拉鲊渡口渡过金沙江，经永仁、大姚、姚安，联合南诏打击以弥渡坝子为中心的白子国。当时的白子国实力是比较强大的，但迫于压力，白子国主张乐进求将女儿嫁与细奴逻为妻，并"举国逊之"。太宗贞观二十三年（649年），舍龙之子细奴逻继承蒙舍诏（王），号称大蒙国，自称奇嘉王。蒙舍诏自细奴逻后，又历经逻盛、盛逻皮、皮逻阁几世的艰苦创业，蒙舍诏日渐强盛起来，终于在8世纪初建立起强大的南诏国，势力范围一度扩展到大渡河边，金沙江中下游的广阔地区均在其范围内。

在南诏国建立之前蒙舍诏时期，永仁县直苴地区就进入了乌蛮酋长的视野。据直苴彝族人口耳相传，蒙舍酋长派遣他特别信任的战将俄逻布带着一支队伍开疆拓土到月利拉巴（今天的大姚县三台乡）。俄逻布娶当地女子伊米阿巴嫫为妻，定居月利拉巴，并生得两个儿子，长子朝里若，次子朝拉若。传说俄逻布是个大力士，武艺高强，在他的影响下，两个儿子都练就一身好武艺。不久，听说北方了一支军队要在弄栋川（今姚安坝子）设立都督府，管理周边地方，南距弄栋川不过百里的直苴必在其范围之内。为此，蒙舍酋长诏俄逻布回蒙舍（今巍山坝子）议事，在得知这支在弄栋川建立的都督府的军队只不过几百人，主要目的是保障途经弄栋川的交通通畅，于是决定让俄逻布仍然回月利巴拉静观其变。

　　传说中这些事情的发生时间和唐王朝的时间对应起来，那应当是大唐第三任皇帝高宗李治麟德元年（664年）时候的事情了。这一年，唐廷在现今的姚安坝子设立姚州都督府，而那条途经姚州的交通要道应该就是著名的姚嶲道。

　　直苴彝族赛装节最初的成文版本，是曾任永仁县党史办主任的直苴人杨云忠在1981年依据本地彝话口头流传下来的故事收集翻译、高定伟和谢应能做文字校正的油印稿《直苴彝族"赛装节"的来历》。这篇文章直到2014年才由永仁县文联整理并编入《永仁民间故事》一书，由云南民族出版社公开出版。"直苴"翻译为现代汉语是什么意思呢？说法很多，至今没有定论，但一定有美好的意思在里面，因为成书于唐代末年的《蛮书》记载，"苴"的南诏话是"俊美"的意思，"直苴"大意为美好的地方应该不会错，南诏王城羊苴咩城也是有一个"苴"字的。

　　山中自有千年树，世上难逢百岁人。今天，在直苴赛装场上还有上几十棵参天古树，问及曾经在直苴小学教书的本地人李春光，李春光说彝族话叫作"斯派兹"，意思是灰白的高大到可以通天的树，汉话叫什么还不知道。这些"斯派兹"有多少岁呢？据直苴老人李培森讲，在他母亲还小的时候，这些树就是这个样子了。几十棵古树与周围的树完全不一样，多少人都叫不出名来。直到2016年12月24日，著名作家黄尧来到直苴，问过黄尧老师后才搞清楚，其学名为滇朴。黄尧早年毕业于北京大学中文系作家班，后来在德宏景颇族深山插队，长篇报告文学《世纪木鼓》获第七届"五个一"工程奖、国家图书奖，他对云南森林的分布和树种特点很有研究。这么多这么高大的滇朴集中在这里生长，已经成为一道独特的风景，见证了直苴赛装节的热闹与非凡，见证了直苴彝族刺绣传承与发展壮大。

二

直苴彝族赛装节传承彝族文化传统，千年不绝。赛装节赛的是彝族刺绣，赛的是彝族妇女的和美与善良，赛的是彝族姑娘的心灵与巧手。在彝族人的世界里，"刺"和"绣"是同一个意思，刺就是绣，绣就是刺，用彝族话讲，刺绣叫"播"，绣花叫"依鲁播"，绣蜜蜂叫"博赫播"，绣蝴蝶叫"博冽播"，绣山水叫"俄尖阿也播"，绣山林树木叫"斯嘎雪偏播"。也许是彝语偏爱花的缘故，通常以绣花来代替刺绣，因此，在彝族人的世界里，刺绣通称绣花，即"依鲁播"。

彝族刺绣具有独特的文化内涵和民族风格，是彝族文化中一朵艳丽的奇葩，不仅仅是美丽的服装服饰，还是记载历史、传递情感的一种特殊载体。在古代，种麻绩麻、编麻织布、挑花刺绣、裁剪制衣是彝族群众刺绣的基本功，这些工艺大多展现在彝族服装服饰上。中和镇直苴小村且切村民小组的李林全、李秀良夫妇十年前响应政府号召，插花搬迁到莲池街上居住，生活环境变了，但刺绣和制作羊皮褂的传统和手艺没有丢。李秀良的刺绣品除了自己和家人用一部分外，大部分卖掉。李林全大多数时间为直苴村的老村民鞣制羊皮褂，收一点手工费。说起彝族刺绣，李林全、李秀良夫妇很有些心得，他们认为，和楚雄其他地方的彝族刺绣一样，直苴彝族的传统民族服饰大多喜欢选择黑色、蓝色纯棉布做服饰布料的底料，以鲜艳的大红、粉红为主，搭配以其他不同的颜色，色彩鲜艳，图案斑斓，都是用人工一针一线绣出来的。鸡冠帽、坎肩、衣裳、围腰、腰带、裤子、鞋子、挎包、褡裢、背小孩的背拉，所有可以绣的地方都要绣上他们喜欢的图案和颜色，绣山林树木、飞鸟虫鱼，各类动物、植物都有可能在她们的指尖上被赋予新的灵魂，但是绣得最多的还是花朵。

直苴彝族的妇女衣服是传统的直线式平面裁剪，开襟为斜襟左衽式，从领口到腋下用盘扣布纽子扣合。衣领为中式立领，衣领的前角皆为方形或圆形。衣袖为窄形长袖，衣服长及膝部。衣服的衣襟、肩胸、后背和袖肘以下用平绣绣上颜色各异的山茶花、牡丹花、马缨花，绣线常用丝线、绣花棉线或细毛线。总之，想绣什么就绣什么，没有什么限制，非常自由。绣出的花朵千姿百态，疏密、大小设计皆有主次之分，花朵与花朵之间都用枝叶相连接，花朵色彩主要采用大红色、桃红色，叶子都绣成翠绿色。花边一层层一圈圈地环绕主花形，少的也有三四道，多则排列很多道。花边有手工刺绣而成的传统花边，也有购买机制成品直接缝制来镶花边的。直苴男人的衣服为直排布纽扣，较为简单。围腰只是妇女才使用，它是彝族妇女最主要的服饰，一般穿戴于女性的前胸，既有围住衣服，不让它随意摆动，以防在做农活时被弄脏、弄破的作用，又有极强的装饰功能，因此彝族绣女都喜好在围腰上发挥自己的聪明才智，以显其独特风格。一般来讲，围腰幅面要宽广平直，有利于绣制较大的图形图案，从而彰显它的装饰性。彝族不论出门做客、生产劳动，都要系上精美的围腰。围腰形状大多是方形，也有梯形的。彝族围腰从前胸盖到膝部，非常宽大。围腰的图案设计多种多样，有绣大幅花朵的，有绣大样蝴蝶的，有绣大个的飞鸟或游鱼的，边上还要缀满用大红色或粉红色的毛线或绒花制作而成的花絮，连围腰在脖子上的挂带和系在腰间的腰带也十分讲究，一定要用刺绣图案和花边装饰。

不论是男人、女人，裤子都为直筒形，裤管宽大，裁剪方式为直线剪裁，腰头多使用松紧式，也有用布条子、皮条子作为腰头的。裤子的装饰在膝部附近及膝部以下，用花边沿着裤腿一圈圈镶制而成，再绣上各种各样的图形图案。彝族妇女构思和绣制这些图形图案有着丰富的经验，随手绣来，生动无比。

在这些服装服饰中，鸡冠帽是苴苴独有的帽型，值得一提。鸡冠帽以貌似鸡冠而得名，苴苴彝族妇女通常都头戴鸡冠帽。鸡冠帽是在两片布料上裁剪出鸡冠的外形，把顶部和前后两边缝合，在缝合处和帽檐口制成好看的弧线，绣上各类盛开的花朵，而鸡冠顶上则用毛线扎成一束束或红色或粉色的花絮，通常还用银片或白色的纽扣镶边，有的还要缀上银泡。这样的帽子戴在头上，如大公鸡般鲜亮抖擞。关于鸡冠帽的来历，有一个广为流传的彝族传说，说的是在很久很久以前，有一对彝族青年男女相恋了，于是相约到离村子不远的森林中相会，不想在森林里遇着鬼怪。就在鬼怪要加害这对相恋的青年时，村子里一只公鸡大声鸣叫起来。它高昂着头，抖动着红冠肉髯，迈着神武英姿的步伐走向森林。在幽暗的森林里，鬼怪听到公鸡打鸣，以为天要亮了，太阳要出来了，只好匆忙离去。公鸡驱走了森林中的鬼怪，这对青年恋人得以脱险。从此以后，鸡冠帽就成了彝家妇女常戴的帽子，这个习俗一直流传至今。她们戴上鸡冠帽，外出或上山做活，心里就不会害怕。今天的一些彝族聚居区，小孩受到了惊吓，也要缝制一顶鸡冠帽给他戴上，使他心里的不安慢慢退去。虎虎生威的虎头帽、虎头鞋，也是彝族小孩子经常穿戴的。

2009年，直苴彝族刺绣被云南省人民政府列入非物质文化遗产名录，使在直苴彝族聚居区世代口手相传的这项民族工艺焕发出新的生机。李如秀、李济雁等十余人是州县级彝族刺绣的传承人，成为永仁彝族刺绣的引领者。彝族刺绣没有专门的培训学校，她们以家族传承的方式代代相袭。李济雁的婆婆起林芳，李济雁的婆婆的婆婆杨福开都是刺绣能手，李济雁的女儿小小年纪，却也小荷已露尖尖角。以直苴刺绣为代表的永仁彝族刺绣，有平绣、贴布绣、扣边绣、扣花绣、镂空绣、十字绣等绣法，表现的题材丰富多样，花朵象征含苞待放的少女，老虎象征强大勇敢的彝人，雄鹰象征远去的先祖，火把象征彝家人火一样热烈幸福的生活。绣娘绣女对自己的每一件绣品都是精工细作的，可以说，彝族刺绣是彝族妇女在现实生活中的情感追求，蕴含着彝族人民对生活的无限热爱。彝族刺绣既是传统的，它蕴含着丰富的文化内涵，传承着本民族的历史、文化、风俗、信仰，又是与时俱进的，随着社会的发展进步而吸纳着现代文明的元素。因此，彝族刺绣既有传统的服装服饰，又有现代的彝绣裙子、彝绣钱包，甚至彝绣旗袍、彝绣手机套子。彝族刺绣不择地方，在闺房里，在屋檐下，在放牧过程中，行走的马帮，在拥挤的乡场，彝族妇女拿出针线，一件精致的绣衣、一个精美的挎包、一条艳丽的围腰，就从她们的指尖绣出来了，生活中能见到的山川河流、花草树木、虫鱼鸟兽等自然物体和自然景观被她们概括、抽象、夸张在她们的绣品上面，形成了一幅幅绚丽多彩的画卷。彝族服装服饰不是做出来的，是绣出来的。彝族刺绣是艺术化的盛装，是在彝族人生活中盛开的花朵。

　　文化是一个民族传承的血脉，服装服饰是一个民族特有的文化符号。针线之间恣意挥洒而成的彝族刺绣是千百年来彝族妇女聪明才智的结晶，是记载彝族历史、传递彝族情感、追求美好生活的一种特殊方式。一套彝族服装服饰往往需要彝族妇女经年累月才能完成。彝绣用色大胆夸张、构图精美绝伦、针法灵活多样、针脚细密牢实、寓意朴素深刻，绣娘绣女在不经意间就赋予了它们彝族文化元素。彝族刺绣展现的是彝族独特的艺术与技艺，承载的是彝族生活的发展与变迁，折射出来的是深厚的彝族文化内涵，既有实用价值，又有观赏价值和收藏价值。彝族刺绣犹如万花筒般向世人呈现着它绚丽的姿态，散发着它无穷的魅力。

三

　　改革开放以后，永仁彝绣随着直苴彝族赛装节活动而风生水起，虽处偏僻的深山，但依然引起外界强烈的注意。

　　这里吸引着远方。20世纪80年代，一位名叫马克·本德尔

（Mark Bender）的美国年轻人听说中国有个地方叫云南，云南有个地方叫永仁，永仁有个村庄叫直苴，直苴有个古老的彝族赛装节。于是，他在1985年7月来到直苴，被这里古老的彝族文化所吸引。1986年2月，马克·本德尔第二次来到直苴。他准时而来，参加了那一年正月十五的直苴彝族赛装节。回国后，他充满激情地写下了《猎射——带铜炮枪的虎人》，在海外介绍直苴赛装节的盛况，引来了无数海内外游客。不久，马克·本德尔再次考察姚安县的马游村后，第三次来到直苴考察，回国后撰写了散文《中国云南楚雄之行》，于1987年3月在美国《探险》杂志第65期上发表，引来了一大批国内外记者，纷纷向外界报道了楚雄彝族聚居区传唱了千余年的"梅葛"。这是在彝族刺绣的装扮下绚烂无比的直苴彝族赛装节第一次走向世界。

马克·本德尔于1986年写下的《猎射——带铜炮枪的虎人》，至今读来依然充满彝族的味道，十分亲切。他写道：

> 在长满沉甸甸的麦穗的深山峡谷的一块低凹的地方，一排健壮的射手们，他们有着古铜色的脸庞，身着羊皮，肩上斜挎着花袋子。他们卧在一块不到五平方米的麦地上，端着那乌黑发亮的铜炮枪，瞄准支放在山沟对面山腰上的靶子。
>
> "开枪"！一声洪亮的高喊。霎时，一阵震撼山谷的子弹的呼啸声掠过了山涧的上空，接着是一股蓝白色的烟雾腾空而起，飘过了松林的树梢。

这里吸引着远方。沿着马克·本德尔的足迹来到直苴的是美国人埃里克·缪格勒（Erik Mueggler）。埃里克·缪格勒打算对直苴彝族村落做全面深入的考察研究。这是一次连续一年多的常住。埃里克·缪格勒从1991年底来到直苴，1993年5月24日离开，一直住在直苴小学，吃在李培森家。李培森与他朝夕相处，给他当向导、当翻译、当保管员，所得报酬比在本地干其他农活多些。李培森虽然是直苴本地彝族人，但年轻的时候在红河岸边一个叫作江边林业局的地方工作了22年6个月。那里有许多下放劳改的老教授，他和这些老教授学过英语，有些英语基础。这是埃里克·缪格勒最终能够在直苴常住下来一个主要条件。这时的埃里克·缪格勒是美国霍普金斯大学的博士在读生。埃里克·缪格勒在这里进行了为期13个月的田野调查，完成博士论文《权力的幽灵———一个彝族社区的仪式与政治》。在这篇论文的基础上，埃里克·缪格勒出版了《野鬼时代——中国西南的记忆、暴力和空间》。这本书出版后获得人类学界的好评，有学者称之为"新民族志经典"。这次引来的不仅仅是记者，还有大批的国内外学者对直苴产生了浓厚的兴趣，研究成果不断出现。就这样，直苴彝族赛装节和彝族刺绣以另一种姿势走向世界。

2004年7月，一台名为"方山彩霞"的彝族赛装节在诸葛亮曾经安营扎寨的胜境方山举办。精美的彝绣、动听的彝歌、热情的彝族舞蹈，方山瞬间成为欢乐的海洋。通过电视电波，美丽动听的彝族歌舞、灿若彩霞的彝族服装服饰再一次进入世人的视野。那是一场令人惊叹的视觉盛宴。

2009年农历正月十五，第一届莲池彝族绣花节在凹尼奔举办。莲池彝族绣花节是从直苴搬迁到坝区生活的彝族群众，身着自己亲手绣制的服装服饰，在绣花节上赛装赛美、赛歌赛舞，以表现彝族人对美好生活的追求与向往，是直苴彝族赛装节在坝区的传承和发扬，是对彝族文化的坚守与追忆。

2011年12月9日至11日，以"绚丽赛装、赛装赛美"为主题的第四届云南民族服装服饰文化节暨中国彝族赛装节在云南省楚雄彝族自治州永仁县举办。中国文联副主席丹增出席开幕式并宣布赛装节正式开幕，曲比阿乌、成都军区（2016年2月裁撤）战旗杂技队等闻名全国的彝族歌手和演出团队实地为永仁群众倾情演出。来自全国两个彝族自治州、红河哈尼族彝族自治州部分县（市）代表团和全国各彝族自治县的38个代表团参加，将不同地区不同风格的彝族服装服饰展示在世人面前。那是一次绝世大美彝装的盛世展演。

四

2016年注定要成为永仁彝绣最亮丽、最开眼的年份，接受我4次电话采访的李济雁似乎还沉浸在北京之行的喜悦之中。10月，李济雁和来自永仁县中和镇直苴村与从直苴村搬迁到莲池乡凹尼奔新村的14位彝族绣娘绣女将受邀参加在北京饭店举行的"2016中国（北京）国际时装周"，用古老的彝族刺绣工艺让世界领略彝族服饰文化的魅力。

2016年10月26日下午，身着彝族服装服饰的彝族妇女一下飞机，就在机场引来一道道奇异的目光，从未见过这种穿戴的游客们以为是天外来客，纷纷给她们拍照、与她们合影，询问她们的来处。当得知她们来自遥远的云南省楚雄彝族自治州永仁县，是世世代代在那里生活的彝族，这次来北京是受邀参加"2016中国（北京）国际时装周"时，都感到惊奇。在入住的北京天伦松鹤饭店，她们集中在大堂穿针引线，整理从永仁带来的绣品，为参加"七彩云南（国际）民族赛装文化节楚雄彝族特色服装展示暨马艳丽高级服装定制2016作品发布会"做准备。他们别具一格的彝绣刺绣技法和绚丽多彩的彝族绣品还没有到正式登台亮相，就引起这家酒店的客人们极大的兴趣。游客们纷纷驻足观看，其中还有不少的外国客人，对精美绝伦、摇曳多姿的彝族服装服饰赞叹不已。

永仁绣娘绣女都是初次来到首都北京参加国际活动的，内心的激动难以掩饰。为了参观北京，也是为了放松紧张激动的心情，绣娘绣女决定10月27日在北京参观游览一天。她们身着在家乡穿惯了的彝族服装出现在北京的大街上，在王府井、在长安街，每到一处都成了人们关注的焦点，不断有游客用手机和相机对着她们拍照，记录下她们最美的瞬间。她们来到心羡已久的天安门广场，激动的心情难以言表，情不自禁地在蓝天白云下唱起了家乡的歌谣，跳起了彝族舞，掀起了"最炫彝族风"，引来无数游客追捧，形成一道亮丽的风景线。在这些绣女当中，年纪最大的起林芳已有69岁，最小的女孩李润只有8岁。而生在直苴、长在直苴，后来一家搬迁到坝区莲池生活的李济雁，则是一家三代同时应邀来京。她们如此吸引人们眼球，一身彝族传统服装服饰，似"穿在身上的彩云"。这几天，她们将在国际舞台上展示她们指尖上的艺术，心灵里的花朵，希望世界了解彝族服装服饰的魅力，了解彝族刺绣，了解彝乡楚雄。

10月28日，"七彩云南（国际）民族赛装文化节楚雄彝族特色服装展示暨马艳丽高级服装定制2016作品发布会"在北京饭店二楼中华礼仪厅举行，2000平方米的金色大厅座无虚席。伴随着好听好看的彝族歌舞《楚雄好玩呢》响起来、跳起来，"2016北京秋季国际时装周"惊艳开场，来自彝族赛装节发源地的绣娘绣女从彝族刺绣的美丽画卷中"穿越时空"来到T台上，绚丽的彝族服装服饰、质朴的原生态彝族歌舞表演，用媒体的话说叫作"瞬间引爆全场"。马艳丽团队展示着她设计的50套以彝族元素为主题的高级时装，把发布会推向高潮。这些彝族服装服饰无不闪烁着彝绣文化的魅力，吸引着世界的目光。"这实在是太美！""这真是太不可思议、太神奇了！""云南真是一个神奇美丽的地方！""我没有去过楚雄，没想到在楚雄还有这么多姿多彩的文化！"在面对"请问你们是什么民族""你们来自什么地方""这些衣服都是你们用手工做的吗""这些图案表达的是什么意思"等提问时，李如秀、李济雁、李丽凤几位绣娘一一作答。从北京回来，面对新的生活，绣娘绣女愈加显得自信。

通过这次顶级的时装盛事和国际高端时尚平台的交流，古老而灿烂的彝乡楚雄的彝族服装服饰文化已走出深山，走出楚雄，走向世界。而2016年金秋十月，让世界遇见云南，"千年彝绣进北京"因此成为 2016 年云南的十个"国际时刻"之一载入史册。

　　2017 年 2 月 10 日至 13 日，"七彩云南 2017 民族赛装文化节启动仪式暨中国·永仁直苴彝族赛装节系列活动"在楚雄州永仁县中和镇直苴赛装场隆重举行。这是一次以"七彩云裳·世界共享"为主题，以"保护、传承、弘扬"为目的，以赛装节为载体的全省行性大型活动，掀起了农历正月十五直苴彝族赛装节和农历六月二十四楚雄彝族火把节两个活动高潮。活动期间开展的永仁直苴彝族赛装节、楚雄彝族火把节、最美传统民族服装服饰评选、民族赛装文化节摄影大赛以及名模马艳丽楚雄彝族特色时装从直苴到昆明、上海、北京、巴黎的展演等活动，全方位、多镜头地把古老的彝族人的生活推向世界。

　　这里吸引着远方。直苴彝族赛装节是彝族传统文化的"活化石"，以直苴刺绣为代表的彝族刺绣是彝族传统文化最绚烂的表现形式，具有人类学、民族学、民俗学研究的特殊价值。以彝绣和赛装节闻名遐迩的永仁县直苴村已经成功申报为省级生态民族文化保护村，永仁县正在为"直苴彝族赛装节"申报国家非物质文化遗产而努力。正月十五哪里去，永仁直苴来赛装！赛装节上绚丽的彝族刺绣是地上飘扬的云朵，天上的云朵是她们指尖飘出的刺绣，吸引着世界的目光。

第二辑

苴却风闻

风闻三则

永仁古称苴却,《永仁县志》记载:"苴却'环金沙江大曲之中心',江岸长数百里,大小渡口数十个",因此,人们常常把金沙江环绕的这片土地叫作大曲。大曲山多,山道上故事多,都化在山风里,且记三则,与外界人分享。

钓江鱼

古人是怎么钓江鱼的?方法可能很多。在苴却,古人在大曲里是这样钓江鱼的。

金沙江在永仁与丽江华坪、凉山会理和元谋一带交界处有很多拐弯,比如沈家坪古渡口,比如陶家村古渡口,比如拉鲊鱼鲊古渡口,比如摸鱼鲊古渡口,比如龙街古渡口。拐了湾过后,往往会形成个回水湾,湾里湾外,江沙堆积,江面宽阔,江水骤缓,江鱼聚集,是钓江鱼的好地方。

在古渡口钓江鱼,用满双月的小猪作鱼饵,用牛尾巴秤的铁钩作鱼钩,用江上漂下来的木头作鱼漂子,用抬江石的铁链子作鱼线子,铁链子拴在牛弯单上。两头牛在江边的沙滩上吃钓鱼人从田埂上割来的青草,静静等候。钓鱼人看到用作鱼漂子的木头被拽下去,两鞭杆把牛打到山坡上去,门板大的江鱼就被拖到江边的沙滩上了。

种苞谷

大曲里山多,河也就多,其中有条河叫江底河。在永仁县波西村到大姚县灰但村的江底河一线,江底河把群山切开,陡峭的河两岸上密布着长短不一、高低不同的崖线若干。崖线忽宽忽窄,宽过半米,窄不盈尺,长几米、十几米、几十米不等。江底河两岸叶绿叶黄,草荣草枯,年年轮回。崖线上面由于落叶、枯草常年堆积,加之剥落的岩屑层层覆盖,雨水浸腐,形成肥沃的腐殖土。崖线险峭,多数人上不去,却是猴群的乐园。

山里人用弹弓把苞谷种子嗖嗖嗖射上去,种子在崖线上的腐殖土里茁壮成长，经过光风雨露后成熟，山里人爬上去，扳两包苞谷啪啪啪甩下河来，然后下河吃烟。一会儿，猴群来了，学人样子，扳了苞谷啪啪啪甩下河来。山里人赶了几匹牲口把苞谷驮回家，一年庄稼的收种就这样结束了。

山里人把苞谷交给老婆喂猪，甩手等待过年。

吃米酒

山脚小河边往往是大曲里面最生动的地方，人们在这样的地方聚族而居。大曲里有个村落叫三家村，地处深山，偏僻遥远，风俗殊异，是有名的彝族村落。全村人无论男女老少都会说彝话，吃米酒。

某年，村中某家年轻媳妇怀孕，食欲不振，无米酒煮鸡蛋无法下饭。及至婴儿出生，每每哺乳，则啼哭不止，且嚎声嘹亮，声振屋瓦。仔细一听，分明是"奶我不要，拿酒来吃；奶我不要，拿酒来吃"。

村中亲戚有好事者，端来一碗米酒煮鸡蛋，说："多，多多，多多，多多多（多，彝话，喝的意思）。"婴儿闻言，啼哭之声戛然而止，随即吸食甚欢。

风吹过火把

火　把

　　山中清泉，箐边水田，小山村平静而和美。这个小山村原先本没有名字。

　　忽一日，山外来了一伙强人，打着火把，洗抹了这个小山村，又用火把点着了这个小山村。在冲天而上的火光里，一伙强人打着火把朝大火山方向去了，不知所终。

　　小山村很不服气，打着火把上山伐木、下河淘沙，打着火把挑土舂墙，打着火把撒瓦建房。要是放到现在，就会有现成说法，叫"恢复重建"。

恢复重建后，小山村有了自己的名字，就叫"火把"。

原来都是汉族

火把海拔很高，植被很好，除了房屋、耕地，都是森林。这里好像应该是俚濮人（彝族的一个支系）居住的地方。

可是，在火把，吃饭不说阿篾作，喝酒不说嚷迫多，茶不说绿撇，钱不说镍皮。老桂说，他们不是俚濮，是显濮。

原来，他们都是汉族，祖籍很朦胧。根据口耳相传的结果，老祖宗隐隐约约来自遥远的江西吉安。吉安，就是那个历史上很容易中进士出御史的地方。

烤火的老人随口说出邹元标、王直这些人的名字，让我们大吃一惊。而这里确实有一些王姓人家。

龙王很生气

这里山高菁深林密，小菁里有水，小河就不会干。这里的草和树木，与骡马牛羊和谐生长。

忽然一阵风来，说山外的骡子很管钱，马很管钱，猪鸡牛羊一样很管钱，于是，火把六畜兴旺。

兴旺的六畜经常到龙潭吃水，吃了水自然要撒尿，撒了尿还要屙屎。

这样一来，龙潭一带，牛屎就很多，牛屎上面还有马屎，马屎上面还有羊屎。龙王很是生气，水便渐渐小了。长此以往，很有干涸的危险。

于是，村里便有民谣流传。

火把龙树湾
牛屎一滩又一滩
龙王生气走
龙水逐渐干

菩萨的眼睛睁得很大

火把民谣引起村中长者的警觉，遂请菩萨来龙潭镇守。菩萨眼睛很大，睁得很圆，而且从不眨眼。

兴旺的六畜各自都有自己的主人。主人非常害怕被菩萨点了名去，就自觉加强了对自家牲畜的教育和整改，叫作管教也行。

如今，火把的六畜依然很兴旺，依然到点了就要到龙潭去，但是除了吃水，从不滥干。龙王很高兴，涌泉汩汩如初。

大姑娘长成小媳妇

山中清泉，箐边水田，一方水土养一方人。火把的青山绿水把火把的姑娘滋养得像村子后面高山上的青松，一发接着一发，茁壮成长。

长大了的姑娘注定了是要嫁人的，但是嫁人有两个要求，要推得动磨，要踩得动碓。火把姑娘长到推得动磨、踩得动碓的时候就可以嫁人了。嫁了人，万事无忧的大姑娘就变成了柴米油盐小媳妇，万事都要操心。

有民谣记录火把小媳妇的辛苦：人到七八口，碓磨不离手。意思是到了八口之家，这家人就要有人不停地舂米磨面。

辛苦是辛苦，另一种景象却令人向往：火把一片月，户户碓磨声。这是生动活泼的火把生活场景。当然，这说的是很久很久以前。

为富不仁的对联

火把在长长的历史河流里也曾经出现过两极分化——富有的很富有，穷的很穷。

原先，为了防贼抢，常常两户三户人家共用一道院子一道大门。有两户人家，当年算得上"门当户对"，合伙建了一院房子，大门和院坝都共用。也不知过了多少年，一户人家渐渐地很富有，可以送儿子进书塾读书，儿子读书识字，可以称相公了，这与江南一带的风俗倒是很相像。另一户人家不知道怎么搞法，越搞越穷。穷得实在无法，儿子只好放弃读书去放牛，儿子的儿子更穷，只有一大一小两匹毛驴可放。

春节贴对联，富裕的一家很吝啬，只贴了自家的半边春联，算是上联。

上联：老相公小相公老小都是相公。半个横批：相公。

贴好后，老相公看看光抹抹的同院子"贫困户"家那半边的门框，很是得意。

穷的一家觉得半边春联实在难看，无论如何要把剩下的半副春联补齐，可是家里穷得剧狗，只剩下大小两匹毛驴。无奈之下，还是请来了村里倒识字不识字的一个老倌，说了意思，对照富户家的对联，结合自家两匹毛驴的实际，拶挣写了半副春联贴上，勉强凑个下联。

下联：大毛驴小毛驴大小都是毛驴。半个横批：毛驴。

当然，这个"毛驴相公"的故事也是很久很久以前的事情了。

火把山街

山街在山顶上，山很高，二千七百多米。

山有一个很热闹的名字：火把山。两保长为火把山差点到了要率众杀架的地步。县令大人在县衙里坐不住了，便坐了滑竿，亲临山顶，现场断案。

两保长各自陈述理由若干，全力以赴证明火把山自古以来就是自己一方的山林，别无二主，请青天县令大老爷明察然后明断。

县令听了头大，觉得两保长说的都有道理，又觉得两保长说的都没有道理，于是决定"天断"。见两保长犹豫，县令又进一步明示，不同意"天断"，就是心怀鬼胎，心里有鬼。

所谓"天断"，就是点火烧烟，火烟飘向哪一方，山就是哪一方的山。

两保长认为县令老爷实在是个老滑头，复又认为老天素来公道，不会亏待自己，斟酌半天，同意，于是点火。

偏偏那天没有风，零级火烟直冲天，黑杠杠的烟子沿着山脊冲天而上。

县令于是代天决断，以山顶为界，各领半支山林。同时指示两保长，每年在山顶分界处现场"办公"两次，以解决山林、土地、水源、牲畜、婚姻等等引发的种种纠纷问题，不得有误。时间是农历七月初十和腊月二十四。

次年七月初十，山顶中界线已经踩出一条小路，小路两边，两保长端坐在高背靠椅上，随从分列左右，交涉、签字、画押。半年积案，一天断完。

两保长在各自的地盘上处理公务，不越雷池半步，景象颇为壮观。从此以后，那地方摆摊的有了，唱戏的有了，竟一年比一年热闹。

久而久之，形成了山街。赶山街这一天，公家断案，商家买卖，姑娘伙子谈恋爱，互不相扰又互相依存。

再过若干年，火把山街已然闻名遐迩了。

火把山街的爱情

股长很郁闷，调到县里的干部名单上还是没有自己的名字，于是便放浪形骸，沉迷在武侠小说里不能自拔。

腊月二十四这一天，股长现身火把山街。山街很热闹，各色人等云集，喧嚣之声不绝于耳。空气里，开始传递羊汤锅的肉香；稍远处，戏台上的乐器已经响起。有个姑娘像一头惊慌失措的小母牛，被一群伙子撵得到处乱窜。

姑娘实在无处可躲，便躲到股长身后。

伙子们一阵风冲到股长面前，只见股长发披肩，脖子上一圈长长的亮亮的铁链，左手一碗羊肉，右手一瓶啤酒，胯大喇咋地坐在草皮上，吃酒吃肉，旁若无人，一派大侠风度。

股长对姑娘说，你不要躲在我后面。股长的嘴巴朗声吐出这句话，继续吃肉吃酒，面无表情，依然大侠风度。

姑娘既沉默不语，也纹丝不动，似乎还很倔强：我就是要躲在你后面。

股长又说，你最好来我前面。

姑娘便以细碎的步子移身股长之前，蹲下来后的姿态差不多可以用依偎来形容。

伙子们在状如武松的股长面前，始终不敢轻举妄动。

姑娘三番五次地向股长表示谢意，态度十分诚恳。

姑娘对股长的第九次谢意是在床上完成的。从此以后，在山街爱情的滋润下，股长与姑娘的爱情就像紫茎泽兰一样蓬勃发展。

后来，在姑娘的改造下，股长的头发越来越正常，言谈举止也越来越正常，基本上可以算一个正常的人了，最重要的是造人工程也进行得十分正常。

再后来，股长在一个很管火的部门担任很管火的领导，还曾经和妻子一起率领儿女们到火把山街见证了他们当年的爱情。

最后，实际上没有最后，平淡的爱情陪伴他们终老一生。

火把四绝

有户人家，住在大路边。这里离宜就街场已经不是很远了。

因为挨街，又在大路边，常有马帮驴队从这家大门口路过。一条线过去的是马帮，一大片过去的是驴队。赶骡赶马一条线，赶毛驴子一大片，耳濡目染，这点常识，连这家不到十岁的小姑娘都知道了。

奶奶领着小姑娘在自家大门口玩，看来来往往的赶街人，非常开心。有马帮驴队过来，小姑娘就问奶奶，驮的什么呀？

奶奶瞧一眼，说火把鸡㙡。

火把鸡㙡给好吃呀？

好吃。

买点煮吃,果然好吃。

吃了还要,奶奶就说,把你嫁到火把去,那里天天吃火把鸡㙡。

小姑娘就响亮地回答:好!

又有马帮驴队过来,小姑娘就问奶奶,驮的什么呀?

奶奶说,火把梨。

火把梨给好吃呀?

好吃。

买点来吃,果然好吃。

吃了还要,奶奶就说,把你嫁到火把去,那里满山都是火把梨。

小姑娘就无比响亮地回答:好!

小姑娘长大了,果然嫁到火把去了。姑娘嫁到火把就当了领导——妇女主任。妇女主任率领火把的妇女同志们挖沟打坝,坡地改梯,受到上级表彰。姑娘受到的另一项更光荣的表彰是当了很长一段时间母亲以后的事,称号英雄母亲。英雄母亲生了一水的姑娘,个个水灵灵的,热热闹闹一大家。让人奇怪的是,那一段时期,其他母亲多半也是生姑娘,也是水灵灵的。那个时候,火把姑娘成一时之盛,于是,成就了火把四绝:

火把鸡㙡火把梨(这里的方言,梨读莲,不读离,和下一句的"田"还挺顺嘴)

火把姑娘火把田

火把姑娘带着开垦田地的大寨精神出嫁了,像出窝的飞鸟一样嫁到各地。火把姑娘嫁到哪里,那里的火把鸡枞就出得特别好,那里的火把梨就结得特别多。

火把的桃子

火把有一户人家,单家独院,在半山腰上,门前一排桃树,桃子不仅结得相当好,而且结得相当好吃。山外一帮人,不知是来下乡还是做别的什么事情,见了,非常兴奋,叽叽喳喳夸个不停。在家的老奶奶见自家的桃树受到称赞,非常高兴,邀请他们随便摘吃。

受到老奶奶的盛情邀请,这帮山外来客便也不客气,过来摘桃子吃。

桃子太好吃了,每个人都吃了很多很多桃子,很过意不去,执意要给老奶奶一点钱。

老奶奶执意不要。

一方一定要给,一方坚决不要,钱就在两双手之间玩起了迎面接力。

最后,老奶奶急了,说钱什么钱,不消,不消,这些桃子都是喂猪呢!老奶奶毫无恶意的"恶语"不禁让这帮山外来客哑然失笑。

这个故事经过不少于二十张嘴巴的加工，在空气中转了一圈，又回到老奶奶的耳朵里。老奶奶很不好意思，说我当时没有把他们当猪看的意思嘛。

听老奶奶后来说的这句话，好像现在已经把他们当猪看了。

火把变成伙把

宜就公社火把大队成立了，这是火把大队政治生活中的一件大事。

大队干部豪气冲天，刻了公章回来，见"火把"刻成"伙把"，酒就醒了。酒醒了就说，也好，人家打火把，是一把一把地打，我们伙把打火把是一伙一伙地打，他们怎么跟我们比嚯。

这样，"火把"就变成"伙把"啦，一直沿用到今天。

伙把故事还将继续

这些故事都是到伙把采风听来的，当然有我自己的加工。宜就镇的领导邀请我们去收集宜就民间故事，我选择了伙把，在伙把村委会的火盆边，在巷口中，在田坝里，在山梁上，人们七嘴八舌，我不能一一记住他们的姓名了，有一个人以非常鲜明的形象给我留下深刻印象，大家都叫他老桂，桂花的桂。老桂质朴的语言里有思想的火花，敢行动。他家的人均收入已经接近普通公务员的水平了。他说，他要随着村镇的产业结构调整他家的种养结构，尾着市场走，朝更赚钱的方向去。

有老桂和老桂一样的伙把人，鲜活的伙把故事还将在伙把继续演绎。

偷　哥

在莲池乡的谢腊班三界一带流传着三个偷哥的故事，小时候就听亲戚讲过，很有趣。

传说很久很久以前，在遥远的老火山上，有三个偷哥，专门偷人家的东西过日子。他们偷东西，一起去，一起来，像风吹一样没有痕迹。

山里有户人家，很富足，圈里牛羊成群，屋内米面不缺，楼上的挂子肉一串又一串，挂了好几竹竿。

半夜里，三个偷哥来到这家大户人家偷东西。他们会学狗叫，会学猫叫，会学鸡叫，会学老恨虎叫，会学夜鹄子叫，学什么像什么，简直跟真的一样。那天晚上，随着一阵风来，房团屋转一群狗咬，随后鸡是鸡叫，猫是猫叫，老恨虎、夜鹄子也在叫，把那个夜晚打扮得阴森森的。三个偷哥从后山爬上房顶，掀开瓦片，两个偷哥用一根绳子吊一个偷哥下去。这个偷哥在下面，轻手轻脚的，把看中的东西拴在绳子上，由房顶上的两个偷哥小心而熟练地吊上房顶摆起来。

这一次偷得不少东西，有火腿，有大米，有羊皮褂……在房皮上摆了一大片。

房顶上的一个偷哥见这次偷得的东西比哪次偷到的都多，又好，想独吞，又觉得独吞不了，就拉另外一个偷哥合伙说，差不多了，我俩背了房皮上的这些东西赶紧走，天亮平分，这样一来，每人分得更多，给要得？

要得要得，另一个偷哥也正有这种想法，连声赞同。

不想被楼里的偷哥听实在了，压低声音说快点放绳子下来给我，还有一个大箱子，很沉哎，一箱银元宝。房顶上的两个偷哥听了大喜，连忙放下绳来，把一个很大很沉很精致的木箱吊上了房顶。

显而易见，这个木箱里面的东西要比房皮上所有的东西都还值钱。

两个偷哥抬起木箱，摸下房顶，在夜幕里一路狂奔。他们跑啊跑，跑得星星出来了，跑得月亮出来了。他们跑过一条河，河水清悠悠的，没有吃一口水。他们跑啊跑，跑过一片桃树林，桃子红通通的，没有摘一个桃子吃。口跑渴了，还继续跑。肚子跑饿了，还继续跑。人跑瘫了，还继续跑。他们跑啊，跑啊，跑得太阳出来了，刚好跑到一口水井边，清清的井水流出来，流到河里去了。

两个偷哥放下杠子，解下杠索，准备在井边煮饭吃。一个偷哥解开系在腰间装米的小口袋说，我饿瘫了。另一个偷哥往随身携带的小锅锅加水说，我也饿瘫了，多下一碗米。箱子里传出一个声音说，我更饿瘫了，再加一碗米。

猛虎坪子

相传，古时候迤帕拉村子后山上的山猫驴（狼）、狐狸、野猪等野兽经常下山到迤帕拉坪子害人，大家都想不出什么好办法对付，只有躲的份。

一天，有一只老虎，特别大，特别威武，突然出现在迤帕拉坪子和杀牛坪子之间的俄开地村（现在已经被尼白租水库淹没了），游荡一阵后就到村子下面的小河里吃水。低头吃了半塘水，然后抬头朝着北方大吼三声，才慢慢地向迤帕拉方向走去。到了迤帕拉坪子，却不急于离开，而是在那儿蹲伏了七天七夜。之后，沿着迤帕拉坪子边沿走了一圈，又吼了三声，就像号地盘一样，号好地盘后就往村后现在叫作磨刀石箐、张家坟梁子的地方去了。至于这只大老虎去了什么地方，那就再无人知道了。

但是从此以后，在那个野兽横行的年代里再无其他野兽在迤帕拉坪子横行。人们为了纪念那只大老虎，就把迤帕拉坪子叫作猛虎坪子。现在猛虎乡之所以叫猛虎乡，就是从那里借来的名字。

沈家坪

在金沙江两岸傣族聚居地有一个汉族地名——沈家坪。

沈家坪为什么叫沈家坪呢？说来好几百年了，那时有一条马帮行走的路线，从华坪荣将方向来，夜宿侯家坪，朝渡金沙江，从沈家坪上岸，过永兴箐、立溪冬、苴却、元谋马街，往昆明方向去了。

沈家坪原来是一个既无人家也无名字的大坪子，干翘翘地静卧在永仁与华坪之间的金沙江南岸。某年，来了一队陌生的马帮，十多二十匹骡马，三个赶马人。赶马人音容异于常人，是藏族。他们体格高大，头发卷曲，脸色红黑，说话也与平常往来的赶马人不同。他们从北来了却不住在侯家坪，径直过江，在南岸的坪子上落脚。过夜的时候，他们随便找个平坦的地方把驮子围成外圈，骡马围成第二圈，人在最里面，毡子裹身，枕刀而眠，一有风吹草动，就拔刀相向，力沉刀快，一般人不敢惹。

久而久之，马锅头都学藏族人那一套，因害怕江水暴涨吃亏，由南向北的马帮，就过江落脚侯家坪。由北往南的马帮，也过江落脚南岸的坪子。有一户沈姓夫妇发现商机，大胆落户南岸，舂墙围成大块地盘，建成简陋客栈，开荒种地，织网打鱼，为过往马帮提供草料食宿等服务，站稳了脚跟，逐渐发达。

可是，没有过多少年，这户人家像被风吹走一样在沈家坪消失了。什么原因呢？有的说，社会动乱，马帮断绝，没有生意，这户人家就搬走了。有的说，惹着藏族人，被丢到江里去了。有的说，得了一场瘟疫，不治而亡。总之，沈家坪又成为一个空旷的无人居住的大坪子，但是沈家坪这个叫法却一直沿用至今。现在居住在那里的冷姓、山姓等人家，都是很多年以后，从灰坝、阿月乖、灰打麻等地搬迁过来的。

还有一说，说是这个坪子原本叫作冷家坪，1953年测绘队里有一个负责记录的队员，冷沈不分，把冷家坪听成沈家坪，说成沈家坪，记成沈家坪。冷家坪就这样将错就错错成沈家坪，流传了下来。不过，不管怎样，沈家坪至少已经被叫了好几十年了。不久的将来，观音岩水电站大坝建成，水将漫上沈家坪。现在，沈家坪村名小组已经全部搬迁到县城边上的小旱坝居住，这个坪子即将消失在万顷碧波之下。

阿尔卑斯彝族

采风结束了,县里设宴相送。主持的人跟我说,还有点时间,你讲个故事吧。

我已经没有故事可讲了,就说讲讲昨晚的事情吧。我的思绪就像搭乘了一架民航客机,一下子从横断山飞向遥远的阿尔卑斯。我说我昨晚梦见阿尔卑斯彝族了。作家们听了都露出惊讶的神色。我惊讶地问他们,说你们真是彝族。然后才陈述说,我才是彝族,我来自中国的云南。他们说你孤陋寡闻了,世界上有两个相隔万里的地方生活着彝族,一处在你们横断山区,一处在我们阿尔卑斯山区。这个连来我们县采风的作家们都没听说过,他们可都是见多识广的人哦。

远隔万里,有什么相同的吗?我十分疑惑。他们说,数千年来，他们两地彝族都生活在江河奔腾的山区，过着也耕也牧的生活。有的作家开始窃窃私语，似乎是说，好像也是。

有什么不同吗？我接着疑惑。他们中的一个说，举一个例子吧。彝族喜食牛羊肉，有膻味，离不开花椒、辣椒做成的蘸水。横断山彝族的牛羊肉是蘸着蘸水吃的，而我们阿尔卑斯山的彝族是先把蘸水喝了，再吃肉。

我大为诧异，感觉我的舌头又辣又麻，还看见作家们的嘴角动了动。

这时，该来的主角来了。一道亮光跟着进来，故事隐退在明晃晃的光线之外。

第三辑

在苴却记

苴却小记

　　驿站是和平的象征，营垒是战争的标志，苴却兼而有之。
　　苴却地处川滇交通要道，作为曾经的驿站，早在秦汉时期就有清脆的马铃声摇响过。遥想过去，在苍莽辽阔的中国西南，有一条史诗般的通道从这里经过。这条古老的通道一端连接着古蜀郡，另一端连接着身毒、大夏。商队从成都出发，一路南下，渡过大渡河，翻越大凉山，穿过云蒸雾罩的金沙江，歇脚金沙江南岸的苴却，驿站因此而生，南来北往的马铃声回荡着遥无涯际的旅程。这就是苴却古道，是秦汉零关道过境苴却之一段。《云南通史》秦汉时期的经济篇把零关道列为出入云南七条通道中的第二条道路而加以详述，可见它的地位不一般。此后，诸葛亮平定南中、史万岁平爨都取道这里，成就一世伟业。唐王朝开通姚嶲道，连通成都平原与洱海地区。过苴却而通南北的姚嶲道于是成为当时的交通大动脉。这条古道的生命甚至一直延续到明初，吴光范在《小云南续考》中有详细论述。这条古道路，后来叫作南方丝绸之路西线，以区别过境昭通的东线。

苴却，大唐王朝初期曾在这里设置微州，这在《旧唐书·地理志四》里有明确记载。当2018年元旦的太阳暖暖地升起来的时候，我猜想，1388年前的苴却街该是多么的喜庆。那一年，大唐盛世下的微州和深利县，州治县所同城而置，署理此地事务。由于历史记载过于简略，当时的景况已不得而知，但是流经苴却小城的河流流向应该不会有多大的改变，距离苴却街数十公里外的方山和营盘山是这条河流的源头。那里群山耸立，至今森林依旧茂密，众多历史遗迹藏匿其中。方山有诸葛营，营盘山有龙潭营、三合营，都是古代争战营垒对峙留下的遗迹。方山诸葛营的营墙遗址残存约长400米，双层，全土夯实。龙潭营、三合营的营垒遗址是一道道土埂和石埂，连接着布置在山梁上，随着山势起起伏伏，长十余里。土埂风化、坍塌得几乎要与埂边的泥土融为一体，但作为人工大规模扰动的迹象依然十分明显。石埂还颇为整齐，垒墙的石头一律漆黑如墨，潮湿的地方长满石花。石埂如墙，底宽肩窄，高一米有余，堑壕、烽火台依稀可见，营房基址、哨位痕迹众多，一些石碓、石臼、石盆、石缸和不明所用的石窝、石洞就是在营房遗址附近的巨大的石头里开凿的，就地取材打造生活的物件，一路看去，让人惊叹不已。

这些土埂、石埂是2008年永仁县第三次全国文物普查过程中发现的，专家把它暂定为"龙潭营长城"或"滇北长城"，"滇中北界有长城"遂渐渐为外人所知。一个鲜花盛开的五月，云南著名作家汤世杰探寻此地，为这个人迹罕至的地方竟然有如此庞大的遗迹所震撼，长久地静默在龙潭营的山风中。

方山上的诸葛营，营盘山上的龙潭营和三合营，互为犄角，拱卫着怀中小城苴却。一处馆驿，两处营垒，就这样紧密地集中在一条沟通中国西南的古道上。在方山、营盘山的北面，有弧形的金沙江环绕，苴却街就在弧心上。史书上说，苴却街为"环金沙江大曲之中心"，就是现在看来也还十分准确。营盘山尚未开发，森林里藤瀑依旧。方山现已开发成为AAA级景区，《新纂云南通志·金石考五》对乾隆、嘉庆、光绪年间方山铜鼓的三次发掘做了记载，这些铸有汉篆的铜鼓或许就是秦汉三国时期有军队驻扎苴却的一个证据。可惜这些铜鼓至今还没有人做过研究，并不确凿。确凿的证据是位于永仁县城中心区域的距今 4290 ± 135 年的菜园子半地穴式住房建筑遗址里出土的近千件石器和数公斤的碳化稻，它们确凿地表明，四五千年前的苴却就有人类的炊烟袅袅升起。

方山是苴却的靠山，元代岭南禅师于 1316 年开方山，建庙宇，取名静德寺，而以苴却街为县城的永仁县，一直到 1998 年才被列为对外开放县。对外开放晚，群山中夹河而居的苴却小城便保留了更多的野趣。那条从方山、营盘山上流淌下来的河流，叫永定河，淌到城里就被两道水坝筑起，化为层层细流流去。我沿着河道去上班，最喜欢河两岸翻飞的小鸟。翠鸟，通身翠绿，我们本地人叫它叼鱼郎，在你离它一米远的时候才起飞，嘴里叫着：姐、姐、姐。小花雀，身着长条形流线状的洁白、漆黑、麻灰三色羽毛，留着一剪长长的尾巴，这边有人就飞过对岸去，对岸有人又飞回来，就像从来都不知道疲倦一样。它飞起来忽高忽低的，让你担心它会不会突然掉进水里去。它的飞行轨迹在我的脑海里是一条正弦波动曲线。它和翠鸟一样，一飞动就会发出"姐姐、姐姐"的叫声。

有一种鸟，头顶长冠，暖黄色的身上相间着漆黑色的横杠杠，到现在我都不知道它的学名叫什么。我的元谋老家也有，自小我们都叫它猪屎公公，这么难听的名字真是辜负了它一身漂亮的羽毛。它喜欢在它确定没人的时候，悄无声息地从一棵树飞到另一棵树上去，或者从河的这边飞到河的那边去。要是受到惊吓，它会边飞边叫：舅舅、舅舅、舅舅。听完它们的叫声，你会以为它们满河都是亲戚。

群居群飞的有小米雀、黑头公公、白鹭。小米雀个头小，橄榄一般大，喜欢站在草尖啄草籽吃。在草籽成熟的时候，永定河边的小米雀特别多，见人就飞，飞到另一塘茂盛的草丛里，像撒出去的一把石子。它们的叫声十分杂乱，听叫声就知道它们是一群乌合之众，没有任何纪律性。黑头公公的头是黑色的，屁股有点红，又叫红屁眼雀，叫声粗短，十分难听，但听起来并不觉得刺耳。永定河边的白鹭有三种，小的那一种，我们叫小白鹭，嘴壳子和脚杆、脚掌都是黄色的；大的那一种，我们叫大白鹭，嘴壳子和脚杆都是褐色的，脚掌却是黄色的；还有一种，比大的小，比小的大，嘴壳子是灰色的，而脚杆和脚掌都是黄色的。我给它们拍过好多张照片，可是从来没有听见过它们的叫声。我想，它们要是高兴地叫起来，声音一定比它们翻飞的身姿还要优美。它们自由地沿着河道飞出飞进，悠闲得让人羡慕。问它们夜宿何处，城边上岗丙村的老表告诉我，它们晚上就住在附近高山上的大树梢，太阳一出就下河来找小鱼、小虾、小螺蛳吃。永定河里有野鸭子，在我去上班的时候偶然碰见过两次，一次两只，一次五只，都是在天将明未明的深冬。在我慢慢靠近想看得更清楚点的时候，它们就游到我更看不清楚的远处。在我试图靠得更近些的时候，它们飞走了，都是沿着河道往外飞走的，估计飞到玉米冲那一带去了，那里有一座宽阔的水库和众多的水塘，水浅草深，是它们的乐园。

穿城而过的永定河，它的勃勃生机还表现在水里面。春天刚刚过去，两岸纷纷攘攘的野樱花落尽，小鱼就起来了，只有瓜米壳一般大小，一群一群的，从青苔上游过，碧绿的青苔都会为之改变颜色。有一种永远长不大的小鱼，长不过寸余，体型偏宽，在这个季节最活泼。它们成群结队沿着浓密的水草调皮地游到水面一翻肚皮一转身又钻回水的深处，于是点点亮光在水面一闪不见了。这条河小，鱼也就长不大。除了水势浩大的夏秋，其他季节都能看到细小的鱼群一群一群地从眼皮底下游过去，不发出一丁点声响，但仍然能感觉到它们是那么的热闹。

更热闹的是隔河不远的四方街，街心有两颗百年老黄葛树，现在依然枝繁叶茂，成了四方街的标志。天将亮未亮时，上百人身着各式各样各种颜色的衣服聚集在两棵大树下面，叽叽喳喳地说着话。路过的你要是多嘴，好奇地问他们在这里等什么呀，他们会嘻嘻哈哈地说，等活路干。"活路"，这是怎样的一个词啊！这是苴却街的"劳动力市场"，等活路干的人大多把一只手攥在另一只手里，旁边通常放着一条蛇皮口袋，里面或者装着麻绳、扁担，或者装着镰刀、斧头，或者装着泥掌、垂线。天不亮，用工的单位或人家和他们谈好价钱，用皮卡或摩托把他们一车一车接走，那就算是入市了。天渐渐亮开，该入市的已经入市，入不了市的就打纸牌，继续等适合他们的活路，要等小半个早上，这些自然聚集在两颗棵大树下等着挣钱的人才会彻底散完，而散不完的是这两棵黄葛树的传说。传说，这两棵树是金龙章的祖父栽下的。金龙章是苴却街外的桃苴村人，是苴却街上人们嘴巴里的著名人物，清华大学毕业后留学美国，获麻省理工学院机电硕士学位，是解放前昆明发电厂和云南纺纱厂的创办人和经营者。传说他后来去了美国，办实业挣了很多钱。

不远处是另一个入口，明清时期有一条叫作永定街的热闹街道从这里进入四方街。那条街现在还在，只是名字改了，与另一条街合并，通称文庙街。在这个入口处，有一家回回香早点铺，铺子最里面靠左的一个角落里永远放着一个高腰草墩，草墩上有一个精钢盆，里面常常会有小半盆的一块零钱，方便找补。有人来到铺子门口，老板就问，米线、面条？来人说，苟饵丝？一碗热气腾腾的饵丝分分钟就上来了。熟悉的常客来了，直接把七元的零钱丢进盆里，说煮碗抄手果。有几个长者，也是常客，爱吃猫耳朵，进门就说，果煮碗猫耳朵。猫耳朵就是面疙瘩，面粉和水揉了成一大坨，揪一小块，捏扁，形状像猫的耳朵，下水煮到漂起来就熟了，七八个猫耳朵就是一碗，也是七元。现在吃这种猫耳朵的人已经不多了，苴却街上煮面耳朵的，仅此一家。有意思的是"苟""果"二字，苴却人喜欢把"给有"说成"苟"，有还是没有的意思；把"给我"说成"果"，是给我来一碗的省略说法，苴却人都懂。有人在铺子吃一碗，还要带走一碗，老板每天就要把"带走的——好了"说上好几十遍。这家铺子的面是人工和的，面条是手擀的，米线是用桂潮米做的，滑刷绵软，合本地人的口味，尤其是盖在上面的那七八点方方正正的蚕豆大小的红烧牛肉，嘴里嚼着，滋味深长。更深长的是这家铺子的年纪，和改革开放的时间一样长了，也许，还要和这带着"苟"和"果"的苴却口音一起继续传承下去。

直苴异俗记 *

十二年前，在永仁在了十二年后的我第一次来到名头很响却不被外面人熟悉的直苴。直苴村在高山间的一个大洼地里，洼地四周是一圈圈荡漾开去的绵延不绝的群山。

直苴是云南滇中彝族俚濮人的聚居地，也是彝族创世史诗《梅葛》的主要传唱地。那时的直苴，由于与世隔绝的原因，千百年来形成了其独特的地方风俗习惯，特别是杀年猪不请客、结婚不办酒席、给老人送终不忧反喜三大习俗尤为奇异，只是不像被称为彝族传统文化活化石的直苴彝族赛装节那样受世人瞩目。因工作关系，我在直苴连续在过三个年头，三个奇异风俗均有亲历。

---

* 《直苴异俗记》先载于《楚雄矿业报》2008年第20期，原文名为《直苴地方的三大奇异风俗》，随着了解的深入有所增删，后以《直苴异俗记》载于2018年9月21日《春城晚报·春晓》。

杀年猪不请客

一条小河从直苴洼地里流过,小河两边的洼地里分布着田地,洼地四周的山坡上分布着村落。看到村子里到处升腾着火烟,我们就知道,直苴地方家家户户在杀过年猪了,而这一天一定是个属鼠日。我曾经在这样的日子里亲眼见到一个妇女领着两个小孩用一尖底篮干松毛、干树叶烧一头杀死的年猪,然后用板锄刮掉烧焦的猪毛……

直苴地方杀年猪、吃年猪饭统一在每年农历冬月的第一个属鼠日。这是直苴地方千百年来形成的规矩,我只知其然,不知其所以然,问当地老者,他们也不甚了了,只知道每年一到这一天,直苴地方所有村落,包括那些山坳里的所有独家村,近千户人家,都会一齐杀年猪,好像有一只无形的手在指挥他们。他们全家总动员,各家各户各自动手,各家杀各家的年猪,各家忙各家的活,各家吃各家的饭,各家喝各家的酒,互不相帮,互不请客。人手多的,手脚麻利的,年猪就收拾得干净点;人手少的,手脚笨拙的,年猪就收拾得粗糙些。家里实在没人手的,就只用干松毛和干树叶烧掉猪毛,随便刮刮皮泥,打水洗洗,开剥上挂。大块卸下来的猪肉大多挂在厨房的楼海底上,腌好晾干便是著名的是彝家烟熏肉。因为气候冷凉,加上经年累月的火烟熏绕,不会变质发臭。做成腊肉煮豆子,老远就能闻到香味,吃起来味道还好得很。

结婚不办酒席

不知道从什么时候起,俚濮就在直苴生活,在这里打彝话、过赛装节、繁衍子嗣。我被邀请去直苴小村且切村民小组的一家吃结婚酒,到了才知道他的儿子已满一岁,大为诧异,细问才知缘由。

原来,直苴地方青年男女结婚时是不办酒席的。结婚的重要仪式——举行婚礼,当地人称办酒,在姑娘过门或伙子上门时是不举办的。他们两相情愿,经父母默认,而父母一般也不会过分干涉,就住在一起。这段时间的活路要两头干,既要干自家的农活,又要干姑娘家里的农活。但是在儿女出世满一周岁的时候,是要大操大办周岁酒席的,请客时说的却是"今年某月某日来我家吃结婚酒",也有说"今年某月某日我儿子过周岁,请你到我家坐坐",其实是一回事。这是个仪式,而这个仪式通常由舅舅家来主持。舅舅也不是空手来,要带酒水、抱老公鸡、牵大骟羊来,到时候来的都是客,都会受到热情接待。人很多,酒席也很丰盛,一通大号或一阵阵喇叭,昭示着两人正式结婚了。姑娘家如果没有哥哥弟弟,外公就还得操劳一回。这时候,无论是姑娘嫁过来,还是小伙子倒插杨柳,后家一般都会把自己的田地、牛羊、核桃树分一点给女儿或儿子带过去盘种、饲养,算是陪嫁。老人过世,他们要回来体面地给过世的老人送终。

给老人送终不忧反喜

那时的直苴，在安静的大山里过热闹的赛装节，闲适而自在，不像现在这样喧嚣，刻意地引人瞩目，而倾其所有给过世的老人办白喜是要尽可能地让人知道的。2006年底，直苴大村有个老人过世，就足足宰杀了60只羊子，大大小小几十个羊脑壳在屋厦下一字摆开。几根大约一米高的木柱砧板上不断地有人剁肉，连骨带肉砍剁成坨坨状的肉堆成谷堆，一米多高，一连几堆。初次见到那种阵势，很是震撼。

在其他地方，老人寿终是一大丧事。直苴地方大不一样，被当成一大喜事来办。老人落气后，家人就用砍柴刀的刀背击打自家大门的门方，边击打边发出吼声，就像在深林找同伴一样。听到嘭嘭嘭嘭嘭的沉闷的敲击声和短促的吼声，亲戚邻居就会聚拢过来。他们会穿上平时不常穿的新衣服，带上羊子、鸡、酒、米等食材，到主人家帮忙办事。院子里火堆烧起，白天火烟冲天，晚上火光四射。主人家像汉族地方办喜事一样，要找个识字的人，把接到的羊子、水酒和大米记在账上，遇到别的人家给老人送终，就要带同样的东西去做同样的事，叫作还礼。有的人家甚至也不记账，账都记在村子里面的人心里。把寿终的老人送上山，也与汉族地方不一样。抬棺出门，唢呐、喇叭吹得顺山响，穿着花花绿绿的彝族服装的送终队伍，跟着棺材，有半里长。这期间，主人家的地上要铺上青松毛，热闹得像过年过节，一直持续三天。隔阴阳、放场院、献祭牲、唱梅葛、打跳、出棺、垒坟、拜别、敬山神、超度亡灵等等，直苴地方细腻的人情世故、繁复的人情往来和种种陋规迷信会在这个时候展露无遗。此后多年，这家人会背上一大笔债，而有这样的债，心里也不会慌，有的还是踏实、光荣的味道。可来的都是礼，够这家人还几年的人情。或许就是这个缘故，直苴地方几乎家家养羊养鸡，但几乎家家不卖羊不卖鸡。

三件奇异的风俗曾驱使我在直苴做过小小的调查。一生从未离开过直苴的一位李姓老人告诉我，刚刚解放那年，云南省滇剧团到直苴演《打渔杀家》，村里人连看都看不懂，要翻译，歌曲也要翻译成彝话唱，才明白。直到现在，彝话依然还是直苴村子里的通用语言，直苴小学里的低年级学生还得使用彝汉双语教学。群山阻隔的直苴，与迥异的风俗习惯，正是在这样相对封闭的环境里经过漫长的时间积淀后形成并因此而得以保存下来，包括那深受学界重视的彝族创世史诗《梅葛》（直苴是《梅葛》两个主要传唱地之一，另一个是姚安马游）。直苴有汉族吗？直苴也有汉族，但是很少，比如顾姓、樊姓、吴姓人家就是汉族。据祖辈讲，他们是明朝洪武年间搬迁进去的，现已全部都是满口彝话的汉族，风俗习惯也与当地彝族一模一样。显然，他们已经被彝化了。

爬百草岭记 *

爬百草岭去！爬百草岭去！在我们开门见山的滇中北部，爬山是生活的一种必需，普通而又寻常，可几次相约去爬百草岭都没有成行。百草岭毕竟不是我们房前屋后一般般的小山头，它被称为彝州屋脊，3657米的海拔，恰好与西藏布达拉宫广场处于同一高度。

爬一回咱们彝山百草岭，体验一回登顶的畅快，便成了我的一个企盼。那年年底终于成行，几位朋友和我一同前往，车停山下小河边一个叫作自碧苴的小山村，徒步丈量，一直爬到顶峰帽台山，一路饱览向往已久的百草岭不一样的山色气概。那是一次与彝州屋脊的亲密接触，它高远深邃，它古朴悠久，它神奇迷人，

---

* 原文名为《登百草岭》，刊于湖北省文联《速读》杂志2019年第5期上半月刊，编入本书改为《爬百草岭记》。

它让我至今不能忘怀。

百草岭主峰帽台山是云南省楚雄彝族自治州的最高峰，它位于大姚、永仁两县交界处，与永仁县直苴大村梁子隔万马河相望。百草岭上遗世独立的原始森林、连绵不绝的高原草甸、梦一般游动的高山绵羊群，还有马缨花海似霞、杜鹃花阵如墙。登顶必须经过的好汉坡、望猴岭、跑马地、帽台丫口等地段极具特色。穿越这些地方，领略百草岭神奇景观，能真切地感受到这是一块人与自然和谐相处的生态圣地、人间净土。

百草岭沟壑纵横，百余种花草树木在那里竞相生长，数十种飞禽走兽在那里自由自在地栖息，沿途走着走着，时不时会碰到其中一二，让人惊喜不已。走在百草岭上，森林和草甸交替出现，目不暇接。森林和草甸之间没有过渡，刚才还是遮天蔽日的森林，马上又是开阔空旷的草甸。沿着细窄的小路走进森林，古木苍苍，树姿万态。百草岭森林最具特色的是望猴岭里百年老林树梢上数也数不清的木疙瘩，它们就像一只只猴子在抱树玩耍。走近细看，树干树枝满身长着绿色的树毛（一种苔类植物，状如毛发，我们称之为树毛），有的树毛还在滴水，它记录着百草岭穿越远古的沧桑。走在草甸上，宛如踏上无边的地毯，生活在岭上的彝族老乡在上面经年累月地放天然牧，骡、马、牛、羊、猪杂然相处。游走在百草岭腹地，时不时会看到石头般垂直下落的叫天雀，擦着地皮低飞的地豆鸟，从树尖滑翔而过的飞牛，浮在高空一动不动的大雕，让我们恍若梦中。

正当我们走得有些疲倦的时候，导游突然抬手一指，说那就是帽台山了。帽台山峰远远地在我们前上方显现，状如草帽。登山前我特意做了些功课，知道千里彝山从海拔3600多米的百草岭主峰帽台山开始，向四周呈波浪状起伏下降，碰上天气好，往北一直可以看到金沙江河谷地带。我们登临百草岭的帽台山双峰顶，果然如此，数百平方公里的百草岭山形地貌尽收眼底，无限壮观，极具视觉冲击力。或许是天公真要作美，原本阴云密布的天空，我们一登上帽台山山顶，太阳就携带着万丈光芒从云层中喷薄而出，百草岭绵延起伏的群山霎时间明朗起来、亮堂起来，气势磅礴。金沙江大峡谷宛如一条巨龙在远处若隐若现，天空更加舒展。极目所至，四下群山罗列，渐远渐小，杜甫《望岳》诗里"一览众山小"的感觉油然而生。站在彝州最高处，俯视莽莽彝山，万物皆小，我们都沉浸在百草岭恢宏、空旷、干净、纯洁、静谧、安详的自然美景之中，做梦一般久久走不出来，"孔子登东山而小鲁，登泰山而小天下"（《孟子·尽心上》）那种物我两忘的超然气度充盈脑际。视点越高，视野越广，心胸就越宽阔。是啊！站在历史的某个高度上看，整个人类都不过是地球演进的匆匆过客，况且一人一事乎！静默之中，一位同行的朋友似有所悟，无限感慨地说："哦！来到这里就像前回去西藏一样，奇妙空旷，让人无限遐想，又什么都不想想。"我没有到过西藏，不知道西藏到底是不是这般模样，但我觉得他"想与不想"的百草岭巅峰感受无比精当。

那些年，在直苴的矿山上挂职，站在海拔2870多米高的永仁县直苴大村梁子，我曾经用高倍望远镜数十次窥探过百草岭帽台山隐秘的神姿，一遍遍加深对百草岭帽台山的印象，一次次按捺着"会当临绝顶"的冲动。时节在变，百草岭的神韵也在变。

冬春之交，百草岭白雪覆盖，纯净绝美，那时它单纯秀美得像一个涉世不深的小姑娘；仲夏之际，山叶墨绿，花发如云，那时它身着盛装，浓情得像一位喇叭都已经吹响了的待嫁新娘；深秋之后，草木枯黄，天高云淡，那时它沉静淡定得像一名经世无算、阅人无数的老者，把什么都看透了、看开了。

百草岭亘古而立，世事却往复变迁。20世纪40年代，一群走投无路的健壮饥民铤而走险，脚蹬山草鞋，反穿羊皮褂，腰挂大板斧，肩抗火药枪，啸集于此，落草吃大户。他们在百草岭忽集忽散，忽起忽伏，来时一阵风，去时影无踪，国民党地方政府视之为心腹大患，多次围剿，百草岭顿时烽烟四起。解放后，人心思安，党的政策好，干戈化为玉帛，百草岭又恢复它往日的平静。

寂静的帽台山像一顶硕大无朋的巨型草帽，戴在百草岭这位彝族人心目中的巨人头上。民间传说，有勇气有体力登上山顶的人就会得到帽台山的庇护，一生平安，快乐幸福。给我们带路当向导的是来自碧苴小学的一位老师，他说："哎！我给你们说说嘎，帽台山顶上我们跪拍地表听到嘭嘭嘭的地下回音，那是人与山神的对话。老辈子说，听到回音，就是神灵答应了你心中的默愿。每年五一节前后，人们成群结队而来，在我们村小河边上、核桃树下，搭建帐篷，搭锅支灶，吃烤羊肉，喝扁担酒，饭后清水洗脚洗手，虔心登山，祈求保佑，灵验得很！"我不知道他说的灵验是无所指还是无所不指，但我宁愿相信他无所不指。这位小学老师，他虽已经不再青春年少但精神很好，虽不富足但很知足，说话的时候，脸上荡漾着幸福的微笑，看着让人轻松，让人愉快。几年时间很快就过去了,但每每想起,脑海里还清晰地记得爬山回来的那天晚上,我带着疲劳到极点后的舒畅,就着登顶而归的冲天豪情,回味着向导恬静的笑容而作诗一首时的情形。那首诗记录了我那次登临百草岭顶峰的难忘一刻,诗名叫作《登帽台山》:

  我想帽台酒想诗,三三两两登临迟。
  望猴岭里望猴早,好汉坡前好汉虚。
  杜鹃高墙半里许,草甸厚毯万尺余。
  百草烽烟成往事,千山万壑雨轻微。

好一汪清柔碧水

高原阳光小城苴却街的太阳又硬又辣，到什么地方去消夏？

到四棵树水库去消夏，那里有一汪清柔碧水。那真是一潭碧水啊！从南永公路望下去，就像镶嵌在山间凹地里的绿宝石，绿汪汪地醉到心里去。那里的水真清啊！一动不动的时候，可以看穿环绕在你周围透明的细小的虾子；那里的水真柔啊！轻轻游动的时候，宛如杨柳风轻轻拂过发际。

那是一汪多好的清柔碧水啊，只要去过一次，就想去第二次，第三次……与它亲密接触久了，就会发觉，在这炎热的夏天，不论在哪里，只要想起它，全身心都会透着一阵阵令人舒服的凉意。

四棵树水库在永定河与羊旧乍河的界山上，属于莲池乡的辖地。从苴却街骑车到那里，大约要用半个小时，大体与我沿着水库边"周游"一圈的时间相当。我在那一汪清柔碧水里，像一条自由自在的鱼，想走水就走水，想蛙泳就蛙泳；想朝东就朝东，想向西就向西；想想什么就想什么，不想什么就什么都不想，没有任何限制。自由泳的时候，我常常想起狗刨。有一年，师专和烟厂联合举办游泳比赛，我自告奋勇报名参加，意外地得了个50米自由泳冠军。得了第一名的我正在游泳池边得意，体育老师关辉走过来，挥手指着我，当众大吼一声说，你，过来过来，你那个狗刨快倒是快，就是动作太难瞧！又如此这般地说了一通，于是我苦练游泳基本功。现在下水，我还有些底气，想来就是那一声吼吼出来的。

自从发现这一汪清柔碧水后，整个夏天，我几乎天天都要来，都以非常喜悦的心情，来与它约会，与它肌肤相亲，与它肌体交融。下班后跃入这一汪清柔碧水，把十八般游泳的武艺耍一通，一天的酷暑便消退了，一天的疲劳也消失了。爽啊！好一道四棵树水库，留住一汪清水，留住一夏温柔。

在四棵树水库里体验那汪碧水的温柔，仰泳是一种最惬意的游姿了。仰泳于我而言，简单超过散步。六月的一天，雨过天晴，天是蓝的，三五朵云彩是白的，整个天空尽在眼底，是干干净净的，我仰泳在水面上，仿佛是躺在一张巨大的床上，慢慢进入梦乡。我发觉我变成了一条鲸鱼，遨游在南太平洋浩瀚的海洋里，水是那么清那么柔啊，心情是那么爽朗！我轻摇双鳍，慢摆巨尾。我无欲无求，无畏无惧，无忧无虑……我游着游着，突发奇想，想到水面上看看。我把头探出水面，这个动作对我来说轻而易举。

我发现上面很新鲜，明媚的阳光下，碧波万顷，浪花点点，岛礁时隐时现。我觉得岛礁上肯定很好玩，于是毫不犹疑地爬上去玩。玩了好一阵子才感觉有点不对嘛，我不是一条鲸鱼吗？怎么会跑到岛上去了呢！忽然发觉脊背有点疼，我醒了，我"搁浅"了，脊背碰停在水边的沙石上。

坐在水边的石头上，我举目四望，水库空无一人，悄无声息，已经很晚了，来这里消夏的人都走光了。

于是我默默离开，心里说，再见，四棵树，明天再来！

热水塘

大约十年前,因为烤烟生产督察的事情,我到过羊旧乍大村,在那里听说过热水塘。

羊旧乍大村在一个高台上,背靠巍峨的老虎山,村前是百十米的陡坎,坎下就是羊旧乍河。河外远远的雾气蒙蒙的地方就是热水塘村。热水塘村有个热水塘,是莲池乡唯一一个会冒热气出热水的地方。那是一塘救命的水啊!村里一位已经忘了姓名的老汉抬手指着那个地方对我说。他说,现在日子好过了,要是在"三年困难时期",村里的田地全部种上粮食都吃不饱肚子,那个顾得上种烟呢!

他还说"三年困难时期",吃不饱,冷不住,常到热水塘取热水。那是一段刻骨铭心的饥寒史、辛酸史,虽然已经远去,但是听他说来，似乎又生动地浮现在眼前，像一个特写镜头。这让我念念不忘，心想什么时候一定到那个塘子看看。我常常忍不住地想，有些历史，总会被人记住。

苴却街到热水塘其实不算远，可十年来竟没有去过。时时想起，便挂在心头，四处打听，知情者说，什么热水塘，生锈了，起青苔了。心想也对，这些年来，农村人有吃有穿，没有人再到热水塘里面以"热水御寒，吸气疗饥"了。

可是，毕竟没有到过，心有不甘。为了了却当年那桩心事，我约了莲池乡政府的小李专程去了一趟，去看看那塘曾经救过人命的热水。

出县城，沿西祥古道走，到浩鑫公司下方岔路口下河，沿着羊旧乍河往外走，约三四公里就到了。这里河水清悠悠的，倒映在河里的天空蓝莹莹的，这里两户人家，那里三户人家，掩映在竹笼下面静悄悄的，却不见热水塘。过河走近细看，热水塘变成热水沟了。用手摸水，水却不热。碰巧遇上热水塘村一个老表，他说，下了一夜雨，上面又塌方，就成这个样子了。水？水要到冬天才热乎呢。

抬头看看天，这里的天被河两岸的山挤得窄而细长，像山腰上绕来绕去的细长而弯曲的梯田。一阵风过，河谷里茁壮的秧苗翻动着灰亮的颜色，静谧的热水塘村愈加静谧，只是已经名实不符了。

谢　腊　班三界

　　这里是横断山的余脉，金沙江南面百草岭山地，山里的谢腊、班三界是莲池乡边界上的两个自然村落，也是永仁县边界上的两个自然村落。谢腊村往东走十多分钟就是元谋县的地界。班三界更近，走出村子，下坡几步走到箐底，搭脚上坡就到了元谋县的地界。顺着箐口望出去，南面不远处的山已经长在大姚县了。
　　我很熟悉谢腊村，一条小河从西北面来，在那里一连扭了几个 S 形，就把谢腊村整个扭住了。我外公家住在村东头，既在村边，也在河边，我就出生在那里。外公家厨房的大窗子外面，一个宽十来米、高三四米的小瀑布日夜不停地响，在家里任何角落都能听得见，我常常头枕小瀑布的哗哗声入睡。瀑布下面是三五个深浅不一的欲断还连的大水塘，石底石沿，水塘里的水玻璃一样透明。不远处还有一个大水塘，也是石底石沿，塘子底下有一石缝，汩汩地冒水，不知疲倦，四季不竭，全村人吃水都在那里挑。再往外的河坎上，有几十棵老古树，朴树、枹树、槐树、榕树、乌么果树、攀枝花树……叶子随着季节绿了又黄，黄了又绿。几笼竹子在河岸边，一年四季透着绿，遮住大半个石板生成的河底。逢年过节，生产队都要杀牛杀羊。在古树下杀牛过年，在石板上剥牛皮、剁牛骨、切牛肉，一点都不觉得脏。火把节杀羊，煮全羊汤锅，最热闹。把杀翻的羊子挂在竹子上剥羊皮，十来只羊子，先是一片黑，剥完羊皮一片白，不消等到晌午，河边一字摆开的几口大铁锅里翻滚的羊汤锅香气溢满河湾。这时候，各家抬了盆盆钵钵来瀑布前的石板河床上分煮熟了的牛肉、羊肉，脸上荡漾着止不住的兴奋和幸福，说着、笑着、走着。走着，走着，走到瀑布上方河滩边的花椒树下，扯一把花椒，回家和一家人过节，打彝话，吃羊肉，其乐融融。花椒树是我外公栽的，分不清是一棵还是几棵，反正很大一笼。他常提死猪死狗去握，挑圈粪去壅，服侍得好，树就长得旺，树冠在地面的投影起码有一分地那么大。那时，全村就这一棵花椒树，外公一人伺候，全村享用。外公过世那一年，生机勃勃的花椒树毫无征兆地先死了。后来读书，读了点马列，就不再认为有鬼神存在了。可从那件事情以后，我又相信关系密切的人和物还是有某种感应的。

  我外公服侍花椒树是一把好手，撵鸡枞也是一把好手。他知道哪一窝鸡枞什么时候拱土，这一塘鸡枞什么时候出。大半个早上过去了，外公把煮了半熟的米撒在饭甑里蒸起，就牵着我的小手去撵鸡枞。撵得一筲箕鸡枞回来，饭刚好熟。打一两个鸡蛋煮鸡㙡汤,特别香。七月半,鸡㙡烂。七月半以前,要把鸡蛋鸡㙡汤吃够。

谢腊是个小村子,户不满五十,人口不过两百,没有出过大领导,只出过一个全国人大代表杨甫旺,他还是全国人大民族工作委员会委员。那时候,杨甫旺读初中、高中放假回村,最肯来找我小舅下河捉鱼。随手掰一根木棍或者竹棍捏在手里,在石缝里戳,在水草里戳,在青苔里戳,把鱼戳出来,逮着了撒点盐,就地烧吃,香得很。我跟在他们屁股后面满河跑,裤子湿了,鞋子脏了,也不在乎。

班三界在永仁、元谋、大姚三县交界处,往东不远是元谋,往南不远是大姚,坐在家里吃烟,一眼望出去尽是元谋的树木和大姚的崖头。最有意思的是村子名字班三界的"界"字,本地人不读"介",要读"盖"。

我外公有个家门兄弟在班三界上门,有往来。记得小的时候,外公经常带我去那里做客。外公是个竹木匠,有亲戚在班三界,少不了常去那里帮人家砍屋架、打海簸、编篮篮筐筐,偶尔也带我去,去了就有好吃的、好玩的。有人家要起房盖屋了,一定请外公,他是方圆十几个村子里唯一会砍房屋架子的人。请外公去砍屋架的人家还会给我找来小伙伴,陪我玩。班三界村子里有口巨大的水井,井底的石缝里涌水不断,是全村的饮水之源,也是我们小孩子最喜欢去的地方。和小伙伴去井边玩水,常常把自己弄得透身湿,外公见了,每次都是又愤怒又着急。小伙伴中有脾气暴躁的家长,少不了要受骂挨打。可是,到了第二天,在村里玩热了,忽然想起那口大水井,我们又会一阵风地飞奔而去,戏

第三辑 在苴却记 / 203

水如故，早把大人们头天的打骂置之度外。

几十年一晃就过去了。这几年云南连着大旱，我回去谢腊一趟，河里只有沙子，吃水要到更远的龙潭去挑。四季淌水的小河哪里去了，山清水秀的谢腊哪里去了，我不知道。听说班三界的水井出水也很少，几近枯竭。至于搬迁，故土难离，加上20世纪50年代末60年代初有过整村搬迁不成功又回迁重建的痛楚，他们大多不愿意。县里、乡里的领导去村里动员他们搬迁，他们心里想，盖这点房子，都已经搬了三回了，于是态度坚决，回答诙谐。他们说："谢啦！搬三盖。"

漏 天

作家朋友从昆明来，杖藜拾青，登方山望江，听梅葛长调，看彝娘锦绣，赏苴却砚石，探古道老宅，寻一方人文，读破了永仁没有文化的误会，一时让人得意忘然，好像就在那一刹那间我也是个文化人了。

可是，有没有文化毕竟还是很容易望穿的。譬如我，站在方山"漏天"的摩崖下就只能编故事。时值晚秋，那是一个阳光明媚、天空澄澈的正午，陪远道而来的学者小游方山。学者是朋友的朋友，从北京来，是研究电影史和口述史的专家，把我过去认为是大白话的"豁我清机""可以悟机"两块摩崖讨论出别样的味道来，正心生钦羡，恰逢有人问"漏天"是啥意思。我于是奋勇争先，把我自认为的"漏天"演绎了一通，说是很久很久以前，方山这一带地方，方圆数百里都是原始森林，高耸的方山上原始森林尤其原始。金沙江玉带一般缠绕在方山脚下，源源不断为方山提供充沛的水汽，滋润着方山万物。摩崖所在的这条箐是金沙江的一条支流的一个源头，叫七星箐。箐上有桥，叫七星桥。桥下流水潺潺，四季不竭。七星箐里满是栎树、松树、栗树、橡树、杉树，躯干高大，古藤缠绕，头碰着头，枝叶交叠着枝叶，把这整条箐的上空都遮得严严实实。进得箐来，白昼如同黑夜，站在箐里面往天上看，只能看到七个亮点，天仿佛是从树叶里漏下来的一样，又恍若夜空里闪烁的星星，因此得名"漏天"。

学者既渊博又风趣，是个好玩的人。我们几天相处下来，竟也成了朋友，听完说：嚯，这也是一解，新鲜。

我虽愚钝，也听出了另外的味道来，不觉脸红了一下。

送走朋友，查1989年版的《辞海》竟没有"漏天"一词，于是我把惯用的懒便宜又捡了一回，把漏天放进电脑里"百度"了一下，跳出来两个解释。一是如天泄漏，喻雨水多。比喻多雨、久雨或飞泉盛大。有北宋苏轼的《广州蒲涧寺》诗为证："千章古木临无地，百尺飞涛泻漏天。"二是地名，也有证据。漏天在今四川省雅安县境内。其地多雨，故称。唐朝杜甫《陪章留后侍御宴南楼得风字》诗："朝廷烧栈北，鼓角漏天东。"杨伦笺注："《梁益记》：'雅州西北有大、小漏天，以其西北阴盛常雨，如天之漏也。'"宋晁说之《晁氏客语》记载："雅州蒙山常阴雨，谓之漏天。产茶极佳，味如建品。纯夫有诗云：'漏天常洩（"洩"通"泄"）雨，蒙顶半藏云'，为此也。"又有《杨慎集》记载：

"蜀地西南多雨，名为漏天。"这就把漏天的范围放大了很多。我综合了两种解释，加上杨慎的例证，其实就是一个意思：多雨、久雨或飞泉盛大的地方。细细一想，这些诗句和描述拿来形容方山，似乎也很般配，而我已谬之千里。

回头琢磨杨慎的话，"漏下来的天"岂止望文生义，简直是想当然耳，禁不住心里泛上些惭愧来。

再查阅资料，纯夫，即范祖禹，著名北宋史学家，"三范修史"的主角之一。晁说之，两宋之交人，进士及第，自1100年任无极知县始，后辗转多个地方任职，有诗书画传世。杨伦，清乾嘉年间人，曾任过广西荔浦县知县，晚年主讲江汉书院，有盛名，所著《九柏山房集》《杜诗镜铨》都收录在《清史列传》里。杨慎是明代文学家，那首广为传唱的电视剧《三国演义》片头曲的词就是他写的。他熟悉云南，对云南的山水风光多有过生动的描写。对了，我想起杨慎写过"三月草青青，元谋不可行；九月草交头，元谋不可游"（《元谋县歌》）的诗句。元谋是我的籍贯地，明朝人杨慎在元谋可谓大名鼎鼎，民间有不少他的故事，故事里把他神化成杨天官，无所不能。其实，真实的杨慎一生曲折，他是明朝状元，四川成都新都人，因"大礼议"而被谪戍云南终生，生前回川，要过元谋。元谋县与永仁县相邻，方山就雄峙在两县交界处的金沙江南岸，区划调整还多有交集。杨慎往返滇川，多次取道元谋，方山目力可及，距其渡江必到的元谋县龙街渡口也不算远，来过方山，来过七星箐，也不是没有可能。即使没有实地来过方山，从远处眺望，那方广平正"块然而平行数十里"（清高荐映《方山说》）的方山，想必他一定是看到了。苏轼、杜甫就不必多说了，大家都熟悉，这些都是实有其人的。历史明明有记载，不可以乱编。如此一想，真该脸红了。

　　唉，真是漏了天了！

赛装去哟

赛装去哟——

赛装去哟——

每到农历正月十五，这邀约声就在直苴的山谷里回荡。这些常年在山谷里深居的男女老少都会在节日里穿戴一新，相互邀约着花枝招展地去赶赛装节。直苴赛装节是一个彝族人赛服装服饰、赛美审美、谈情说爱的节日。在灿若星河的民族文化宝库中，这个源传于大唐南诏时期独特而绚烂的节日已有1350多年的历史了。在繁花似锦的民族节日里，中国直苴赛装节是一朵特别耀眼的奇葩，赛装节的活动中心——直苴村赛装场，被誉为世界上最古老的乡村T台。

相传在唐代，彝族先人朝里若、朝拉若兄弟俩打猎来到直苴，弯腰喝水时，从箭筒里滚出三颗谷粒，两弟兄把它们撒在泥塘里，谷粒在此发芽生根生长。第二年再来打猎时，三丛谷穗金黄饱满，十分喜人，兄弟俩于是动员族人迁居直苴，垦田植稻，结束了居无定所、饱暖不均的狩猎生活。在直苴彝族人心目中英雄般的朝里若、朝拉若兄弟俩到了婚配年龄，村中有威望的老人问及婚事，对此早有考虑的兄弟俩都说哪家的姑娘心灵手巧，就和哪家的姑娘做一家。老年人向全村宣布了朝里若、朝拉若的择妻条件，并规定全村姑娘于来年正月十五在村旁举行衣装比赛，让兄弟俩选择对象。于是，全村的姑娘在农闲时忙个不停，绩麻、纺线、剪裁、缝衣、刺绣，迎接正月十五的到来。结果，他们俩都通过正月十五赛装的方式各自找到了自己中意的姑娘，过上了幸福美满的生活。就这样，这里的彝家人每年农历正月十五都要穿上亲手绣成的新衣来直苴聚集、赛装赛美、唱歌打跳，仿效他俩寻找中意人。这样代代相传，形成了彝族传统节日——赛装节。

　　直苴村位于云南省永仁县一个高山上的平坝里。凝聚着古老悠久历史和浓缩着古朴民族风情的直苴彝族赛装节就在这里举行。在这里，彝族人在刺绣上展示自己对美好生活的追求，在歌舞里享受美好时光，在美好时光中大胆示爱。

　　到每年正月十五这一天，直苴周边四山八寨的人家早早就起来煮饭吃，然后换上绣了一年的新衣裳，带上自己最得意的绣件，赶赴直苴赛装场，参加一年一度的赛装节。在这个比美赛智的节日里，彝族妇女的聪明才智和心灵手巧都会得到淋漓尽致的体现和发挥。彝族妇女善于刺绣，她们用一根根五颜六色的丝线绣出自己对美的向往、对美的热爱和对美的体验。她们的绣品绣着花鸟虫鱼，绣着山川草木，绣着日月星辰。她们不仅在衣裤鞋帽上绣，还在袜子、围腰、褡裢上绣。这些图案，构图简洁、形象夸张、色彩缤纷、对比强烈，看着让人赏心悦目。到了正午时分，一群群身着艳丽服饰的彝族男女老少从四面八方翩然而到，赛装场就成为人的海洋、彝绣的海洋。直苴彝族是一个热情包容的民族，即使是千里之外的来客，只要来到这里，都会自然而然地融入安静而浓郁的节日氛围。在老毕摩为赛装节的顺利举办进行虔诚的祭祀后，男女老少和着悠扬的葫芦笙旋律，翩翩起舞，以优美的舞姿展示自己亲手刺绣和缝制的服饰。赛装正式开始了，一群姑娘身着自己亲手绣制的衣服，手挽着手，围成半圆，在笛子、芦笙、响蔑、唢呐声中轻快地"跳脚"，展示自己亲手刺绣和缝制的服饰。在这个姑娘们围成的半圆里，在优美的乐器伴奏声中，一村一组地组成赛装队，一队接着一队出场，在人们艳羡的目光里翩翩起舞，赛服装服饰，赛心灵手巧。赛装没有评委，没有裁判，也不排名次。其实，从人们到赛装场这一刻开始，无形的赛装已经开始了，谁最美丽漂亮，谁最心灵手巧，大家一看一比，心里自然有数。之后，在赛装场中心，先前的半圆变成一个圆圈，有更多的人加入进来，形成新的圆圈，大的圆圈围着小的圆圈，继续跳，跳累了，可以退出去，暂时休息。慕名前来的远方客人都沉浸在赛装场上彝族刺绣汇集而成的无与伦比的宏大场面中，灿烂缤纷的色彩随着光与影的流动强烈冲击着人们的视线。在这里，世界犹如万花筒般展现出绚丽的姿态。灿烂别致而不同寻常的服饰美，亮丽而不艳俗的色彩美，散发出无穷的魅力。在赛装场周边，有的一家人在一起，有的一群要好的姑娘在一起，有的是几个老奶奶、老妈妈在一起，这里一簇，那里一团，打听着，交流着，比较着。她们个个穿着自己亲手缝制的衣服，在大树下团团围坐，一边欣赏场地上移动着的美丽服饰，一边享用从家里带来的苦荞粑粑蘸蜂蜜，吃一碗热气腾腾的羊汤锅，喝点小酒，休息够了，就加入圈子继续"跳脚"。近年来，随着社会的发展和进步，在赛装现场，除了赛装、赛舞、赛歌、赛刺绣之外，逐渐开展彝族服装服饰展销、物资交流等活动，赛装场又成了一个小小市场，却有他们自己的市场特色。他们不用喇叭，也不高声叫卖，看与不看，买与不买，绣品就在那里，其实就是一个小型的彝绣展销会。有的干脆把绣品挂起来或者摆在草地上，供人观赏和挑选，自己却跑去那边的圈子里"跳脚"，听到有人高声叫买才回来，也不怕有人把她的绣品掠了去。

直苴还是彝族创世史诗《梅葛》的主要传唱地。每年赛装节，总会有三五人这里坐成一团，那里坐成一堆，听直苴梅葛传承人张利福、李兆芬等人舒缓地传唱梅葛。直苴梅葛就这样千百年来代代相传。梅葛是彝族民间歌舞和民间口头文学的总称，因全部用"梅葛调"演唱，故取名为《梅葛》。梅葛是彝族人民口耳相传的文化"根谱"，是云南非物质文化遗产中少数民族口承文化的瑰丽珍品和典型代表。彝族梅葛早在2008年就被国务院列入第二批国家级非物质文化遗产保护名录。

"跳脚"又称"打跳"，是彝族人的传统舞蹈，也是赛装节上的一项重要活动，有三跺脚、背靠背、下下响等十多种样式。这是一种古老而奇怪的舞蹈，一个人跳起来特别难瞧，一群人跳起来就十分好看，事实上也没有什么独舞之类。居住虽然分散，"跳脚"总是群体出动，人们手拉手，围成圈，随着简单而优美的旋律纵情"跳脚"。旋律和舞步由弱到强，由慢渐快，跳到高潮的时候，脚步整齐有力地跳跺大地，酣畅淋漓。然后，脚步由快转慢，由强变弱，轻柔无比。"跳脚"就是这样不断地随着音乐变换强弱和快慢，随着调子变换样式。傍晚，月亮从东面的山上升起来的，月光如银，夜空辽阔深远，四周山峰罗列。场地上篝火燃起来，姑娘伙子小手拉起来，圈子重新围起来，伴着优雅动听的器乐，继续"跳脚"，跳到动情处，扯开嗓子尾着音乐吼，一直跳到天亮。从每年正月十五开始，要持续这样三天三夜，才逐渐散去。

　　赶赛装节是直苴及其周边地区彝族群众代代相传的传统，在这个盛大的节日里找自己的中意人是这一带彝族青年男女再自然不过的事情。节日一到，来自山山箐箐的青年男女就身着绣了一年的彝族盛装欢聚到直苴赛装场，唱歌跳舞，秀装秀美，交流情感，寻找欢乐，寻求爱情。用抠手心来示爱，这一传统习俗据说在直苴一直延续到解放前。直苴地方山高箐深，居住分散，青年男女交往不便。在赛装节这难得的三天里，白天，有心的小伙子就细心观察"跳脚"场上的每一位姑娘，看谁家姑娘长得好，刺绣绣得美，思忖谁家的姑娘良心好；姑娘也在选中意人，瞅哪个伙子长得标，哪个伙子让自己心跳了。在这三个夜晚，相互有点意思的姑娘、伙子就会牵手"跳脚"，要是有进一步的意思，更大胆的一方就会就着夜色在大家牵手"跳脚"的掩护下用手指轻轻地抠对方的手心，另一方如果也有意思，就会回抠对方的手心以示回应，这样多次以后，就可以确立关系了。他们悄悄离开场地,到比较隐秘的地方倾诉衷肠,增加了解。父亲、母亲来了,老爹、奶奶也来了,他们更关心儿女儿孙们的终身大事。过了父母亲这一关,两家人便开始走动。

到了两家人相互走动的时候,赛装节虽然过去了,但是好事已经不远啦。

绣娘村的绣花节

外头来了三个记者，上头和莲池乡的乡长已经打好招呼，让我带他们去采访莲池绣娘村的绣娘。这样的事情我干了不少回，已心生厌倦。这回，我话都不想多说，准备把他们领到李绣娘家一句话交代了事。三个记者都对永仁不怎么熟悉，陌生感驱使他们对这里的什么东西都感兴趣，问这问那，我有些心烦，就把他们交代给绣娘，只身回城。

绣娘姓李，家里有间宽敞的绣房，兼做彝绣展览室和彝绣销售部。农闲时间，全村的绣娘大都聚集在她家绣花、绣鞋、绣衣服，说自家的孩子，说自己的男人，无边无际地聊天，手不闲，嘴也不闲。原来只是绣着玩，现在绣成了村里的一个产业，因而受到联合国开发计划署的项目扶持，彝绣作品在省上得过奖，在我们自治州算是小有名气。绣娘所在的这几个村子差不多都在这一小片上，一条小河几个箐沟把它们分隔开，新开垦的田地围绕着这些村子层层向外扩展，田埂上有些矮树，河湾里有些竹子，总之，是几个很好在的新村落。村子名字里面总有个新字，叫什么什么新村，以便和底根底了就在这里生活的老村子相区别。可是，这些村子的名字，连当地人都叫不全，因为，大家都一马笼统地叫绣娘村，叫习惯了。这些绣娘村里的男男女女清一色是从直苴、箐头、马鹿塘和邻县的大姚等地搬迁出来的山区彝族，刺绣是她们在原居住地形成的生活习惯。搬迁到这里来以后，绣着玩却绣着绣着绣出了名气，引得各路记者蜜蜂采花一样三天两头来。

乡长在乡政府大院里见到我，很客气地数落了我一通，要我回绣娘村去，还嘱咐我把伙食办好点，忙完手上的事，他和书记都要过来，不会委屈我的。乡政府离绣娘村起码有五公里，走得我汗淌才走到。正在村头水沟边收拾羊大、羊蹄、羊肚杂的两个汉子这样那样地和我打招呼，我嗯嗯地应着才看清其中一个正是李绣娘家的老倌。

我说你们干什么呀，王老倌？王老倌是李绣娘的男人。这些易地搬迁来的彝族，只要一结婚，无论年纪大小，都把男人叫老倌，把女人叫老奶，我们也跟着杨老倌、牛老奶地烂喊。

李绣娘家的老倌说，乡长要彝绣协会的办伙食招呼上头来的客人。原来乡长已经来过电话安排清楚了。这个家伙，有伙食事先也不搭我说清楚，把我蒙在鼓里，害得我今天跑了两个来回。

看着两个汉子七手八脚地翻羊肠子，想起狗扯羊肠越扯越长这句俗话，我不觉失声笑出来。李绣娘家的老倌吃惊地看看我说，笑什么呀？又说，客人已经到了，在我家呢，这里还是你官大点，有面子，去相帮招呼招呼，我家老奶怕整不清楚。

我嘴里说整得清楚，整得清楚，脚步却朝着李绣娘家迈。绣娘村的彝族刺绣协会就在她家成立，一来方便管理，二来协会没有公房，只好私房公用。

彝绣协会成立五年了，带动绣娘村收入成几何级数增长，高兴得乡长一款乡里的成绩就款彝绣，一款乡里的亮点就款彝绣，一款乡里的创新还是款彝绣。

我来到李绣娘家，家里已经来了一些村里的绣娘，呜嚷呜嚷的，好像在做什么准备。李绣娘把最后一个电话打完，走到我跟前说，啊呀，你终于来了，记者客人要了解我们彝绣的情况，特别想照些照片回去参加什么摄影大赛。我们彝绣协会正好准备举办正月十五绣花节，都排练了好几回了，干脆我们今天就给记者再演一回，算作彩排，顺便好请他们指导指导，毕竟人家是大地方来的嘛。另外，伙食正在准备着，演完就可以开饭。

这种事情，唱唱跳跳热热闹闹，吃吃喝喝啰里啰唆，我不大上心，就说，你们整，你们整，咋整我都支持。

见我放手让她们自己整，李绣娘高高兴兴地去了。

我本来不抱多大希望，多少回了，无非绣着的绣着，穿着的穿着，照着的照着，拍着的拍着，有什么新意。不过，这回这个李绣娘，还让我吃了一回惊。穿戴一新的彝族男女老少倾巢而出，邻村彝族搬迁户的人也来了不少，把这个灰巴拉几的小村子装扮得鲜艳夺目，连我都感觉脸上有光。花花绿绿的村民已经在村子背后的一片开阔地上撒了些松毛，边上几棵大树把绿荫投在上面，斑驳陆离的。排练开始了，有主持，有独唱，有合唱，有舞蹈，还有服装服饰展示，搞得还有板有眼的，挺像那么回事。

兴奋的记者跟我问这问那，见我一问三不知，三锤打不出两个屁，就又忙着去摄他们的什么影。

最后是一群彝族少男少女出场，他们身着彝服，佩戴彝饰，脚穿绣花鞋，漂亮地跳起了骑马舞。更年轻点的那个记者夸张而俏皮地说，哎，瞧瞧，瞧瞧，人家那是彝族 style！彝族 style！说得大家都开心都地笑起来。笑过了，年轻记者说，待会儿我一定要买两套回去，李绣娘，你帮我选选？李绣娘说要得要得。有人说，哎，买两套啊！好男人嗳，媳妇情人两不忘啊！大家又笑了。年轻记者说，女儿的，女儿的，来之前，我家小咪喳就盯着我要呢，当时我还不想买，没答应，没想到还真好看。说完，年轻记者让李绣娘借来一件彝族马褂穿起来，进场和他们挑起了骑马舞，扭得实在夸张，全场爆笑起来。几个姑娘笑得弯了腰，捂着肚子啊哟啊哟地叫痛。

彩排了节目表演，接着要彩排颁奖。我临时扮演书记应邀讲话，这样的场面我经历过的多了，耳濡目染，瞧书记那派头乡长那范，我几乎可以以假乱真。我伊里乌卢大讲一通，又是代表，又是要求，又是希望，又是感谢，又是祝愿……

看我这个假书记在上面有模有样地讲，搭真书记一样，大家在下面狂笑不止。

谢谢我都忘记说了，一屁股就坐了下去。主持人追过来说，哎，哎，书记，书记，谢谢你都不有说哇，补上，补上。大家又是一阵哄笑。

获奖绣娘代表在颁奖之后讲话,拿着话筒憋了半天气,说,汉话我不会讲,我拿彝话说吧。接着,她非常清晰地说了一句英语:"Today I am so happy, Welcome you to come here!"又赶紧说,哎呀,说拐了,说拐了,蒙住脸跑了。这回,大家是赞赏的笑。大家笑过之后,一个记者说,哇,这太神了,比我的英语还清爽!说完,他自己先笑起来。我晓得他那个笑是佩服的笑。原来,这个绣娘去国外领过奖,培训过。

绣娘会长最后讲话,虽然声音有些打战,可是话还是讲得挺清楚的,协会什么时候建立的,发展怎么样,绣娘谁谁什么什么绣得最好,绣娘谁谁得了什么什么奖,谁家的刺绣卖得最远,谁家的刺绣卖得最好,如数家珍。明年怎么怎么干,听来还信心很足。她还像书记经常讲的那样一连讲了好多个感谢,感谢这个感谢那个的,该感谢的不该感谢的全都感谢了,只差感谢CCTV啦。我都以为结束了,她又说了一句:呃——我害羞得很,我讲不成,双手覆脸,晃着上半身,做勾头滴水状。大家哗的一声笑开了。彩排在阵阵笑声中结束,大伙叽叽喳喳,各回各家。

记者围着李绣娘想问些什么却表述不清楚,就是这个就是那个的,半天"就是",就是问不清楚,李绣娘说,要不然,到我们绣房看看,边看边说更好说。记者恍然,说是啊是啊,我们原来就是打算看绣房的,结果你们搞彩排,倒忘了这一茬了。彩排是意外收获,最高兴了,最高兴了。看得出来,记者同志们都很满意。

绣房里,记者又是听讲解,又是忙拍摄,忙得不亦乐乎。他们对绣法和绣品都感兴趣，不过，最感兴趣的还是李绣娘。李绣娘于是就介绍说自己喜欢刺绣，从小就跟奶奶、外婆在直苴学习刺绣。说小时候在深山里，像我们这种小姑娘除了刺绣还不知道有比这个更好玩的呢。说我们彝族刺绣大体有五六种绣法。你看这是平绣，平绣比较费工，绣得慢，四五秒钟才能绣一针。你看那是十字绣，是比较有规则的一种绣法，是一种数学计针法，比如上三、横四、下五、斜六等等。你看看，那种绣法叫扣绣，又叫扣花绣，双针双线扣花，看起来比较有立体感。插绣又叫多色插花绣，插花绣的特点是用来变换颜色的强弱的，可深可淡，你看，一看就看得出来，用手摸也摸得出来，不一样。用布镂空贴绣叫镂空绣。这种绣法比较古朴、美观。现在我们发明了一种快速绣法，叫作画图插花扣边绣，是近些年摸索出来的一套新经验，最大的特点是比前几种绣法快。现在我们喜欢把几种绣法融会贯通在一个绣品上，看起来就更好看、更漂亮。你瞧最大的那一幅，把平绣、扣绣、滚绣、插绣、十字绣、镂空绣都用上了，要卖的话能卖万把块钱。

看看有些晚了，一个绣娘说咋个还不见乡长来啊！话音未落，乡长等人恰好走进门来。乡长听见了，说哪个在想我嘛，就笑了起来，大家也跟着笑，那个绣娘吐吐舌头，赶紧躲到人背后，呵呵地笑。

见乡长来了，大家走出绣房，随乡长围着桌子喝茶说话，议论着刚才精彩的表演，记者满意地翻看相机里或完美的或缺憾的收获。

乡长事多坐不住，有些等不得，见羊汤锅紧不上桌，不时抬头左右张望。李绣娘见了,说,乡长,羊肉还老实很不㸆,再等一小下。

乡长说,赶紧上,赶紧上,一面吃一面煮。

李绣娘还在犹豫,我心里对乡长有意见,说,管它㸆不㸆,领导说㸆它就㸆,赶紧端上来,赶紧端上来。大家听了都笑了,乡长也笑笑。端上来一吃,果然不㸆,根本吃不动,大家又笑了,说,领导说的不一定都是正确的,端回去煮,端回去煮。

年轻点的那个记者借这个空隙,采访了几个绣娘。记者问,你们搬迁到这个地方时间长不长啊?一个绣娘说,老实很不长。记者问,你们最近忙不忙呀?一个绣娘说,老实很不忙。记者问,我们来了,会不会影响你们做农活啊?一个绣娘说,老实很不影响。记者问,你们的刺绣收入好吧?一个绣娘说,老实很不好。记者问身旁一个绣娘,你的刺绣水平高吗?绣娘害羞地说,老实很不高。大家忍不住笑起来。戴着一顶毡帽的记者显得老成些,站起来对年轻记者说,你今天这个采访老实很不理想嘛。大家一听又笑了。接着又是一阵闲聊,一阵说笑。

说笑间,羊汤锅、煮青菜、爆炒洋芋丝、酒淬花生米、雷响干蚕豆、酸菜甜脆豌豆汤、麻辣蘸水次第上来,可以开饭了。

乡长问,给干八加一。八加上一等于九,在我们莲池,九就是酒。我们这地方问客人喝不喝酒,常常逗客人说给干八加一,刚来的客人常常搞不懂。

有人说干,有人说不干。

乡长说,不干也好,直接干饭。

一个年轻而且羞涩的绣娘说,乡长,那我们给你们舀饭去。

去了一会儿，绣娘扭捏着两手回来说，不好意思，乡长，饭还老实很不熟。

李绣娘过来接着说，乡长，咋个酒都不喝一点呢？是我们工作没干好，还是看不起我们搬迁户哇？

乡长连忙说不是不是，李绣娘说那就先喝一点酒，反正饭不熟。大家一听笑了，晓得其中有名堂。

酒已经倒满了，乡长却说，来来来，开干，开干，二八一十六，先干一块肉，筷子便直奔那碗羊汤锅。

我对乡长有气，有意给他整点小难瞧，便连忙止住乡长的筷子说，书记没法来，乡长你理应代表全乡人民群众搞个开杯酒，特别是今天，不能干皮撂草的，你看，这么多花枝招展的绣娘，排练大半天了，还有这尊贵的远道而来的客人！

乡长说，那好，来，干杯！

我说，不行不行！开杯酒，乡长要发表热情洋溢的讲话嘛，否则，过得了记者这一关，过不了绣娘这一关啊！

一阵哄笑之后，大家是啊是啊地跟着捣乱，乡长只好站起来，说，啊！今天日子好，啊！然后这个那个地东拉西扯一通，最后大声说，干杯！大家也大声笑着说干杯干杯。

有了酒，乡长又开了杯，喝酒吃肉，气氛宽松，话语随和，也不分领导不领导，大家边吃饭边喝边谈，一个问，几个答，效果竟然比刚才正正规规的采访还好。

交谈中，我才真正搞清楚，原来我太马虎了，李绣娘是这里彝族刺绣协会的秘书长，两个年纪大的绣娘，一个是会长，一个是副会长，大家都对协会很热心，挺管事的。协会里，李绣娘最管事，能力又强，又能吃亏，为协会发展出力最多，虽然年轻，但是大家服她管，表扬着她，赞美着她。

戴毡帽的记者说，秘书长管用，秘书长管用，秘书不带长，放屁都不响！大家都笑起来。我顺嘴就说，当官带个副，像块抹桌布。大家笑声未落又笑起来，都看着乡长，乡长也笑起来，而且笑得很真实，要是换个场合，乡长肯定要生气，要跟我翻脸。毡帽记者带着昆明腔调说，绝对！真是绝对！这个还真冇听说过。一个胆大的绣娘学记者的昆明腔说，这个我也真冇听说过！又是一阵笑声。

在绣娘村，年长的一批绣娘是师傅，但是年轻一辈的绣娘已然长成。青出于蓝而胜于蓝，她们的彝绣产品已经走出国门，远销海外，有的彝绣还被日本、美国、加拿大、澳大利亚客人当作作品收藏，名气大得很。她们在经济上也获益匪浅。

彝家宴接近尾声，几个绣娘起来唱酒歌，给三位记者每人唱两首彝歌，一首用汉话，一首用彝话。这已经成了绣娘村待客的一种规矩。

绣娘不但手巧，声音也好，歌声脆生生的，大家听得如痴如醉。我旁边的记者穿条牛仔裤，就是个子高高的那个，无论往哪里一站，都挺拔又帅气。牛仔记者坐下去又站起来要求说，再给我唱一调好不好，用彝话唱。大家笑了，说，好好好，再唱，再唱！

于是，一位小绣娘被推选出来闪悠悠地唱了一调，唱的调门颇有毕摩章法，比前面几调都好听。牛仔记者忍不住问，哎，汉话什么意思，能不能翻译一下。小绣娘听了脸一下红了。大家又笑起来。我拉了牛仔记者一把说，这个你不能问！牛仔记者有些吃惊，说，为什么？犯忌了？我说不是，他才稍稍有些心安。我说意思深着呢，等会儿再给你翻译。牛仔记者说，好呢，好呢，我可记着，不许赖账。我一听，心想得好好琢磨，否则过不了关。

在返回乡政府的小路上，有些晚了，月亮都已经升了起来。牛仔记者看看月亮，突然想起什么，扭头问我说，哎，你说你给我翻译的，翻嘛，什么意思？

翻——翻什么翻？我故意装昏。

我想蒙混过关，三个记者都不答应，七嘴八舌地说，翻嘛，翻。

我只好说，那我翻，我翻啦！

牛仔记者赶紧说，你翻你翻你赶紧翻，我一直惦记着呢。我就翻了。

> 今天运气好，
> 遇着阿老表，
> 阿老表啊阿老表，
> 梦中的阿老表。
>
> 我的阿老表，
> 今天遇着你你就莫走了，
> 要是你走了，
> 想你哪里找？

我一翻完，我们一起笑翻了。牛仔记者说，胡扯，胡扯，你翻译太江湖了。我操着半生不熟的昆明话说，冇胡扯，真是这样！你想想啊，绣娘绣了几千年了，绣出名堂了吗？冇绣出名堂，顶多绣来穿穿，绣来玩玩。你们一来，又是写啊又是照的，把她们宣传出去了，有人来看，有人来买，绣娘玩一样就把日子过好了嘛，能不喜欢吗？小绣娘想想你也属正常嘛。我们新一代绣娘已经开放了，何况你恁么帅！恁么有气质！哎！小绣娘想你是真性情，唱你是真感情，我是叠模叠样翻译的，一点不假，你还真不相信？你不见人家脸都红了嘛，辜负了一片真情喽！我早已忘记了乡长的肚皮官司，临时胡编，说得头头是道。

说得牛仔记者当真要相信我啦！问我到底给是真的！我说我坦白，我坦白，其实我根本不懂彝话。

大家又是一阵笑。

笑过之后是一阵静默，我们已经走到半山腰，回头看着山脚下小河边的绣娘村，竹笼环抱着的绣娘村静静地笼罩在银色的月光下，很美很美。

打板栗

太阳光实在太旺盛，它们一直往板栗果里钻，一直钻，一直钻，撑得密密麻麻的苞丁都竖直起来，坚硬锐利如刺，撑得青绿变成土黄，撑不住就"啪"地炸开，叫作炸果。板栗炸果，就熟透了，拿一根细长细长的竹竿打落下来，只管捡。捡满了一竹篮一口袋也不必背回家，直接卖掉，因为有老板来村子里坐地收购。这是一个由青瓦白墙和板栗树组成的村庄，板栗树把一家一户团团围住，把村庄团团围住，然后又蔓延到远处的山坡。这样的村庄在素有"板栗之乡"称号的云南省永仁县维的乡比比皆是。

一阵狗叫，说明又有人家就要出现了。果然，转过一道弯，一户人家出现在板栗林子里，一条黑狗在大门外十分不友好地对着我狂吠。大门关着，并没有上锁。我推开一扇门进去，院坝宽敞干净，走到正房的屋厦下，拉一条凳子坐下。那条黑狗跟进来，不停地咬。一会儿，这家主人就回来了，满脸堆笑说，坐，坐，坐，自己拉条凳子坐下，笑问客从何处来。然后就说回来歇一稍气（其实他是接到狗的通知，家里来了陌生人），然后就聊天，不论从哪个话头开始聊，不消几句就聊到板栗。主人忽然想起来问，给吃板栗，就是生板栗不好吃些。我举目四顾，并没有见到板栗。主人会意，立刻站起来说，我去捧，就在院墙外面。院墙外超过主人家围墙高度的板栗树再次映入眼帘，枝繁叶茂，浑身长满刺的板栗苞在微风中探头探脑。主人说完转身就要走，我赶紧把他拉住坐起，说，吃板栗的事等下再说，先说说你家的板栗，种了几亩，产量怎样，市场如何。主人又笑了，说不多不多，只有十多亩，房团屋转有点，远处山坡地里有点，这几年产量还可以，市场也还可以，所以连贫困户都冇评上。这个话题不适合继续讨论，我就说还是不耽误你家打板栗，看看你打板栗去。

院墙外一棵粗壮高大的板栗树上挂着一根竹竿尖上带铁钩的细长竹竿，主人指指说，这棵去年卖了四百多，今年也能卖到这个数。主人边说边举起右手，放倒大拇指，比了比。我用乘法算了算，说你这片板栗收入不得了哟。他笑笑说，后面那些树还小些呢，不成器，一棵才卖百十块钱。这时，一对夫妇从门前走过，婆婆背个竹篮走在前面，大伯肩扛一根竹竿跟在后面，说坡上的板栗炸果了，要赶紧去打卖。他们一面和这家主人打招呼，一面走他们的路，风风火火的。我也和这家主人告别，说就不打扰你打板栗了，到别处看看。这是维的乡板栗炸果的季节，家家户户忙着打板栗。村子里不宽的水泥路上，一辆摩托车风驰而过，又一辆摩托车风驰而来，都是打板栗的。骑着摩托，载着老婆，老婆背着竹篮，竹篮里装着几条蛇皮口袋，小孩子卡在中间，提只小桶，这是一家人打板栗的标配。打板栗也要骑摩托去，方便，快当。这年头，干什么都会用时间来衡量效益了，老人例外。一位老人蹒跚而来，背上背只竹篮，手臂上挎只塑料桶，桶里装着橡胶手套。老年人见到陌生人很热情，说自家板栗都炸果了，满地都是，娃娃忙不赢，他捡点去卖卖。

　　一阵嘻嘻哈哈的声音从那边传过来。举高点，再举高点。竹竿，竹竿要斜着点。竹篮要放在前面，再往前面摆点。哎，屁股，屁股后面白色的塑料袋拿开。你，说的就是你，头抬起来点。眼睛，眼睛要看着板栗。有位摄影师在指挥几个穿着彝族服装的妇女打板栗。摄影师拨动相机转盘，看了又看，叹口气说，重来，重来。他要配角配合好，让那位姑且可以称为主角的妇女把手中长长的竹竿重新举起来，照准一簇青绿色的板栗苞打去，然后快速按动快门。看来照片还是不太满意，摄影师很生气的样子，说你们给会打板栗，瞧瞧，瞧瞧。几个妇女围拢来看了，笑作一团。其实，在维的，这些高手如云的板栗专业村里，谁最不会打板栗？是摄影师。

猴　子

在我们四方街有好些年没有见到猴子了。那种耍杂技的猴子，碰锣一响，就有一圈人围着看。敲一下锣，脖子上拴着一根细长铁链的猴子就翻一个跟头，再敲一下，就再翻一个，不停地敲，就不停地翻。翻得好有糖吃，翻不好就要吃苦头，耍猴人手里有皮鞭。

我小时候在四方街卖甘蔗（那时虽然还没有包产到户，还是允许各家各户在自留地里种点花生、甘蔗之类的经济作物的），看见一只刚刚表演结束的小猴一边剥糖纸，一边流眼泪，一脸的悲戚。我看得出来它不愿意过现在这种生活，就像我不愿意卖甘蔗而想去读书一样。

当时让我想起的总是一些那个时代时不时传入我耳朵里的捕

猴场景。在背土菌层出不穷的白芃山猴群经常出现的地方，捕猴人把一把花生抛起来落在地上，捡一颗剥了壳壳吃米米，再抛一把，又捡一颗剥了吃，然后隐身现场。树上的三两只猴子见状，左右观望犹豫再三后跳下树，捡剥了吃。捕猴人再次现身现场时，他锤凿并用，在一棵干枯倒伏的树干上叮叮当当地凿出一个深深的圆洞，在里面装几颗花生，一颗一颗取出来剥吃，之后再次隐身。一只捷足先登的猴子把手伸进洞里抓住花生握成拳头后发现手拔不出来，就在这时，被捕猴人持一麻袋以迅雷不及掩耳之势套住，这只猴子下半辈子的命运就此改变。在张家坟梁子，捕猴人是个木匠，他就地取材造了一小间木垛房，房子里吊着一串金黄色的苞谷，拴苞谷棒子的绳子连接着暗藏的机关，一动苞谷，母猴和她的孩子们就被关在里面。木垛房是用一根根圆木累成的，透气透光，在某处两根圆木之间留有一个窄口可供一只小猴勉强通过。时间让猴子们饥饿难耐。在捕猴人不依不饶的等待中，母猴泪流满面，把怀里的小猴推出洞口，跌入麻袋，麻袋口瞬间就被扎了起来。又在漫长的僵持之后，相同的情节再次出现，直到最后一只小猴被泪眼婆娑的母猴推出木垛房。最后，在一呼一应的哀号声中，捕猴人挑着小猴渐行渐远……

这是几十年前的事情了，在人与自然和谐共处深入人心的今天，我们金沙江南岸和江底河两岸又有猴群出没了，它们给寂静的山崖增添了活色，而街头不再有耍杂技的猴子出现。这或许是人耍人的时代结束了，人耍猴的时代也就结束了吧。

行文至此，忽然想起今年是猴年，就顺祝猴们健康快乐吧！

第四辑

出苴却记

雁塔之春 *

多少年了，我常常想起雁塔山的春天。春天的前脚刚到，楚雄师院内雁塔山上的梧桐就开始变绿了，草也绿了，花儿到处开，一切都好得很。不知道春首先吻醒的花是哪一朵，只是感觉满世界都是春的颜色、春的气息。

在这样的春里，诚如梁实秋的感觉："一个字的声音，一朵花的姿态，一滴水珠的闪亮，无一不是美。"来到这里的人啊！如果你心有余闲，能静下心来，可以把双眼双耳交给这里的风景。

春天里，人最美，英俊的愈显英俊，娇媚的愈显娇媚，因为褪去了浓重肥厚的冬装，更兼与环境相得益彰。

---

* 《雁塔之春》最先载于内刊《彝族文学报》2006年第10期，后在2019年4月20日《楚雄日报·马樱花》发表。

人美心灵，那是环境造就的。那年，学校有个"雁塔之春"诗歌征文，我偷了一个懒，草草4句28字，就叫《雁塔之春》，也拿去参赛，自然没有得奖，不妨抄录一下，温习温习那个春天的感觉。

  百舌问花笑不语，
  抬头始见雁塔低。
  传闻雁过留声处，
  三千学子唱春晖。

  虽然没有得奖，但那年春滋味却还在心头。雁塔三载，历三春而三春相同又不尽相同。于我来说，前两年的春是准备好了，等着它来，果然如约而来。第三年的春，是突然光临，待我发觉时，早已绿肥花深了。真是约与不约，春总是要来的。离开雁塔山这么多年了，春总是要来的，只要中南海高扬改革之波，只要中国常开开放之门。那样，今年的春天走了，明年的春天会来，年年的春天总是会来的。

  后来听说，雁塔山上有栀子花，而且开在春天的尾巴上。我在雁塔三年，竟没有见过。关于栀子花，朱自清有段细腻的描写似乎贴在心底："栀子花不是什么高品，但我喜欢那白而晕黄的颜色和那肥肥的个儿，正和那卖花的姑娘有着相似的韵味。栀子花的香，浓而不烈，清而不淡，也是我乐意的，我这样便爱起花来了。也许有人会问，你爱的不是花吧？这个我自己其实也不大弄得清楚，只好存而不论了。"我喜欢朱先生这样的热情，在雁塔山春天的和风里读这样的文章，也是愉快的，但我不喜欢他因为某种顾忌把这种热情封闭起来。要是在今天，就不必这样了吧。

我们那时也常到校外、郊外踏青，听听富民琅琅的书声，目测回龙麦浪的周期，从另一种视觉来理解"教育造就春天"。至于西舍路的情结，由于边远而且闭塞，只能在已故校长张毓吉的诗文里领略一二。几十年来，唱春晖的雁塔山学子，有人执教鞭于明朗泽润的滇东南，有人登讲台于大江奔流的滇西北。雁塔山一胎又一胎漂亮的儿女遍布云岭大地，走向全国，去编织着一个又一个美丽的春天。

今年的春，明年的春，年年的春，雁塔山的花是祖国花中的一朵，永远笑着。于是，我又想起闻一多先生的两句诗："我要赞美我祖国的花，我要赞美我如花的祖国。"正好可以作为永远的结尾。

千年华竹

多年以后，属南诏统辖、受南诏调遣、参与嶲州（今四川西昌）争夺的银生（今普洱景东）百夷人，他们没有想到再也回不到他们曾经的出发地了。落籍元谋华竹坝子的他们没有想到，他们的子孙会在华竹坝繁衍成一个新的部落——华竹部，成为乌白蛮三十七部之一，在大理国的政治舞台上留下他们的身影。他们没有想到，在数百年后的元明两个朝代，他们的子孙会成为统治云南元谋县县长达四个世纪的土司。他们更没有想到，他们子孙里最成气的一个土司，会在明末清初战死在他们曾经参与战斗并在那里打败大唐王朝军队的嶲州会川（今凉山会理县）。此后，由银生百夷人（景东傣族）演化而来的元谋傣族在元谋土地上消失得干干净净，像被大风吹走一样，只为元谋留下数百个以傣语命名的村落，这恐怕是那些曾经移居此地的银生百夷人先祖最不愿意看到的结果。

后来演化为元谋傣族的华竹部落走了，华竹坝子还在。

四周是山冈，绵延不绝；中间是平坝，一马平川；一条河在坝子里流淌，八九个村落散居在坝子边沿的山坡上，这就是现在元谋县平田乡华竹村委会千余户人家近五千人口生活的地方，这就是人类在元谋开发比较早的坝子——华竹坝。千余年前，这个地方是一个傣族部落的领地，这个部落就是大理三十七部之一的华竹部。宋末元初编著的《大元混一方舆胜览》记载："蛮名华竹，汉名石峡"，华竹之名由此而来。乾隆四十六年（1781年），安徽望江人檀萃"权治元谋"时修志，并不因循康熙《元谋县志》旧名，而取名《华竹新编》。《华竹新编》"序目"开篇就是"元谋故为华竹部"。华竹是傣语，意为"高高盘起的发髻"，代指傣族人居住的地方。

元谋开始成为傣族定居的地方，远可到唐代寻其踪迹。唐廷一手抚大的南诏到天宝末年走完了蜜月期，双方在唐玄宗天宝九年（750年）、十年（751年）、十三年（754年）有三次较大的战斗，史称"天宝之战"。战场都在金沙江以南现在的云南境内进行，南诏取得胜利，并乘胜北进，于唐肃宗李亨至德元年（756年）占领金沙江北岸的嶲州，即以现在西昌邛海为中心的凉山地区，并一直打到大渡河边，抢掠"子女玉帛，百里塞道"而还。尝到了战争的甜头，本已退兵的南诏于757年再次攻破杨廷琎收复并更名的越嶲州，随后在今天的会理设置会川都督府，把与唐廷争战的前沿哨所推进到天堑金沙江北岸。之后，还有多次争战，各有胜负，直到双方腐朽无力再战，南诏于902年被大长和取代，唐朝在907年被后梁所灭，中原进入五代十国时期。傣族先民就是在这种背景下来到元谋的。当时的银生百夷人部落（今演化为景东傣族）受南诏统属，承担着服兵役、出徭役的任务，被征调到嶲州参加征战。随南诏大军北征获胜而还，傣族官兵退出凉山地区，退过金沙江，落籍元谋。这里坝子平坦，河流交汇，气候炎热，符合他们的生活习惯，但是那时叫作毋血水的龙川江两岸还不适合人类居住，他们选择了龙川江支流上更小更便于驾驭的坝子作为族人的生活、繁衍之地。他们选择了华竹坝，在这个坝子里聚族而居，在这里静静地生活着、发展着，逐渐强大起来，成为对周边有一定号召力的部落。

到华竹坝实地看看就知道这是一个相当不错的选择。华竹坝在龙川江支流勐冈河上，四周有连绵起伏的山冈护卫，中间有勐冈河为坝子送来不绝的清泉。沿着勐冈河无论走入还是走出华竹坝，都要穿过狭长的河谷，易守难攻，设一岗哨，偷袭就难以得手。发源于化佛山林区的勐冈河是一条长仅百余里的河流，植被又好，不会像龙川江那样在雨季泛滥成灾。与勐冈河不同，季节性泛滥的龙川江在峡谷中穿行，走出今天法那禾村后的峡谷就进入了元谋坝子。元谋坝子又叫马街—苴林坝子，面积161平方公里，是楚雄州最大的坝子。千年以前的元谋坝子不是现在的沃野平畴。到了枯水季节，暴涨的龙川江水已经回落，恶草疯长，密布元谋坝子。到雨季江河泛滥的时候，沤草成毒，生成瘴气，致使龙川江两岸偌大的元谋坝子十分荒寂，荒寂到坝子的正中央竟然成为两郡边界的程度。看谭其骧的《中国历史地图集》，两汉三国时期，元谋坝子的世辉村、雷窝村一线是越嶲和益州两郡的分界线，世辉村沿龙川江以北属于越嶲郡，以南属于益州郡，地生杂草，沤成毒瘴。这种状况到明代中叶都还存在，正德状元杨慎在嘉靖年间往还川滇，途经元谋所作的《元谋县歌》就有"三月春草生，元谋不可行，九月草交头，元谋不可游"的记载。元谋坝子毒瘴袭人这种令人惧怕的状况甚至到了清代的康雍乾盛世都还在江浙人心中延续。乾隆末年，檀萃要到元谋暂代县令就很担心瘴气毒人，到元谋实地一看，感觉已经有很大改善，问及当地老人，老人们告诉他的情况，他是这样记载的："往时兵戈阻塞，草木生于田间，荟蔚蕴隆，熏蒸而为毒，今荡涤为禾黍之场，瘴不复作也。"到檀萃代理元谋县令的1781年，距离元谋最后一位傣族土司的消亡都已经过去一百三十余年了。

　　杨慎作《元谋县歌》的时候，景东迁来的傣族先人已经在这里耕耘了七百余年。他们以华竹坝为中心，繁衍着、成长着，向周边扩展着他们的影响力。元谋的地貌形似心脏，分十坝，随着部落发展壮大，部族人口增加，华竹傣族开始向周边迁移开发，他们向南跨过己保土林和龙川江开发老城坝，向西开发芦头坝，向西北方向开发班果坝、骂略坝、物茂坝等河谷平坝，向东北方向穿过帕地峡谷，沿勐冈河而下开发普登坝、罗岔坝，最后进入元谋坝子的洪告、雷丁、苴林、河西、河东、牛街、雷窝、淇柳等地，直至金沙江南岸的龙街坝。这些坝子都在金沙江、龙川江、元马河、勐冈河、蜻蛉河、永定河等江河沿岸的河谷地带，而且仅限于这些河谷地带。这也是造成元谋古小今大的原因，现在元谋县所辖的羊街、花同、凉山、姜驿等乡镇是从武定县划入的、芝麻、凹鲊等村委会是从永仁划入的，这都是中华人民共和国成立以后的事。在这些河谷平坝聚族生活形成的村落就用傣语为之命名，康熙四十五年（1706年）成书的《元谋县志》有过统计，元谋全境当时明确记载的156个村落名称中有117个村名为傣族地名，还有不计其数的若干小地名也是以傣语命名的。之后，这些原本无人居住的小地方又逐渐发展成为新的村庄，就仍旧以原来的傣语地名为新的村庄命名，这也是明末清初元谋傣族大幅度减少而傣语村落反而增多的原因。这些足以说明，当时的傣族曾经是这里的主体民族。这些坝子里的村落名称虽然经过新中国成立后的新农村运动改过村名，但至今仍然有226个村落依然沿用傣族名称。一个非常有趣的现象是，以华竹坝为中心，距离近的地方多与"旧"相关，距离远的地方多与"新"相关，比方说"尹地"是"旧寨子"，"王告"是"旧村子"，"茂应"是"新寨子"，"物茂"是"新发现的水井"，"班迈"是"新屯军的地方"等。还有一个现象就是在元谋境内村子重名很多，比如说元马镇有一个丙弄村，江边乡也有一个丙弄村；物茂乡有一个丙间村，老城乡也有一个丙间村；苴林乡有一个班庄村，新华乡也有一个班庄村；黄瓜园镇有一个班法村，老城乡也有一个班法村；甚至一个乡镇都会有两个相同的村名，只好在村名前面冠以大小，以便区分，比如物茂乡的大多乐、小多乐，大雷宰、小雷宰等。这些都是以傣语命名的村庄。这种现象还较普遍，一一列举还可以举出很多个。这是为什么呢？我认为很可能是少数民族词汇较少或同族外迁造成的，而同族外迁形成这种状况的可能性还要更大些。长和、天兴、义宁时期和大理国时期是华竹部落获得"同族外迁"的两个机遇期。在南诏灭国之后到大理国建国之前这三十六年里,上层政权不稳固,忙于争夺最高统治权,对下管控放松,发展起来的华竹部获得以同族外迁的形式向外开发山间河谷、小平坝。大理国政权厚待三十七部,也应该是华竹部获得发展的又一个黄金时期。这样看来,新建立的村落都以傣语命名就不是什么难以理解的问题了。之后的元明时期,少数民族不大可能获得这种机会,而清代时元谋已是汉族占了大多数。元朝实行严格的等级制,将其属下人民分成蒙古人、色目人、汉人、南人(原南宋境内的汉人)四类。蒙古人地位最高,有种种特权,居统治地位。南人地位最低,最受歧视。估计元谋境内的傣族地位也是很低的,不大可能有更大发展。明朝实行"改土归流",少数民族处于从属地位,是思想受控对象。外来流官带来中原文化,并为上层土司所接受。康熙《元谋县志》就记载了一则元谋傣族土司吾必奎接受儒学,并出资兴办儒学的轶事。崇祯四年(1631年),贵州监军御史傅忠龙路过元谋,知道了这件事,就写了《新建儒学碑记》详载事情始末。到了明末清初,华竹傣族受吾必奎事件牵累,亡命江外,大量汉族涌入元谋,康熙五十七年(1718年)来元谋做知县的翁咏榴在他颇为得意的《元阳赋》里就生动地记录了当时的移民景象:"(元谋)土成沃壤,人富于财,诗书式榖,风气顿开。荆湘之民间至,九江之众频来。"其结果必然是华竹傣族部落的发展空间越来越小,部族开始逐步汉化。

南诏之后,偏居西南的政权开始走马灯,先是清平官郑买嗣废南诏哀帝舜化贞建立大长和国,历三世二十六年到郑隆。继之剑川节度使杨干贞废掉郑隆，推举赵善政即位，建立大天兴国。十个月后，杨干贞废赵善政自立，建立大义宁国。两年后，杨干贞被其弟弟杨诏篡位，改元"大明"。杨诏在位七年后，通海节度使段思平联合两爨三十七部起兵讨伐，大义宁国随即灭亡，历史进入大理国时期。大理国立国之前这一小段时期，洱海地区的上层建筑动荡不已。

从内部看，这种动荡为实力并不算雄厚的通海节度使段思平成功统一滇洱地区提供了机遇；从外部力量上看，他主要是得到三十七部的支持。三十七部由东爨乌蛮和西爨白蛮组成，形成于大唐天宝年间，是南诏拓东节度使管辖的基层政权，既保留有部落的形式，又具有县一级的政权雏形。要了解三十七部，就要对南诏区划有一个大致的了解。南诏的政治区划，初为"六赕""八节度"，后期为"十赕""六节度""二都督"，十赕分别是云南赕（今云南驿）、品澹赕（今祥云）、白崖赕（今弥渡）、邆川赕（今邓川）、蒙舍赕（今巍山）、大厘赕（今喜洲）、苴咩赕（今大理古城）、蒙秦赕（今漾濞）、矣和赕（今太和）、赵州赕（今凤仪）；六节度为弄栋节度治所在姚安、拓东节度治所在昆明、剑川节度治所在洱源、铁桥节度治所在建塘、永昌节度治所在保山、银生节度治所在景东、丽水节度治所在缅甸达罗基；二都督分别是治所在今通海县城的通海都督和治所在今四川会理县城的会川都督。从中可以看得出来，十赕大体上分布在洱海周围，是南诏政权的核心区；六节度处在南诏政权的外围；二都督除了对这两个地区具有行政权力之外，还要对通海城路和姚嶲道这两条通道提供武力保障。通海都督保障的是羊苴咩城经步头（今元江)、贾涌步（今河口）到安南（今越南河内）这条通道，是唐廷"安南天竺道"的一部分，这条道又叫"通海城路"，会川都督保障的是洱海地区经过今天的姚安、大姚、永仁、会理、德昌、西昌到达成都的通道，即姚巂道。

三十七部主要分布在拓东节度辖区内。据樊绰《云南志》记载："柘东城，广德二年（764年）凤伽异所置也。"凤伽异是第二代云南王阁罗凤的长子，未及称王就死了，但是他建立的拓东城地位不同一般。和其他五节度很不一般的是拓东节度使统辖着非常有实力的南诏两爨时期传承下来的三十七部。兴起于东晋时期的滇东爨氏地方政权在唐廷和南诏的合力打击之下，在天宝战争以前就彻底崩溃，南诏遂设置拓东节度使直接统辖三十七部。三十七部的地域范围，东到贵州的毕节、安顺，西至元谋、楚雄鹿城（这里曾是白鹿部落所在的地方，白鹿部也是三十七部之一），北以金沙江为界，到达昭通，南到河口，与越南的峰州为邻。明代诸葛元声在《滇史》里有这样的记载："思平之得国，以讨灭杨氏，其成功实赖东方诸蛮，故于初年即加恩三十七部。"事实也是如此，大义宁末年，三十七部因为支持段思平建立大理国有功而得到优待，名称给予保留，就是史书所记载的乌蛮、白蛮等三十七部，又叫东方三十七部、滇东三十七部、大理三十七部。

段思平即位后，一方面从保持政权稳定的大局考虑，一方面信守承诺，确实给予了三十七部特殊的优惠政策，比如说对三十七部"皆颁赐宝贝，大行封赏"，比如说"免东方三十七部徭役"。虽说"东方终段氏未尝加兵"过于绝对，但和平的时候居多，闹独立大打出手的时候少，因此南诏时期传承下来的两爨三十七部得以在大理国三百余年间一直保持着自己相对独立的部落体系，与大理政权相始终。华竹部就是三十七部之一，而且是地理位置上比较靠西、地缘政治比较接近洱海核心区的一个部落。

段思平联合包括华竹部在内的东方三十七部武装力量西进，攻破南诏国都，灭大义宁国而建立大理国政权，可以说是大理国时期最重大的历史事件。史料记载，这个大事件涉及三十七部的华竹部。史书没有记载，但后来的出土文物"大理国段氏与三十七部石城盟誓碑"碑载的"石城会盟"这个重大的历史事件也涉及华竹部。碑载的这个历史事件的经过大致如此，段思平建立大理国后，对三十七部特别优抚，通过联姻、封赐等等方式把三十七部首领纳入其统治集团，成为大理国政权内统治原南诏两爨地区的政治代表。然而，三十七部以外的地区，更边远的部落反叛时有发生，并且有愈演愈烈的趋势。于是在宋太祖开宝四年（971年），即盟誓碑碑刻所载的大理"明政三年"，大理国第五代王段素顺命令宰相段子标和驸马段彦贞等于年初率兵东征，平定叛乱。平叛大军从大理出发，沿着上文提到的通海城路，一直打到今天文山州富宁县境内的延众镇，剪除了反叛势力，又回师拓东城，西向讨平了求州（唐廷所设的羁縻州，到这个时候，只存在地名上的意义，并非行政机构）等地的武定、元谋、禄劝三邑。这年的二月八日，东征大军经过一个多月长途跋涉，于三月七日到达石城，即今天的曲靖，接着又讨伐了今云南富源、贵州盘县（今盘州市）的反叛，终于平定了边远部落的叛乱。现在看来，这次平叛不像一次行军打仗，更像一次遥远的行游、一次具有象征意义的军力炫耀和武力威慑。因为以那时的交通工具和行军能力来看，要在短短三四个月时间内轻装简从走遍大半个云南都很困难，更不要说率领大军带着辎重行军打仗了。

为了强化这次东征成果，加强对这些地区的控制，笼络这些部落的首领，段子标、段彦贞等东征将领准备约请三十七部首领在石城（今曲靖城北）会盟并给予封赏。三十七部部落的首领欣然接受大理国的邀请与"颁赐职赏"。于是，四月九日，双方在石城举行结盟仪式，歃血盟誓。为了约束双方恪守盟约，让这个庄严的历史时刻传之后世而勒石立碑，并用黄金、朱砂作为证物，以表示双方结盟之心像黄金一样坚硬，像朱砂一样赤诚。

碑身有正文，有官职题名，但因为历史久远，碑文漫漶不清。经专家研究，正文文字大致如下：

> 明政三年，岁次辛未，宣谕足屈，□奉承□，统率戎行，委服□恩，抚安边塞。是以剪除之众镇长奇宗、求州首领代连弄、兔覆磨乃等三邑，统置之众镇。以二月八日回军，至三月七日到石城，更讨打贼郎羽兮、阿房、田洞，合集卅七部□□伽诺、十二将弄略等，于四月九日斫罗沙一遍，兼颁赐职赏。故乃共约盟誓，务存久长，上对众□圣之鉴知，下揆一德而□□沾血。

文中"磨"即"磨豫"，即今天的元谋县，贞观年间所设。

据《新唐书·地理志》记载："縻州（本西豫州，武德七年置，贞观三年更名。南接姚州。初为都督府，督縻、望、谿罗三州，后罢都督。县二：磨豫，七部）。"据研究地方史的人士考证，磨豫县治所大约在元谋老城乡的茂易村。茂易村地处元阳河汇入龙川江的入河口东岸台地上，与华竹坝子只有一道细碎的山梁和一条当时叫作毋血水现在称作龙川江的河流相隔，并不远。不管有关人士对磨豫县旧治所的考证与真实情况是否相符，发生在971年"大理国段氏与三十七部石城盟誓"这个历史事件确实涉及华竹部，只是碑文太简约，记述了前朝唐廷所设的磨豫县境内有反叛，但是，到底是华竹部反叛还是华竹部参与平息这场叛乱就语焉不详了。

还要说说这块碑。这块碑的叫法很多，叫"段氏与三十七部会盟碑"，又名"石城碑""石城盟誓碑""大理国段氏与三十七部石城盟誓碑"。据记载，这块碑在明代史书中已有著录，但随后湮没在历史的长河中，直到康熙十八年（1679年）才出土，起初放置在曲靖城北门外武侯祠内。道光二十九年（1849年），喻怀信等将其移入城内奎阁，镶嵌在正殿墙上。1927年，云南军阀混战，庙宇多被毁坏，这块碑遭遇兵祸而暴露在风雨之中。1937年1月，这块碑才与"爨宝子碑"一起移置于"爨碑亭内"。据说，像这种性质的碑刻，在如林的碑碣丛林中，除已发现在西藏的"唐善会盟碑"外，就只有这块"大理国段氏与三十七部会盟碑"了。它成了研究大理国和云南当时境内少数民族的历史及大理国职官制度的重要实物资料，特别是研究大理国时期三十七部历史的极为珍贵的史料。

至于发生在971年的这次盟誓，康熙九年（1670年）始任楚雄知府的冯甦所著《滇考》中，把它与段思平联合三十七部于937年征灭南诏建立大理国混为一谈。而距离大理国时代较近的元代李京所著《云南志略》，则对这两个历史事件根本就没有记录；同是元朝人的张道宗著的《纪古滇说集》也没有记录这两件事。正因为如此，"石城盟誓碑"算得上是对历史记载的一个重大补遗，其所记述的史实历史上称为"石城会盟"事件，得到历史学界的认可，成为信史，因此特别珍贵，1961年，国务院把这块会盟碑列为全国重点文物。

华竹部由部转为县自元代始。从战略角度讲，元朝是用一种全新的方式登上历史舞台的，和其他朝代不一样的是它先取云南，再得天下。冯甦的《滇考》下卷《元世祖平云南》开篇就是："古有天下者，皆最后始开滇，惟元起西北，其得云南也，在未有天下之先。"蒙古宪宗二年（1252年），忽必烈奉命征讨大理国，《滇考》记述："凡出师三年，平大理五城八府四郡乌白等蛮三十七部，兵威所加，无不歙服。"《元史》的记载是："元世祖征大理，凡收府八，郡四，部三十有七。"忽必烈大军于1254年1月2日攻破大理城，大理国末代国王段兴智投降，华竹部首领广哀随后在金马山归附，与云南其他地区一起并入蒙古版图。广哀是第一个见于史料的华竹部首领的名字，距今已七百余年了，但是史籍最后记载三十七部事情的时候，历史的脚步已经走到了1271年。这一年已是忽必烈至元八年，忽必烈继任蒙古国汗位已经十一年，对云南的掌控已有十八年之久，对南宋的征战已胜券在握，于是取《易经》"大哉乾元"之义，正式改国号为元，同时分大理国三十七部为南北中三路，三十七部到此结束，华竹部归北路总管管辖。至元十二年（1275年）改北路为武定路，领和曲、禄劝两州。至元十六年（1279年）正式改为元谋县，属和曲州。《元史·地理志四》记载："元谋，下，夷中旧名环州，元治五甸，至元十六年改为县。"为什么"华竹"又叫"环州"呢？元谋乾隆县志《华竹新编》是这样解释的："（雷应山，又叫环州山）下俯能海（今牛街，在元谋坝子腹地的一处村落。这里指元谋坝子），白气空濛中望之如海上洲岛，故以环州为称，概随所指为名。"

早在忽必烈还没有继承蒙古汗位的蒙古宪宗四年（1254年）就开始设环州驿，位置在元谋飞机场东头，有马五十匹，马头十余名，初为蒙古大军征云南东线上的一个物资转运站，北接姜驿通成都，南连虚仁驿达昆明，成都平原的粮食等物资经过这里源源不断地运往昆明，为忽必烈最后平定云南、出兵广西提供保障，成为后来设置的武定路十驿站之一。原来，云南的政治中心在元代还没有统一全国开始，就从洱海地区转移到滇池地区，这样就开通了途经元谋的昆明——成都驿道。元代驿道的开通，畅通了元谋的人流物流，逐渐形成街期。鼎盛时期，在元谋坝子里有马街（今元谋县城）、羊街（今官庄）、牛街、二相街（在老县城，逢龙、狗两个属相日为赶街的日子，因此叫二相街）、猴街（在苴林）五个成熟的街期。这些街期中，马街虽然不是县城所在地，却最为热闹，文人墨客称赞有加："马街为两省（川滇）通途，每逢街期，百货云集，上达郡城省会，下抵江外巴巫，商多三姚楚景，客尽江右湘湖，所谓滇南都会也。故当时有金马街、银元谋之谣。"

投诚元朝的华竹部部酋广哀得令回元谋招抚本地夷民回到原籍从事生产，卓有成效，动荡的元谋逐步稳定下来，广哀因而得以在元代初年由部酋转而成为元谋县土知县，元谋土司制度自此始。尽管成立了元谋县，委派了土知县，但是有元一代，元谋县城之所在和元谋土司之传承都没有清晰准确的记载，以吾氏土司的宅所为土司衙所的可能性比较大，要是这样的话，元谋县最初的行政中心很可能就在有河流、有平坝的华竹坝。这是事后的揣测，并无任何文献资料的支持。揣测毕竟是揣测，可以推测的是元谋这一时期的物产，即以后代物产可大致推测出前朝物产。因为物产受气候、水源等环境制约，一般都会存在一个比较长的时期，尤其是科技不发达的古代。据可查寻的最早的文献和过往文人的记述推测，元代元谋的物产当以高粱、和罗（一种旱地小米）、西瓜、拔贡（又名景东菜、大树菜，嫩芽腌酸了可用来煮鱼，在今天万马、湾碧等傣族聚居区仍然是一道非常受欢迎的菜）、花生、甘蔗为主，尤其是甘蔗和蔗糖除了自己食用，还销往邻近县份。《华竹新编》记载了元谋土法榨蔗熬糖的艰辛："郊郭之外，半皆蔗田以榨糖，霜月夜风，辘辘声转，如高滩骤雨，令人凄绝。"面对生机勃勃的甘蔗林，诗人们却是另一种兴致："蔗浆解得征人渴，傍水沿堤处处生。"（杨芮《元马河堤征》）"惟有元阳新蔗绿，分甘路阻亦愁余。"（莫舜鼐《餐素甘蔗》）

"元谋吾氏始祖景东百夷人，南诏赞普钟六年奉调北征巂州，后留驻元谋，为部落酋长，九传至广哀。"这是许多资料都援引过的，但经不住分析。南诏赞普钟六年是756年，广哀归元的时间是1254年，约500年才"九传至广哀"，不可能，一般是25年一传，500年大约是20传了。从大一统到灭亡，元代不足100年。明朝兴起，挥师云南，广哀的后人阿吾（有资料说阿吾是广哀的儿子，这也是经不住分析的，时间上就不对。《华竹新编》土司卷《吾氏本末》也有"广哀属之，传子阿吾"的记载，我怀疑"子"是"至"之误。因为比这个更早的《土官底簿·元谋吾氏土知县》并没有这样的记载）随武定女土官商胜（承袭已故武定军民府土知府的丈夫弄积所担任的职务）于洪武十五年（1382年）归附明朝，留滇镇守的征南右副将军沐英命令阿吾招谕所部仍守旧职。阿吾之后，他的后代就以"吾"姓为部落首领的家族姓氏，开始有序传承，分别是吾忠、吾政、吾起、吾超、吾隆、吾大用、吾至先、吾孟才、吾道南、吾必奎、吾安世，吾氏一共十代十一人，或者担任元谋土知县，或者以土知县同等待遇对待。据《滇考》所载："明定云南，置藩臬郡县吏赋役学校一与中土等，复虑彝情反侧，有司迁转不常，莫能得其要领，仍以土官世守之正统而后见于志乘者，土知府则景东陶氏、蒙化左氏、丽江木氏、顺宁猛氏、永宁阿氏、广西昂氏、镇沅刁氏、元江那氏、寻甸安氏、武定阿氏，土同知则姚安高氏、广南侬氏，土知州则安宁董氏、邓川阿氏、云龙段氏、北胜高氏、宁州禄氏、沾益安氏、路南秦氏、罗雄海氏、宝山兰州俱罗氏、富州沈氏，土知县则嶍峨禄氏、云南（今祥云）杨氏、元谋吾氏，以及长官司暨佐贰首领杂职各官实繁有徒焉。"根据《滇考》的记载分类，县这一等级之下的土司、土官不计，明代云南土司可按官阶分为四类二十五家，即知府级别十家、同知级别两家、知州级别十家、知县级别三家。元谋吾氏土司是县一级的土司，等级低，列末位，但毕竟是元明两代统治元谋三百余年的土司，不可忽视。

外来流官与本地少数民族土官的关系向来都很复杂，华竹吾氏土司与流官同治元谋期间也一样。洪武十六年（1383年）元谋设流官，土流共理县务，有双县官的味道，就是历史上曾经出现过的"土流并置"现象，即让本地土官与从外地调入的汉族官员（流官）共同管理一县事务。大明开国，这种"土流并置"的政策在元谋执行的时间很短，从第一任流官张元礼担任元谋知县一年后于洪武十七年（1384年）病故，到弘治七年（1494年）再次设置流官为止，百余年间，再无流官到元谋当知县。之后，即使向元谋派了流官，据《元谋乡土志》的记载，元谋"土官之威权积重难返，虽设流官，徒拥虚名"，仍然是土官主政，土流摩擦不断。也就是说，此后，元谋实行的还是土司制为主。史料记载，到嘉靖二十二年（1543年）流官刘晦担任元谋县令也仅一人到任而已，还是要依靠当地土司兼理县务。这时吾氏土司已经传位至吾姓第六代吾大用。吾大用担任的职务是土巡捕。这种状况一直到隆庆三年（1569年）元谋实行较为彻底的"改土归流"后才有较大的改变。隆庆时期元谋"改土归流"，罗士英任元谋知县，约同吾氏，按实况制定规章制度，依章办事，土流这才上下相安。只是这个时候，已经到了明朝末期。七十年后，土司与流官又势同水火，元谋天翻地覆。

有明一代，元谋吾氏土司传承的具体情况是，明廷征云南初定，依照元朝旧例，省以下执行府州县制，张元礼病故于元谋知县任上，颇有见地和勇气的阿吾亲赴南京朝觐。这次远途跋涉，沿途的所见所闻和恢宏的明廷大殿，阿吾闻所未闻，见所未见，无异于一次彻头彻尾的洗脑，这正是明廷所需要的。朝廷见目的已经达到，于是嘉其忠勇，授土知县。就在阿吾回云南的当月，驻昆明的西平侯黔国公沐英奉钦旨亲授阿吾为元谋土知县。和所有土司一样，元谋土知县实行的是"土官病故，子侄兄弟继之"的世袭制，既有行政管理权，又握有兵权，司职一方一切事务，其内部机构设置，大体分为：更资三人，各领从征，听从土司调遣，唯土司之命是从；曲觉三人，分管地方；遮古三人，管理田庄；扯墨一人，统领站班快手；管家十二人，管理租谷徭役。土兵非常设，数目不恒定，不计在内。

1403年，在"靖难之役"中胜出的朱元璋第四子朱棣即位，是为永乐帝，在边疆民族地区委派流官是他改革基层政权的手段之一。当时武定府的和曲、禄劝二州都改设了流官，而在和曲州管辖之下的元谋县依然实行土官，由阿吾之子吾忠袭位。明代宣德元年（1426年），吾忠去世，葬于华竹大己保村后老尖山龙岗上，要穿过一片矿区才能到那里。那里有清光绪二十四年（1898年）合族原地重立的墓碑，淹没在茂密的红茅草和矮树丛里，很不容易找到。张方玉老先生曾给我一张吾忠墓碑的照片，那是一张楚雄州档案局于2003年8月14日拓印并编为208号的照片，和我现在看到的情形没有什么两样，时间仿佛凝固在他的坟头。吾忠死后，他的儿子吾政向登基继位的皇帝朱瞻基朝廷贡马，明廷准许他承袭土职。正统八年（1443年），吾起在总督尚书处袭父职。吾起任内，在县西一里处建桥以利通行，也利于盘诘行人。这件事，《华竹新编》是这样记载的："其关梁有七。曰望城关，在茶房山东，距县城25里，曰大板桥，在县西一里，土县丞吾起建，后废。"这是元谋第一个有名有姓修建的关梁哨卡，距今约600年了。这里透露出来一个信息，吾氏土司很有可能在这个时候到县城（今老城）修建了土司衙署，第一次离开华竹坝署理事务，甚至可以推测是元谋行政中心第一次离开华竹坝，这仅仅是揣测，不可确定。可以确定的是，两百余年后的顺治初年，吾氏末代土司吾安世不能稳定元谋局面，而武定环州甸土舍李小黑参与征剿吾必奎获得军功，就近袭任南明永历政权的元谋土知县，把县治迁驻华竹坝。顺治十六年（1659年），李小黑、李尚仁父子降清沿袭土职，仍治华竹。天顺二年（1458年），吾起因病亡故，他的弟弟吾超向朝廷贡马，得奉圣旨，准袭他接任土知县。成化三年（1467年），不是吾超嫡子的吾隆依令披冠带袭。他死以后，于弘治七年（1494年）元谋设流官一员，吾隆的儿子吾大用因此未得袭元谋土知县。七年之后的弘治十四年（1501年），云南抚司又请旨准吾大用承袭其父辈的土官职，但不可以世袭，也就是说吾氏世袭的元谋土知县当到吾大用死为止。元谋从这一年开始又实行"土流并置"。

嘉靖六年（1527年），云南发生变故，给了吾大用的子孙承袭元谋土职的机遇，而吾大用也确实抓住了这个机遇。原来，这一年寻甸土司安铨、武定土司凤朝文反叛朝廷，斩杀官吏，夺取知府印信，攻围省城昆明。吾大用得令率本地土兵协助朝廷征剿，奋勇平叛获得军功，授职土巡捕，这是他第二次被授职土巡捕。嘉靖九年（1530年），吾大用的儿子吾至先奉钦旨承袭父职，兼理元谋全县事务，再次打破了"不得世袭"的禁令。在万历三十一年（1603年），流官知县于文蔚打算修建县城，选址在元阳河边的河坝街，得到批准后，一年时间建成土城，可以想象那个一年建成的土城是何等的简陋。天启二年（1622年），元谋知县齐以政才把土城改建为砖城，县城城墙总围长一里三分，设四道城门，分别是东面午茶门，对着午茶山；西面回龙门，下临深涧，外有长河；南面丙弄门，出门有丙弄山；北面住雄门，远处是住熊山。元谋到这个时候才有了较成规模的县城。此前三百余年，元谋设县，县城三迁，没有城垣。元谋县第一次修筑城墙在《华竹新编》也有记载："历稽县治三迁而始定丙弄山下，阅三纪而议城，时万历三十一年也。"这里的"议城"就是商议修筑城墙的事。

到了万历三十五年（1607年），武定土司凤朝文的儿子阿克约同郑举走父辈造反的老路，攻陷武定、禄劝、元谋等一府三州四县，进而进兵昆明，省城震撼。吾至先的儿子吾孟才再次率元谋土兵协同官军作战，战争结束后恢复县治。这次建功，得到的职位仍为土巡捕。少数民族土著吾孟才和本地土民都不知道土巡捕是多大的官职，以为还像他们的祖辈一样是土知县，都听从官府派遣和支使，不敢怠慢。吾孟才后，他儿子吾道南仍然承袭元谋土巡捕。土巡捕到底是什么级别的职务呢？从元谋及周边一出事就带兵参与征剿来看，我揣测应该相当于县公安局局长吧。到吾道南的儿子的时候境况更差，因为改设流官力度加大，吾道南的儿子吾必奎袭位时被降为元谋土舍，未得承袭土巡捕。

但是吾必奎强悍超过他的祖父吾孟才，本地夷民都听他的话，为他效命。元谋流传着一个名叫"九围大树"的民间故事，这个故事的主角就是吾必奎。话说元谋牛街曾经有一棵九个人才能合抱的大攀枝花树。这里有一个土酋，叫吾必奎。他生得高高大大，勇力过人，马术、刀术、剑术无不精通，箭术尤其了得，张弓搭箭能射天空中的飞鸟，是条难得的好汉。有一天，他睡梦中梦见一位高人，这位高人告诉他"明将亡，彼可取而代之"，并传授他点豆成兵之术，说可以作举事之用。吾必奎醒来，连忙吩咐随从，撮芝麻绿豆无数，到僻静处播撒，并用茅草覆盖得严严实实，再洒上神符水，盼望着七天之后能见到奇效。到第六天，举事心切的吾必奎，来到播撒芝麻绿豆处，见不到有什么变化，心想七天期限，到第六天还没有什么动静，怕是不灵验，思来想去，不如干脆翻开茅草看看，翻开茅草一看，只见芝麻、绿豆都已变成兵，列为战阵，提着枪，挎着刀，起码有几万人，但是时间不到，都软弱无力。覆盖的茅草被吾必奎翻开，这些奇兵异马经太阳一晒，看着看着就枯死过去了。吾必奎见到就要成功的事情，被自己这么一翻弄就废了，知道天机已经泄露，用现在的话说叫作"肠子都悔青了"。忧心忡忡的吾必奎不知所措，忽然抬眼看见衙所外那棵耸入云端的九围粗的大树，便爬上大树。说来凑巧，吾必奎爬上大树朝京城一望，正好望见皇帝刚刚起床，正要洗脸。吾必奎一见大喜，连忙拈弓搭箭，瞄准皇帝，用尽平生之力就是一箭，翎箭向着皇帝飞去，就在箭头离皇帝脑壳只有一尺远的时候，皇帝一下子弯腰洗脸，"铮"的一声，翎箭射在皇帝前面的玉屏上，箭镞没入玉屏有几寸深，吓得皇帝魂飞魄散半晌才回过神来，忙令朝臣查看翎箭，只见箭杆上刻有"吾必奎"三个小字。吾必奎是谁？身边大臣都回答不上来。皇帝又令人取出宝镜对着翎箭飞来的方向一照，发现有棵大树上有个人在向京城窥望，急忙叫人画下像来，随即派兵进剿。围剿官兵来到元谋，砍倒了那棵九围粗的大树，吾必奎无所依靠，四处奔逃，不久就被抓住斩首。不料，斩首之后的吾必奎倒地之后，竟然连头带身遁土而去。官军大惊，忙用草木灰画圈圈住，掘地三尺，又挖出了吾必奎。这一次官军抓住吾必奎后就不让他落地，怕他又遁土而去。不着地的吾必奎就再也不能起死回生了，但是这棵被砍倒的大树却在夜里发了芽，长啊长啊就长到六围粗，算是起死回生了。外地人来到这里，当地人都会指着这棵"六围大树"说，这是"九围大树"的后代。传说里的"九围大树"不知道是不是真的存在过，但"六围大树"确实存在，徐霞客在元谋游历时记载："官庄之北，十里为环州驿，又十里为海闹村，滨溪东岸，即活佛所生处，离寺二十五里。其村有木棉树，大合五六抱。县境木棉树最多，此更为大。"木棉树就是攀枝花树，海闹村又叫能海闹村，就是现在的牛街村。元谋各村各寨都有攀枝花大树，有趣的是好多村子都说"九围大树"的故事发生在自己的村子里。

  这是在我老家元谋广为流传的传奇故事，小时候听过无数遍，版本不同，情节却差不多。传奇归传奇，吾必奎是确实存在着的历史人物，在云南大学出版社1991年出版的《楚雄人物》一书里，吾必奎位列"楚雄古代人物传"第六位。

  明朝末年，吾必奎与安南（今麻栗坡县境内）宣抚司长官沙源、石屏副总兵龙在田、宁州土知州禄永命、阿迷土知州普名声号称"云南土司劲旅"。天启元年（1621年），四川永宁宣抚使奢崇明、贵州水西土酋安邦彦反叛，在今天云南镇雄、贵州威宁一带的乌撒卫做事的安效良本是云南沾益土知州安绍庆的儿子，因承袭之事受到拒绝，就暗通奢崇明、安邦彦的叛军，攻陷乌撒卫，抢夺印信，进兵贵州毕节，杀死都司杨明廷。他还纠集了沾益地方的土目设科和补鲊、奈科、期曲以及武定彝目张世臣等土目一起反叛，攻陷沾益、倘甸、松林、炎方、交水、白水和平夷卫等六堡一卫，再破禄劝的他颇、补知二堡，围罗平、寇越州、破陆良，杀陆良知州郭俊义，气焰高涨。随后又乘势动员东川土酋禄千钟一起攻打嵩明，逼近昆明，阻断蜀道交通，云南一时风声鹤唳。这种情势下，云南各地土兵劲旅成为依靠，云南巡抚沈敬炌、继任巡抚闵洪学都非常信任吾必奎，调集他领军参与平叛，转战滇东北。在五年多时间里，吾必奎率领元谋土兵与云南官军一起对安效良、奢崇明、安邦彦、禄千钟等土酋痛加征剿。天启五年（1625年），吾必奎与袁善、沙源、龙在田合兵进击，于当年五月在马龙州大败安效良。安效良死，云南之乱始告平复。在征剿土酋过程中，吾必奎是立了大功的，一是吾必奎孤军深入奋战，收复了炎方、松林等驿站，重新打通蜀道，恢复滇川交通；二是血战沾益城五日五夜，吾必奎知兵善战，孤垒独撑。吾必奎以战前军功，晋升正五品的土守备。云南巡抚闵洪学当年把吾必奎的战绩上报熹宗朱由校，吾必奎得以授坐营都司加游击衔守炎方，这是从三品的武将官衔，是吾氏有史料记录以来获得的最高官阶。天启七年（1627年），闵洪学再上奏，奏言："滇用兵五年，大小数千百战，土司中沙源、龙在田、王显祖、吾必奎四人效力为多。吾必奎系元谋停袭土知县，今拟世袭土县丞"，"部复许之"。崇祯二年（1629年），吾必奎又与龙在田一起收复号称"小云南"

的乌撒，这是吾必奎领军离开元谋走得最远的一次。史料说，这个时期，土司中的吾必奎、沙源、龙在田、禄永命、普名声屡次以从征讨伐著名，又共同以军功得到上司重视。云南每每有战事，镇抚大吏常使用的就是这么几个人。吾必奎参与大战沾益、收复乌撒的事迹，《明史·龙在田传》的记载简略而清晰："天启二年，云南贼安效良、张世臣等为乱。在田（即龙在田，初为石屏土官舍人）与阿迷普名声、武定吾必奎等征讨，数有功，得为土守备。新平贼剽石屏，安效良攻沾益，在田俱破走之。巡抚闵洪学上其功，擢坐营都司。崇祯二年与必奎收复乌撒。"而道光《宣威州志》也有"先是吾必奎恢复松林、炎方、沾益等站，蜀道复通"，"吾必奎坚守炎方，以老贼众。善（云南参将袁善）等乘胜间出与必奎夹击，大败之"的记载。

在共同征剿叛乱中屡建战功的吾必奎与沙源、普名声、龙在田、禄永命等互相建立了感情。他们几人中，从征前普名声地位最低，只是一个马者哨哨头，最后升为从五品的阿迷州土知州，于是骄傲自得。崇祯五年（1632年），御史赵洪范到临安，普名声没有出迎，而是派出军兵执戈贯甲，拥旗排列数里之远。赵洪范见状大怒，与巡抚王伉密谋邀请四川、贵州兵共同会讨普名声。在贵州镇抚商士杰、布政使周士昌夹击下，普名声大败，官兵进而围攻阿迷州。普名声见状万分惊恐，一面使人约降，一面派人用重金贿赂、诱惑吾必奎，向吾必奎求援，并策反吾必奎，说："君不闻兔死狐悲之语乎？阿迷平，行及元谋矣！"这时的吾必奎并不在元谋，这里的"元谋"已经成为吾必奎的代称。吾必奎与普名声平时就有交往，也有些感情，接到普名声的求援，既动情，又动心，还有一丝丝惧怕，心情很复杂。巡抚王伉不知道他们之间的内幕，还调吾必奎屯兵临安参加征讨普名声，进而围攻阿迷州。吾必奎率众从深箐攻入，伏兵四起，吾必奎卖阵先走，全师陷入埋伏，致使在阵中监军的周士昌在混战中战死，参将朱永吉也死在阵中。普名声既然战胜，巧言令色，乞求招安。当局束手无策，依言招抚。兵部熊明遇知道其中原委，谴责云南当局自生事端，王伉与赵洪范都被逮捕，对吾必奎却不加追究。崇祯六年（1633年），普名声死了，吾必奎得知消息后，心里很不踏实。崇祯八年（1635年），李自成进攻凤阳，明廷诏征云南土司兵帮助讨伐，同为立军功升为五品将的土守备龙在田率所部参战，参战部队里竟然有战象四乘，战马两千，精兵九千五百，而堂堂坐营都司吾必奎却瞻望不前。之后的结果也天差地别，龙在田率所部应诏奔向凤阳，转战湖广、河南，"频有功，擢副总兵"，而吾必奎却割据元谋，拥兵反叛，战败自杀，家族流亡江外。

  吾必奎瞻望不前是另有原因的。原来，明末官场陋规激化土官与流官矛盾。比如说流官"朘削土司"。每当土官申报袭职，巡抚下属司道便要索贿，"闻司道陋规，有黄金百两之说"，"索酋金银常例，不下两三千金"。索贿不成，便是"土官子孙承袭有积至二三十年不得职者。土官复慢令玩法，无所忌惮"。又比如流官"数扰诸夷"。驻昆明的黔国公沐府衙役将土地田庄扩侵到元谋吾氏的领地华竹附近，有当时游元谋的徐霞客的游记为证。崇祯十一年（1638年）十二月初六，在元谋盘桓五天的徐霞客和一伙游滇的四川和尚搭伙从元谋去往大姚的途中，因为走错路而在华竹境内意外发现两块木牌，上书"黔府官庄"。《滇游日记》

记载:"(过)细流西上,逾坡半里,有植木为坊者,上书'黔府官庄'","余辈随大道绕其南而西,一里,又有木坊在西坡,书亦如前,则其西界也"。由此可见,黔国公沐氏蚕食吾氏祖业已经到了在非常时期都无所忌惮的地步。崇祯末年,黔国公沐天波调参将李大贽驻军会川,以防占据四川兵势逼近云南的张献忠大西军过金沙江入滇。驻防会理姜驿一带的李大贽再次侵占元谋吾氏领地。此时,已回居原籍的吾必奎担任的职务是土县丞,约相当于副县长,而事实上已无法兼署县务,只落得一个挂名的副县长。征战多年累有军功的吾必奎领地不能自保、领军不能自养,诸事骤集,不能容忍,于是于1645年反叛南明,在苴林结土寨举事,占领县城后,分兵两路,一路出兵攻打武定府,府城内外被焚劫一空,继而攻占广通、禄丰,另一路由吾必奎领军西进,攻大姚大姚失守,攻定远定远陷落,攻姚安姚安沦没,两路兵军直逼楚雄府。此时在北京的明廷已经垮台,但听命南明弘光政权的黔国公沐天波接到吾必奎反叛的奏报,急调昆明驻防军万余人和嶍峨(峨山)土司王显祖、石屏土司龙在田、宁州(华宁)土司禄永命、景东土司刁勋会师楚雄,决战吾必奎。吾必奎战败,大失军力,退回元谋。官军和土司联军追至元谋,又加入武定环州甸土舍李小黑(今武定县环州乡)、勒品甸(今元谋县羊街乡)土舍李从义的土兵。在合力征剿之下,吾必奎再败,率族众奔走江外。在元谋,说"江外",指的是流经四川省凉山彝族自治州和云南省楚雄彝族自治州、丽江市两省三州市的金沙江两岸地区。据当地老人的说法,今天依然生活在四川省凉山彝族自治州会理县的新安傣族乡和云南省楚雄彝族自治州武定县的东坡傣族乡、永仁县的永兴傣族乡、大姚县的湾碧傣族傈僳族乡以及丽江市华坪县的石龙坝彝族傣族乡、船房傈僳族傣族乡、新庄傈僳族傣族乡等地的傣族就是那个时候从元谋"奔江外"逃出来而传承下来的。云南金仓道副将使杨畏知、游击李天植没有给吾必奎躲藏的机会，立即统军追到江外征剿，吾必奎过金沙江到会川，在今天的四川省凉山彝族自治州会理县途穷自杀。沙定洲是沙源的儿子，此时另有想法，回军昆明就不愿离开，而腐朽的黔府竟然没有一丝察觉。吾必奎的儿子吾安世，在吾必奎事败之后，告之官府，受沐天波招抚，世袭父职，守华竹，为最后一代元谋土官。不幸的是，紧接着又发生了吾氏余党与汉族土豪张毓秀的仇杀，蹂躏元谋长达四年之久。经此一变，吾氏家族成员和傣族部族为追求生机，有的不甘屈辱而流落江外，有的改名换姓隐忍于当地，吾氏土司终于在元谋隐声匿迹了。

今天再到华竹，镶嵌在枯黄的群山中的华竹坝依然碧绿，只是当年莽莽甘蔗林已经全部改种冬早蔬菜，销往全国各地。问及华竹往事，当地人还知晓一些，那是口耳相传的结果，已经相当模糊。问及华竹坝是否还有傣族，回答说一个都没有了。至于历史的遗物，有帕地村幸存的大钟一口。据当地人讲，这口大钟原挂在帕地村东头的回龙寺内，"文化大革命"时，回龙寺被毁，大钟得到帕地村人小心保护才得以存留下来。问及回龙寺的建盖时间，回答说听老辈子讲是明代，具体是什么时候就不知道了。查看这口大钟，铸钟的同时铸有十六个字，其中四字为"皇权巩固"，另有后来好事者，在钟沿边上用錾子錾刻了"嘉庆"等字样，笔画歪斜，好像要证明这是嘉庆年间铸造的。元谋的"改土归流"完成于明代，根据对铸钟上"皇权巩固"四字的分析，这口钟铸造于明代是很有可能的。据檀萃《华竹新编·名胜志》记载，当时元谋全县共有十五个寺院，华竹坝就有两个，一个是法幢寺，取"大播法幢（佛经）之义"，位于华竹坝南端勐冈河南岸的大己保村，为"榆城（大理）王氏之子，传灯宗解禅师"所建，建于康熙初年，后辟为学校，现已了无痕迹；另一个是回龙寺，位于华竹坝北面勐冈河北岸的帕地村，檀萃没有记载是何年何人所建。清康熙三十四年（1695年），就任元谋县知县的浙江绍兴人莫舜鼐题写回龙寺诗两首：

一

几曲清溪几片云，龙山晴色翠痕分。
长林枫叶摇霜冷，高殿钟声隔水闻。
山鸟啼红窥远树，江篱散绿映斜曛。
临风吹得禅心动，松响还疑花雨纷。

二

散尽香烟水自流，乱蜂空影封山楼。
天边闻雁秋风远，石上拈花觉性留。
正好裁云飞草檄，何须剪纳补沧州。
年年登眺开黄菊，不留陶潜万里游。

回顾华竹，历史的硝烟与风尘已随雨打风吹去，只有山形依旧，流水依旧。元谋吾氏土司世居华竹，兴废华竹，翻阅他们的历史，让人不忍唏嘘！而有明一代，在国力昌盛的时候改革土司制度不彻底，在最需要土司力量支持的时候却与土司势力闹得鸡犬不宁。吾必奎事件平息后，沙定洲当年十二月回军昆明，乘机又反，赶走了沐天波，占据省城昆明。南明在云南的政权代表沐天波西奔楚雄、永昌，最后流落缅甸，云南倾覆。呜呼，一个朝代也好，一个政权也罢，越到末期执政者越发腐朽，越发腐朽而越发贪婪，走到悬崖边上而浑然不觉，一样让人唏嘘不已。

香河盐影

在中国，有以长度命名的长江，有以颜色命名的黄河，而在西南一隅有一条以味道命名的河流，叫香河。香河是金沙江二级支流，河谷里有盐井，自古产盐，万般食材，因盐而香，香河因此得名。河谷里盐井集中之地，名石羊。

因盐而兴的石羊在我孩童时期心田里的投影并不美好，它模糊而遥远，甚至令人恐惧。在老家元谋农村，小孩不乖，大人就说，哭嘛，石羊背盐巴的老蛮子听见了背去，连妈都见不着；小学生调皮，老师就警告说，不好好读书，石羊背盐巴去……

等到识了点字，读了些书，才知道石羊盐巴在历史长河里的投影是那么清晰而凝重，似乎近在咫尺而又远在天边。最早记载石羊盐事，当首推《华阳国志》，《华阳国志·南中志》记载："蜻蛉县，有盐官、濮水。"《华阳国志》是一部专门记述从远古到东晋永和三年（347年）古代中国西南地区地理、历史的著作，主要记录了这些地方的地理出产和历史人物，是中国现存最早的地方志，常璩撰写于东晋穆帝永和四年至永和十年（348—354年）。根据《华阳国志》的这个记载，说明石羊最晚在东晋永和年间就出产食盐，而且有专门负责盐政的官吏。到石羊一看，那真是一个天设地造的好地方。香河流经土扳窝，这是一个山间小盆地，古代产稻谷、菽麦、高粱，可供灶户就近购买食用。四周是连绵的青山，森林密布，可以为煎熬食盐提供柴火。过了这个小盆地，香河进入狭窄的河谷地带，在长约五里的一段河床里，河水深切，是集中出卤水的地方。这就是盛产食盐而兴盛了千余年的石羊。在盛极一时的大唐，石羊的行政设置多有变换，先是唐武德四年（621年）设盐泉县，属西濮州；贞观十一年（637年）设青蛉县，也属西濮州；高宗后期没于吐蕃，玄宗时期没于南诏，盐井两度荒废。它的历史背景是这样的，贞观末年，北方吐蕃兴起，威胁洱海地区安全，于是于唐高宗李治麟德元年（664年）在弄栋川（今姚安）设置姚州都督府，其主要职责是统管西洱河诸蛮，同时兼有治理永昌郡的职责。姚州都督府设置之初，一共管辖姚、褒、微、髳、波、蒙舍、阳瓜等二十二州，其中髳州治所就在石羊，领青蛉、濮水、铜山、岐星四县，这是《云南通史》里明白记载的内容，而且特别说明唐代的青蛉县县治在大姚白盐井。《新唐书》记载，高宗永隆元年（680年），吐蕃破袭安戎城，嶲州、姚州相继失守，西洱河诸蛮归降吐蕃。石羊在当时的姚州境内，也一起短时间没于吐蕃，这可能是今天的石羊以及周边的永仁、祥云等县也有藏族家庭存在的原因。当时的吐蕃人在今天西藏建立了一个强大的王朝，存在的时间和当时云南的南诏政权差不多。原来，唐朝初年，在青藏高原与洱海地区的民间贸易过程中形成了一条秘密通道，这条通道从昌都东出，经德格、甘孜、马尔康，到达茂县西北的安戎城后折向西南，沿邛崃山西麓南下，经雅安、汉源、西昌、会理，在今天的拉鲊渡口过金沙江，再经过永仁、大姚、姚安、祥云，最终来到洱海地区。安戎城在今天的四川茂县西北，是唐廷设立的一个重要军事据点。史料记载，吐蕃军队当年得到当地生羌引路，破袭安戎城，然后南下打败巂州、姚州的唐廷驻军，迫使今天洱海地区的西洱河诸蛮投降，走的就是这条商道。随后，唐王朝先后派朗将赵武贵、将军李义总率剑南军征讨，两次都被吐蕃打败，无可奈何放弃姚州都督府，直到武则天时代，唐廷在姚州的被动局面才被扭转过来。垂拱元年（685年），武则天在滇东爨部的支持下出兵收复姚州，重置姚州都督府，并在石羊设长城县。天宝初年，更名泸南县。武则天神功元年（697年），时任蜀州刺史的张柬之请求废除姚州都督府，以金沙江为天堑退守巂州（今西昌）。他在《请罢姚州表》里分析了天下形势后，说："伏乞省罢姚州，使隶巂府，岁时朝觐，同之蕃国。泸南诸镇，皆废，于泸北置关，百姓自非奉使入蕃，不许交通往来。"张柬之废除姚州之请在《云南通史》中也有专门的分析，他的《请罢姚州表》全文在郭燮熙的民国《盐丰县志》和杨成彪主编的《楚雄历代诗文选》中均有收录，是管窥当时云南历史，特别是姚州地方历史的一篇好文章，值得反复研读。回头说说武则天对"罢姚州"的态度。武则天坚决否定了张柬之"请罢姚州"的主张。从处置张柬之废弃姚州都督府的奏请这件事情可以看出武后的胸襟和眼光，她力排众议，否决了蜀州刺史张柬之请求撤销姚州都督府、以金沙江为天堑退守嶲州（今西昌）的建议是有大谋略的。张柬之请罢姚州，不为武则天所动，从军事角度考虑是要在姚州布置兵力，在南面牵制吐蕃，以减轻吐蕃从西北方向对长安的压力。从经济角度看，恐怕是石羊盐井在唐廷的投影让武则天不忍放弃，那时姚州石羊盐井的地位堪比嶲州的昆明盐池（今四川盐源）。后人曾总结说，云南大政，唯铜与盐。

《华阳国志》里记载的蜻蛉县，《汉书》写作"青蛉"，汉武帝元鼎六年（前111年）第一次设置，经东汉三国两晋隋朝到初唐，六百余年未曾变动，石羊在其境内，且是其境内唯一产盐的地方。到唐高宗时，唐廷把青蛉县县治从青蛉河与大姚河交汇的李湾村迁到现在的石羊镇。所谓区域唯一，就是在这块地界内，除了此地，别无其他，清代雍正年间当了七年白井盐提举的刘邦瑞也是这样认为，他说："姚州本哀牢旧国"，"夫哀牢旧国，舍白井，别无产盐之地"。

还是回到唐朝，从永隆元年到垂拱元年，姚州都督府失而复设的这几年，石羊盐井没于吐蕃而荒废。历史记载，从685年到唐玄宗天宝年间，回到大唐怀抱近百年的青蛉县产盐地已经发展到有盐井大小数十口，在大姚宝筏山顶，有这个时期建造的磬棰形唐代佛教白塔，经清代重修，至今保存完好，便是一个物证。可惜，唐玄宗天宝九年至十三年（750—754年），发生了唐廷与南诏之间的天宝战争，唐王朝遭到立国以来最大的惨败。由于南诏在战争中得到吐蕃的支持，战后吐蕃据有嶲州北部，南诏占领整个姚州和巂州南部，这是石羊盐井没于南诏第二次荒废，版图并入南诏蒙氏政权。所谓"没于南诏"，就是先进的制盐技术和它所凭据的土地一起被切割开来。因为战端一开，所有的都消失得太快了。战争像一把锋利的刀子把需要传承才能继续的制盐技术快速地斩断了，于是石羊盐井没于战争的尘烟之中。南诏蒙氏时期，石羊盐井再次被开发则富有传奇色彩，明末天启年间刘文征修撰的《滇志·杂志》记载了南诏蒙氏发现石羊盐井时的情况："有羝羊井，在提举司西里许。蒙氏时，有羝添土，驱之不去，掘地得卤泉，因名白羊井，后讹为白盐井。"羝即公羊，俗称哞猡，是蒙氏南诏时期香河井盐的再次发现者。等到再次发现石羊有盐的时候，大唐先进的制盐技术已经消失得无影无踪，石羊的食盐生产技术又复归原始状况，迁来此地居住的乌蛮、白蛮发现盐土，挖坑积卤，取盐卤泼在干柴上，烧成柴灰，盐灰就是普通百姓食用的盐巴。而南诏王族食用的盐巴，则有特别的产地——览睑井。览睑井有郎井、琅井等写法，是古滇九井之一，在牟定与禄丰两县交界处的妥安乡。览睑井的灶盐技术被南诏上层控制，民间不得其法，同时代的樊绰对此有平实的记录。樊绰的《蛮书·云南管内物产》这样记载，云南"唯有览赕城内郎井盐洁白味美，惟南诏一家所食取足外，辄移灶缄闭其井"，"泸南有美井盐，河赕、白崖、云南已来，供食"，说明南诏贵族食用的是览赕井盐，而普通百姓食用的是石羊盐。唐诏时期的石羊，一会儿被南诏拿过去，一会儿又被唐廷拿过来，无论南诏，还是唐廷，都是因为它身上富集着盐的影子。其实，南诏和大理国时期，政治上与唐宋中央王朝脱离，制盐技术落后于中原，也没有设置管理盐政的官吏，"当土自取食之，未经榷税"，听任当地人土法取食，没有形成大宗的商品进行交易。但是盐是一种生活必需品，而且实行专卖，更显稀奇。早在晋代，就出现过"晋宁郡连然县有盐泉，南中共仰之"那种令人钦羡的局面。石羊出现过吗？也许有过，但确实记载则要晚至元明清，随之产生了许多精彩的故事。

元代对云南盐事记载不是很详细，《大元混一方舆胜览》有"云南盐井四十余所，推姚州白井、威楚黑井最佳"的记载，说明至少在元代前期，地处香河河谷的石羊地区就是云南特别重要的两个食盐盛产地之一，是云南食盐生产和群众生活水平提高不可忽略的地方。《大元混一方舆胜览》又叫《元胜览》，是现存唯一一部完整的三卷本元代地理总志。这是一本元代人写本朝事的书，应该是最接近历史真相的。事实上，和传统的正统论看法不同，我认为中国文人对来自漠北的蒙古人建立元王朝还是比较认同的。"唐、虞、三代以来之州域，北不逾幽并，南不越岭徼，东至于海，西被于流沙，其间蛮夷戎狄之地，亦有未尽启辟者。方今六合混一，文轨会同，有前古所未尽之天下，皇乎盛哉！"于是有了这本名字怪怪的地理总志。事实上，发端于1206年的蒙古国，自成吉思汗建国以来，来自朔漠的蒙古铁骑席卷亚洲大陆，最后建立起一个庞大的元帝国，疆域之广大，是空前的。这是一个崭新的多民族统一王朝，它一扫自"安史之乱"以来中国长达五百多年分裂割据的混乱局面，而云南一直是元王朝中央政府的依靠。在元廷十个行省里，云南是蒙古人来得较早而又走得较晚的地方，包括香河盐巴在内的云南井盐或许就是他们坚实的基础。

到了明代，明军征讨云南，盐与大军随行。洪武十四年

（1381年），朱元璋命颍川侯傅友德为征南将军，统兵二十五万，于当年十二月进入云南，次年二月提出"盐商中纳"的办法解决军需问题，就是明廷核准商人纳米给盐之利。具体办法是，商人给征讨云南的军队纳米六斗给淮盐二百斤，纳五斗米给淮浙盐二百斤，纳米一石给川盐二百斤，商人得盐后自由销售得利。六年后，南征明军班师回朝，沐英留下镇守云南，在全省推行的卫所屯田制度逐渐全面铺开，云南的经济社会进入新的发展阶段。其中商屯的地位很突出，因为商屯是明代盐商代替政府运送粮草前往云南边疆地区的屯垦，是"召商输粮而与之盐"。盐为国家专营，卫所军队自产军粮不足部分由国家负担，为弥补各卫所军粮的不足部分，招募商人于云南各地垦田种植，把所得谷物交给当地卫所军队而获得盐引，就是食盐提货单。大引400斤，小引200斤，用盐引提取的食盐可以自由贩卖。商人必须计算利润，为避免收购、运输军粮的损耗，同时节约劳动力支出，而到内地招募农业生产技术熟练的农民举家迁来云南，在驻军附近开荒种田，就地换取盐引，再到盐产地提盐销售获利。因为云南自产食盐本身缺口大，商人见有利可图，就在云南本地开发盐井，提取井盐销往云南本土而获取利润，云南各处盐井生产的井盐因此成为大宗商品走进市场，反过来促进了云南井盐的规模化生产，石羊井盐就是在这种大背景下获得大发展的。《明史·地理志》有"南（鱼泡江以南）有白盐井提举司，辖盐井九"的记载，而成书更早的《滇略·产略》有"滇水皆以海名而味不咸，盐皆自井中出也……姚安有白羊井、白石谷井、观音井、旧井、桥井、界井、中井、灰井、尾井、阿拜小井"的记载，验证了当时香河石羊段盐井是比较集中的。有九口井眼的明代石羊盐场产盐量应该不低。据《云南通史》转引自《明太祖实录》记载，洪武十七年（1384年），在云南新设置三个盐课提举司，"新置盐课提举司三：曰白盐井，曰安宁井，曰黑盐井"，排在第一位的石羊盐井，因为地处生蛮之地，没有具体的盐额，而排名第二的安宁井每月课盐63000斤，黑井每月课盐29400斤。云南人的食盐供给状况怎么样呢？查《云南通史》，万历年间云南全省盐课司每年采办的盐不到200万斤，当时云南人口约200万人，人均每年只有1斤盐。两百年后的清代道光年间，云南人口650万人，云南盐产量3500万斤，人均5斤盐，这是远远不够的，盐的金贵可想而知，作为云南主要盐井之一的石羊井的地位可想而知。

因为盐的需求缺口太大，云南边民常遭淡食之苦，产盐的地方便是他们向往的地方，形同圣地，于是衍生出一些离奇故事来，最出名的当属石羊开井节的故事。相传，在很久很久以前，有个聪明的姑娘在香河边放羊为生。有一天，姑娘在吆羊回家的路上点羊头时多了一只羊，可是回到家中再清点羊头时，羊又不多。咦，她觉得这个事情很奇怪，便加以留意。可是一连几天都是这样，这让她惊奇不已。她想，一定要弄搞清楚到底是怎么回事。不久的一天，正在香河边山坡上吃草的羊群里，她发现一只白色小羊突然快速地奔跑起来，钻进树林不见了。等了半天都不见这只白色的小羊出来，她只好钻进树林里寻找。寻着小羊走过的痕迹，她翻过了一山又一山，穿过了一箐又一箐，她终于发现了这只白色小羊正在一个潮湿的泥塘边舔土吃。她左吆右吆，白色小羊就是不肯离开那块潮湿的泥塘，只好给它一棍子。受到惊吓的白色小羊一下子跳进泥塘里，转眼就陷进泥塘中不见了。心急啊，善良的姑娘也赶紧跳进泥塘，用双手奋力刨开泥土，不停地刨，不停地刨，十个指头都刨出血了，钻心地疼，可她还是咬紧牙关刨呀刨，终于见到了这只白色小羊。刨起来一看，已经变成一只白色的石头小羊。而这个时候，她刨出来的泥塘变成了一个深坑，浸出水来，还带着咸腥味，尝一尝，咸的。哎哟，她高兴得想赶紧把这个情况告诉村里的人，可她已筋疲力尽了，爬啊爬，再没有爬出她自己刨出的这个深坑，渐渐陷没其中，默默地离开人间。等到人们发现这位怀里抱着一只白色石头小羊的姑娘时，这个深坑已经溢满咸咸的盐水，这一天是农历正月十三。发现盐井是一件天大的事情，大家奔走相告，喜讯传遍四面八方，人们扶老携幼，来到这里，在姑娘刨出来的卤水塘里获得朝思暮想的食盐。知道这个情况后，四方的人们搬迁到这里，落籍香河河谷，部分人家形成以煎盐为业的灶户。香河峡谷慢慢地变成了兴旺发达的闹市。因为这只白色石头小羊，人们把这个地方取名为石羊，这口井就叫白羊井。为了纪念那位聪明善良的姑娘，人们又把姑娘发现食盐的农历正月十三定为"开井节"，石羊开井节就这样年复一年流传下来，成为石羊镇的一个重要节日，至今依然热闹非凡。保存在"白井客栈"里的这口井，前些年因为客栈翻修，被填埋了。吴姓店主的儿媳妇领我看了被填埋的白盐井的具体位置，巨大的白盐井碑被拆卸在一边，有字一面在下，看不到。这个未来的女店主还告诉我，买家来了好几起，给五万块钱都没有卖。

这个故事其实早在唐代就有流传，樊绰还把它收录在《蛮书》里，只是这个姑娘不是普通的民间姑娘，而是洞庭湖龙王的女儿。《蛮书·杂说》记载："羝羊石，在姚安东一里许。昔蒙氏时，洞庭君爱女于此牧羊，有羝餂土驱之不去，掘地遂得卤泉，名曰白羊井，人即其地立圣母祠，及开桥头井，得石羊云。即餂土之羝，后归于圣母祠，其井即白盐井也。"到清代雍正年间，这位洞庭湖龙王的爱女又和京官李卫扯上关系，还被刻成浮雕镶嵌在石羊孔庙的明伦堂中。这块制作于清道光二十一年（1841年）的浮雕记录了"洞庭不波，蹉使欣逢利济"的故事，说的是清雍正二年（1724年），京官李卫来滇赴任，其乘官船行至洞庭湖遇难而被石羊土主庙菩萨显圣获救的故事。李卫是雍正朝的模范督抚，还真来云南当过官，有点传奇色彩。雍正初年，并非科举正途的李卫得授云南直隶驿传道而赴任云南，还在上任途中又得圣旨，改任云南盐驿道，这可是路政、盐政一齐管了。到任后，李卫大力整饬云南盐务积弊，凡在云南所见所闻所思，无不据实上报雍正。对此，雍正皇帝非常赞许，次年即提拔他为云南布政使，仍兼理盐务和铸钱重任。

有趣的是，与李卫同为雍正朝名巡抚的陈时夏也与香河白盐井有关系。清代雍正时期名噪一时的"田陈李鄂"四大巡抚，就是指田文境、陈时夏、李卫、鄂尔泰。四巡抚中，李卫和陈时夏与石羊均有关系，一虚一实。虚的是李卫止于传说，实的是陈时夏见于志书。志书记载，当地有陈时夏"山高月小"的题额悬挂在他曾经读过书的白盐井东关五叶庵，有他"茅亭宿花影、风泉清道心"的题联悬于桥井后的六角茅亭。陈时夏"少年落魄，流寓至井"，在这一带游学读书，先受业贡生洪酌文，后从孔道人习儒家经典，中举六年之后再中进士，考授内阁中书。这件事在

《续井志》、民国《盐丰县志》中均有记载，只是把陈时夏的籍贯搞错了，说他是昆明人，可能是受师范所修撰的《滇系》之误。事实上，陈时夏祖籍江苏南京，先祖曾移居昆明，后定居元谋。到陈时夏的时候，已经是地地道道的元谋人了，《清史稿》《楚雄人物志》都把陈时夏当作元谋人记载，而且他是元谋历史上唯一一位进士。这与石羊有七位进士相比，可以知道那时的石羊文化远比元谋发达昌盛得多，甚至可以断定那时发达的石羊文化离不开盐的支撑。陈时夏因科举离开石羊入仕之后，仕途还是比较顺利的，先后担任河南开归道台、直隶正定知府、湖北按察使、长芦盐运使、江苏巡抚，最终得授内阁学士。陈时夏在江苏任巡抚期间曾把那时叫白盐井现在叫石羊的一个老人接到江苏供养。老人不习惯繁华之地的喧嚣，要求回原籍生活。陈时夏只好让老人回家，给老人传牌，请沿途驿站提供方便。在回石羊的途中，老人进入一官署，家丁见他"蓬鬓鳌面、褐衣草履"，就"以鞭摽使之出"。陈时夏知道后很生气，不接待可以好言相劝，何至于挥鞭使之去，而且是向老人，于是找了个理由参罢了那位官员的官职，这就是传闻中的陈时夏"隔省参官"。原来，陈时夏在白盐井读书时，旁村有位"夷民"老人，"性朴野"，估计是个彝族。这个老彝族非常喜欢陈时夏这个读书人，经常给他好东西吃，陈时夏发达后没有忘记这位老人，用这种方式回报他。这事不知道是真是假，不见于正史，但就算是民间传说，也说明仁义之地是人们向往的地方。仁义之地有仁义之人，仁义之人有仁义之举。陈时夏因此列入民国《盐丰县志·寓贤》，但是乾隆元谋县志《华竹新编》把他列在"选举"和"人物志"里面。陈时夏对石羊老人的仁义之举不见于正史，待母至孝的事却实载于《清史稿·陈时夏传》。他在任江苏巡抚期间，曾向雍正请假回元谋接母亲到江苏赡养。雍正帝感其忠孝，让他不必亲往元谋，让云贵总督鄂尔泰派人陪送到苏州，成为一段君臣佳话。

因盐而生、与盐相随的传说、往事有悲有喜，发生于明末清初的封氏节井的故事则悲喜中带着艰涩。1647年3月，张献忠死后不久，大西军在其部将孙可望的带领下进入云南，与大本营在云南的南明政权联合抗清，云南这些产盐的地方不可能被孙可望忘记，派遣部将张虎奔袭石羊就是他的举措之一。元、明、清三代，石羊一直属于姚安府（雍正后期，裁撤姚安府，姚州和大姚县一起并入楚雄府）姚州管辖，而非大姚县属地。1649年，孙可望的部将张虎围攻姚安城，一同据守姚安城的有姚州知州何思、石羊武举人席上珍、大姚举人金世鼎。姚安城陷落，金世鼎自杀，何思、席上珍被押至昆明，不屈被杀，后人立席上珍的衣冠冢于石羊小井河村。乾隆《白盐井志》记载了席上珍被杀前与孙可望的一场对骂。席上珍的妻子封氏是姚安城里人，年少时就许与席上珍为妻，攻破姚安城后的张虎率部破袭石羊，到席家抓获席妻封氏。民国《盐丰县志》的记载是："虎复袭井，氏亦被执入土主庙。内有井，欲投不得，绐守着以欲溲便，曰：'汝但闭门，我安逃乎？'贼信之，闭门而出，氏遂投井死。"民间的演绎就要精彩得多，说张虎抓到封氏，垂涎封氏貌美，就明言要娶其为妻。封氏不从，被送往石羊土主庙关押。进庙一瞬间，封氏看见庙中那口深深的水井，就有了投井而死的决心。可是看守她的士兵寸步不离，怎么办呢？封氏虽为深居庭院的妇道人家，却不失机灵，见此情此景，为了支开看守，寻找投井机会，就寻了一个借口，哄骗看押她的士兵说我想小便。看守指指封氏的脚跟说，就地撒吧。封氏说，羞耻之心，人皆有之，你怕我跑掉，把门关上、锁上，我跑得了吗？看守觉得有些道理，于是就依其所言，关门上锁，在门外守候。封氏抓住这个机会投井。等到被发觉时，她早已命归黄泉。后来，这口井就被后人称为"节井"。封氏节井的故事于史有据，不但见于地方志书，还被写进了官修的《明史》。这桩发生在明末清初拒辱投井而死的真实事件，它的主角封氏到了道光年间更是被上升到贞洁烈女的高度，镌刻成封氏节井浮雕，高悬庙堂，作为忠孝节义的楷模而表彰。这个事件对此后石羊地区的民风民俗产生了深刻的影响。郭燮熙纂修的民国《盐丰县志》记载，此地"妇人以再醮为耻，故地方多节妇"，多到什么程度，有名有姓有事迹记载的就有257人。解放后，这种贞洁烈女故事又被当作吃人的封建礼教而受到鞭笞。封氏的死因真的是这样的吗？不是。在我看来，封氏与众多烈女完全不同，她并非死于忠孝，而是死于以盐为支撑的锦衣玉食，无论这种行为是被追捧的当时，还是被嘲笑的后世。为什么呢？张虎率军到来，石羊举人席上珍死，身后的食盐易主，原有秩序被打乱，石羊上层由盐而丰饶的好日子瞬间垮塌，封氏清晰地看到了这种结局，就只有死路一条了。

　　云南自古缺盐，地处香河河谷的石羊白井盐从明代开始规模生产，到清中期成为鼎盛时期，一度是云南产盐的大户。第一次有明确年产量记载的年份是雍正二年（1724年），那一年香河白井盐场年煎盐3996100斤，获银35964两。产盐最高年份是道光十九年（1839年），当年共煎盐9009300斤，获银10811两，约占云南总产盐量的1/4。乾隆十六年（1751年）销盐记载为9351451斤，其中就有351000斤销往元谋。销盐最高纪录为道光十四年（1834年），为1285万斤，这些产盐、销盐的记录都是历史留下来的影子。作为在永仁工作的我，很想知道当年销往苴却的食盐记录，哪一年最高，哪一年最低，想以此来看看那个时候苴却这块土地上人们的生活水平是怎么样的一个状况，但是没有查到。实际上也不可能查到，因为那时地域广大边界模糊的苴却还没有县的建制，而食盐销售是以县为单位来确定份额的。因为有盐业的支撑，地处香河河谷的石羊，它的经济社会发展水平要高于周边地区，因此文化昌隆，人才辈出，这是一个不争的事实。有了这个经济基础，所以"立学校以振民风，设关津以便行旅，造塔坊以培文风"，于是在弹丸之地的石羊有孔庙、南北二塔、七寺八阁九座庵、五大书院、二十一座风雨桥。尤其是那座始建于明洪武元年（1368年）的孔庙和在康熙年间耗时十年才铸造完成的孔子铜像摆在那里，这座孔子铜像可是中国现存最大的孔子铜像，就很能让人服气。孔庙大成殿里曾经悬挂的由康熙至光绪历代皇帝御匾的万世师表（康熙二十五年）、生民未有（雍正三年）、与天地参（乾隆元年）、圣集大成（嘉庆元年）、圣协时中（道光元年）、德齐帱载（咸丰元年）、圣神天纵（同治元年）、斯文在兹（光绪元年）八块匾额，更是让人惊叹于这个边陲深山里的香河石羊在皇家的心理地位是如此显赫。从始建到现在，石羊孔庙有近七百年历史，它的建筑是按照中国古代宫殿的风格布局的，很讲究排列的纵横对称。整座孔庙的建筑宏伟壮观，古雅精致，明柱露梁，飞檐斗拱，雕梁画栋，精美别致。看它的大成殿，看它的仓圣宫、朱子阁，看它的棂星门、名宦祠、乡贤祠，看它的黉学馆，看大成殿里铸成于康熙四十七年（1708年）的孔子铜像和存留至今的万世师表、与天地参、圣集大成三块匾额，都饱含着历史和文化魅力。读《盐丰县志·选举志》，内心也是非常震撼的。从明朝成化甲午年（1474年）到清末光绪庚子年（1900年）的426年间，区区香河石羊一地就有入翰林者2人、进士7人、文武举人59人，这可是个了不起的数目。历史上的石羊，真可谓科甲联翩，一大批石羊人凭此走上了教谕学正教授、知县知府主事的为官之路。民国时期，这里出过敢于披露宋子文罪恶，敢于揭发孔祥熙贪污和孙科丑闻的国民政府参议员、国民党中央委员的奇女子罗衡，出过抗日名将陈子干中将和甘芳中将。他们都是吃着石羊的盐巴走出去的奇女烈男。

　　罗衡，堪称石羊奇女子。她生于1911年，幼年在家乡石羊读私塾，后随堂兄罗家俊来到昆明进入女子师范附小读书。她原名罗云英，因逃婚而改名罗衡。现在想来，那真是不简单，一个妙龄女子剪去头发，换上男装，独自出昆明，经越南绕香港至上海，再到北京得公费留学法国，从此开始了她浪迹天涯的漂泊人生。她拜访过鲁迅，受宋庆龄、宋美龄提携，担任过国民党中央党部干事，国民参政会参政员，揭发过孙科的丑闻，抨击过宋子文、何应钦等政要，被称为"民意人物"。罗衡性格刚烈，颇有秋瑾风格，她冲破封建家庭的束缚，抗婚出走，外地求学，投身北伐，参加抗战，怒斥贪墨，落脚台湾，终身未婚，走出了她充满传奇的一生，不知道她的刚毅节烈的性格，是不是因为骨子里有石羊盐巴的影子。

陈子干，石羊观音箐人。初入黄埔，后随军北伐和抗战，从排长到军长，从尉官到中将在解放战争中参加四川绵竹起义，接受中国人民解放军改编，任起义部队7兵团军官教导团团长。1979年6月5日在昆明病逝，终年71岁。甘芳，石羊街人，毕业于湖北陆军学校，先后滇军第6旅旅长、国民革命军第9军中将参谋长。1949年12月9日，参与昆明起义。1950年与金汉鼎同受朱德邀请，相约同赴北京，因病未成行。这次未成之行，为甘芳留下无法弥补的遗憾。1951年3月，在镇反运动中被错处极刑。我在石羊，吃着咸甜清凉的当地小土饼，品读石羊两位将军的过往，一样的出生地，一样的经历，一等的时代烈男子，不一样的结果，不禁让人唏嘘。

红军长征过石羊，为石羊盐井添染了革命的颜色。在根据关向应、陈伯钧、王恩茂等同志的日记以及长征政治工作总结、行军命令等综合整理而成的《红二方面军长征日记》里，红六军团过大姚石羊只有一句话："（四月）十九日，六军团经大板坡、杏仁，进占盐丰县城。"大姚县有关部门编辑整理的资料就详细得多，而且言之凿凿：红六军团长征过大姚，历时三天两夜，途经40个村庄，行程184华里，广泛进行了革命宣传，并打开石羊的五井大盐仓，分盐30余万斤给广大群众，牺牲红军战士21人。而据《军旅生涯：张铚秀将军回忆录》记载，红六军团在进占石羊的当晚，还在当时为盐丰县城的石羊镇召开了军事会议。会议由政委王震主持，军团长肖克讲话，营以上军官参加。会议主要内容：一是研究了红六军团如何顺利与红二军团在大理州宾川汇合的问题；二是研究了在何时何处巧渡金沙江最终实现北上抗日的问题，会议经过充分讨论，最终确定渡过金沙江的地址为丽江石鼓；三是研究了如何"打土豪、分田地"的问题。张铚秀是开国将军，任中共云南省委书记、昆明军区司令员，中国共产党第十一、十二届中央委员。长征过石羊时担任红二方面军第六军团十六师四十七团一营营长，他的回忆大底应该不会错。红六军团长途奔袭石羊，除了有抄近路赶往丽江石鼓渡江的目的外，也不排除为盐而去的可能性。因为根据《贺龙传》记载，早于1936年4月9日，在寻甸，贺龙就说过："龙云把老本都掏出来押在普渡河，他那个云南省会变成了空城。他唱空城计，我们又不是司马懿，没那么胆小，我们就打昆明。龙云，还有那个顾祝同准会吓得魂灵出窍，调兵去保昆明。然后，我们一掉头，甩掉敌人，到石鼓、丽江过金沙江。江是死的，人是活的，何必一定要过普渡河到元谋过江呢？"贺龙的意见得到了一致同意，目的是到丽江石鼓过金沙江。从《贺龙传》记载的资料分析，从丽江石鼓过金沙江是早在寻甸就确定了的，红二方面军第六军团的石羊会议，实际是讨论如何用时尽可能少、损失尽可能小地赶到石鼓。石羊会议研究了如何"打土豪、分田地"的问题，虽然没有明说军队包括盐在内的各种给养问题，但是可以肯定，红六军团在石羊得到大量的盐作为部队的给养，毕竟，在那个缺衣少盐的日子里，盐实在太吸引人了。而实际结果是："参加过这一时期斗争的老战士回忆说：当时红军受到群众的拥护、支援，生活得到极大的改善，连有名的云南火腿，在那些天里都吃腻了。"（《贺龙传》第九章）由此看来，长征途中的红军战士，最好过的日子恐怕是在云南，好日子真的离不开盐啊！

红二方面军第六军团离开石羊十三年后的1949年，那是一个风云际会的年份，云南在这一年走向解放。在解放战争中的云南，可能没有哪一座县城会像香河岸边的盐丰县城石羊那样被解放了四次。云南地方志编纂委员会办公室编纂、云南人民出版社1988年出版的《云南地州市县概况》记载了这段历史。那一年，先是5月9日，滇西人民自卫团（1949年4月16日由武装工作队扩编成立，7月改编为中国人民解放军滇桂黔边纵队第八支队）在李鉴洲、陈家震的率领下，包围盐场，击溃国民党税警队、常备队，县城石羊第一次获得解放，俘虏70余人，缴获步枪70余支、轻机枪2挺、子弹4000余发和大批医药用品。由社会各界代表组成招待委员会维持社会秩序，发动灶户煮盐，同时有组织地开仓放盐，筹资半开（即五角银圆，清末民国前期，云南主要流通货币）万余元。8月14日，中国人民解放军滇桂黔边纵队第八支队再次攻占石羊，但时逢大雨，香河河水猛涨。猛涨的河水可以把敌人堵在外面，也可以把自己围在里面，很不安全，加上洪水期间，也不利于盐场组织生产，于是当夜撤离。10月12日，中国人民解放军滇桂黔边纵队的副司令员朱家璧亲率西进部队西进，强令国民党盐丰县长孟德新、石羊盐场场长何德辉让路，部队进驻石羊，这次没有谈及政权问题。3天后，开往滇西。11月12日，在张天祥的带领下第四次进占石羊。次年1月6日，中国人民解放军滇桂黔边纵队党委派人员接管盐丰，在这里建立了人民政权。就在我翻阅这段史料的时候，我看到办公室新来的报纸以标题《盐改破局，影响几何？》报道了中国盐政改革的事。这是一张 2017 年 1 月 17 日的《人民日报》。这期报纸对 2017 年 1 月 1 日起正式实施的《盐业体制改革方案》做了大幅报道。报道说："中国的食盐专营历史可以追溯到春秋战国时期。此次改革的重要内容是价格放开。放开食盐出厂、批发和零售价格，食盐不再由政府定价，由企业根据生产经营成本、食盐品质、市场供求状况等因素自主决定。"在中国实行了两千余年的食盐专卖可能就此全面走向市场。报道还说："我国食盐资源十分丰富，海盐、井矿盐、湖盐资源都十分可观。其中探明的井矿盐储量有大约 1.1 万亿吨。我国食盐年产能有 5000 多万吨，消费量大约 1000 万吨，产能过剩明显。从食盐生产的成本和售价来看，降价也有不小空间。"但是，这些都与石羊白井盐场没有什么关系了，它早已走完了自己悠长而跌宕的岁月。据民国《盐丰县志》记载，自光绪三十一年（1905 年），白井盐场出现薪远钱荒的局面，就是因煮盐的柴火要到越来越远的地方去砍、去挑，制盐成本越来越高，卖盐赚钱越来越少。宣统二年（1910 年）开始销滞薪坠，民国九年（1920 年）时，已经到了煎不继销的地步，熬盐就是亏本，以至于当时盐丰县志书修纂者郭燮熙在编写"盐政"一章时大发感叹："薪既远，价自昂，卤且薄，工益费；米珠薪桂，此其时余！故近闻五井灶家，已有巉焉不可终日之势。"

　　时间再过去十八年就是 1958 年。这一年，盐丰县被撤销了。盐丰这个在 1384 年就设置了白井盐课提举司、经过漫长的朝代更替后，于 1912 年新设置的县整建制并入大姚县，以石羊镇为县城的盐丰县行政建制自此不复存在，但是人文景观依然存在，香河河水依然流淌，它在历史上的光芒并不因它的偏僻和年代的久远而被掩盖。

走进吕交城

那天，我在化佛山凭高远眺，牟定坝子被一个个突兀而起的山丘、一条条从四周高山上延伸下去的长长的山梁分隔得欲断还连，水田里的水稻早已收割完毕，旱地里的麦子还一片金黄，散布在坝子里的村落升腾着炊烟，如柱，如雾。忽然想起来，这坝子里曾经有一个州城，驻地在古姚州东向通往滇池地区的一条古道上。这条古道一头连着南方丝绸之路东线（成都—眉山—乐山—宜宾过金沙江—昭通—昆明—楚雄—祥云），一头连着南方丝绸之路西线（成都—雅安—西昌—苴却地界过金沙江—大姚—姚安—祥云，与东线汇合以后，经大理、保山，最后通往缅甸、孟加拉国、印度）。那座州城就在这样的一条古道上，不知是否还在？是否还有遗迹？问旁边一位同来采风的当地小学老师，他欣喜地连连说，有，有，有，在吕交城，你还懂点哦！他用从厚厚的眼镜片里透出来的目光打量我一圈又一圈，抬手一指说，那——那——那——我的目光就像雷达一样锁定远处那座椭圆形的村庄。

趁画家们在飒马场采风画画，我约应邀从永仁同来的韩李两位老师抽空直奔吕交城，问了五次路后，终于找到了吕交城村。我们说明来意，打听情况，村口一位看似有闲的人自告奋勇给我们当向导。他姓王，我们叫他老王。在一个修葺一新的院落里，有一家人家正在准备明天婚宴的酒席，炸酥的香味弥漫在院落的上空。老王说，这就是当年的州府县衙，几百年前搬走后，一户大户人家买来居住，在里面建祠堂、办私塾。解放那阵子，好几户人家搬进去住。后来又变成村里的小学，我家就是在开办小学那阵子从里面搬出来的。现在小学被撤销了，开辟成村里的公共活动场所，红白喜事都在这里操办。我们参观的这座曾经的州府县衙，几经周折，面积越来越小，现在的院落并不宽敞，最近翻修，连原来老旧的石雕石像都换成了新的，新换上去的石雕机工的棱角十分明显，只有三棵树干比树叶还多的老柏树还证明着这里的久远。

老王也不知道换下来的旧料哪里去了，我有些遗憾地问还有什么遗迹没有。老王想想说，还有一处庙子，多少年都没有人进去过喽。推门进去，满院蒿草，比人还高，到处蛛网密布。四处细看，似乎是个戏院，墙壁上、楼上的木板上都是画，色彩斑驳，但依稀可辨，有婀娜的美人、孔武的后生，高大的松树、奔跃的小鹿，还有一些好像来源于神话传说的画，看不太清。戏台在下面房的楼上，中间大开口，正对着正房和院坝，两边是化妆间和换装间，设计十分合理，遥想当年在这里看戏的人身份可能很不一般。戏台下面是进入院坝的过道，过道两边有折转的木板小楼梯通往楼上的戏台。看着这些进深都很深的房间，房间上歪斜的门窗以及门窗上方那些出山型设计的屋顶，问老王这房屋的年纪，老王说晓屎不得了，只晓得我小时候就是这个样子的。

关稳歪斜的大门，锁上，老王领我们沿着村子边上转了一圈，参观了几处大杂院，这才明白，吕交城村坐落在从化佛山上延伸下来的一支长长的山梁的尽头。村子右边有一条河，水沛河宽，当地的村民叫大河。左边也有一条河，叫小河，在我们看来，只能叫水沟。老王说，不，我小的时候，这河不小，经常可以看见一拐长的鱼一群一群地游来游去呢。他一边说，一边姿态活泼地比手画脚，西斜的阳光洒在他的身上，十分生动。这两条一大一小的河在村头汇合，朝东南方向流去。两河合抱的吕交城村，这个曾经的州府县衙驻地，现在只是云南省牟定县共和镇何梁村委会的一个村民小组，200多户人家，800多人口。我们在村里闲走，一群肥鹅旁若无人地从前面横穿村巷，一条狗悄无声息地坐在门口，显得十分寂寥。只有那弯曲幽深的村中巷道，一院连着一院的大杂院，还记忆着这里曾经的繁荣与喧哗。

就要告别吕交城村了，再次来到村口的巨石前看简介：今址，夏商周置梁州城，唐武德四年（621年）置西濮州，贞观十一年（637年）改称髳州，宋称牟州，元代更名定远州，后降为县，明洪武二十一年（1388年）定远县城迁往现今的共和镇，原来的定远县城更名为吕交城。我们与热心的老王已经要得很熟，就用开玩笑的口吻问他,这里真的是州府驻地?老王十分肯定地说,是!那时候你们永仁都归这里管,说得我们都笑了起来。

老王说得对,也不对。这里的确是州府驻地,但没有管到永仁——那时的永仁自己管自己。夏商周时期这里的情况如何似乎已不可考,唐代髳州确实有文献记载。《新唐书·地理志》记载:"髳州(本西濮州,武德四年置,贞观十一年更名。汉越巂郡地,南接姚州。县四:濮水,青蛉,岐星,铜山)。"一般认为,永仁原属大姚,古称苴却,包括现在的四川省攀枝花市仁和区、东区以及部分西区。大姚古代叫青蛉县,南北朝时期的地方志《华阳国志》写作蜻蛉县。历史上苴却归青蛉县管辖,青蛉县是髳州的辖地,那不是就管到永仁了嘛!其实不然,就在同一本史籍的同一个段落里,还有这样的记载:"微州(本西利州,武德七年置,贞观十一年更名。北接縻州。县二:深利,十部)。"这里的深利县驻地就是今天的永仁县城,像西濮州一样,微州和深利县,州县同城而置,十部县曾经的驻地在仁和,原先是永仁县的一个乡镇,1965年与同属永仁县的大田公社一起划给四川省建攀枝花市,至今已经整整40年了。微州、深利县和十部县的情况,何耀华主编,中国社会科学出版社2011年6月出版的《云南通史》有十分清楚的记述。

就要离开了,我们要对老王的古道热肠表示感谢,老王却高举着他那长长的手臂在空中挥挥,说,不谢,不谢,你们慢走,我去村长家还那庙子的钥匙。

不虚双柏行

在秋天静静地向冬天过渡的时候，百余名作家诗人从四面八方聚集到"云南地理中心"双柏，参加一年一度的文学年会，在总结、表彰和"撸起袖子加油干"的号召之后，对"双柏诗歌现象"或者说"双柏诗群"进行研讨。讨论的文本是《滇池》2018年第8期的"双柏诗群特辑"，既有对诗作本身的剖析，也有对诗人成长环境和诗歌创作环境的讨论，鞭辟入里，给人启发。于我而言，可谓不虚此行。他们取得的成绩，确实令人瞩目，一个16万人的山区小县，竟有数百上千人的写作者、数万人的阅读者，在我有限的阅读中了解所知，这可与贵州绥江县比肩。"双柏诗群特辑"展现的15位年轻诗人80余首诗歌只是其中的一小部分，他们的创作成果主要体现为三卷本的双柏诗歌、散文、小说汇编，是双柏县本土写作者近年来在文学报刊上发表的作品，其中一些作品上了《诗刊》《人民文学》《中国作家》这样的文学刊物，殊为不易。外地名家眼中的双柏县则可以在雷平阳主编的《双柏县的美学》一书里充分领略，付秀英《溢出的时光》、王爱民《秘境双柏深藏无数山歌和火种》可以反复读。这次年会还邀请了《诗刊》编辑王士强和《星星》诗刊副主编干海兵给与会者各开了一堂诗歌探索课。上课提问环节，有人提了严肃而纯粹的问题之后，我也提了两个问题，后来想想那简直幼稚、可笑。实际上作家诗人们当时就笑了。我说，我来自滇川交界的永仁县，是一个诗歌爱好者、写作者，从我们县城出发，沿着108国道往北走18公里有一个巨大的牌子，牌子上有一行巨大的字：四川人民欢迎你！要是我们向《星星》诗刊投稿，干老师你欢迎吗？在爆笑声中干老师说，云贵川原本一家亲，一家人不说两家话，欢迎大家给我们投稿。那你可以把你的个人邮箱告诉我们吗？在再一次的爆笑声中干老师说可以可以。再之后是采风，浏览双柏山水。前往硝嘉途中，在独田乡一个叫作大凹子的地方吃午饭，这是一个群山环抱的独家村，耕作之余开着农家乐。作家诗人们在这里休息，喝水、抽烟，在满目苍翠中谈论文学。一个声音从人丛中传出来，说诗歌散文写作是有谱系的，你的创作起点、创作过程要成谱系，东一下，西一下，就算在《诗刊》发两百首诗又怎么样呢？小说也是有谱系的，小说讲究的是人物谱系……这听来别开生面而又心有灵犀，看看讲话的人，应该是曲靖的窦红宇，他和我记忆中的照片很像。曲靖有两个作家我曾经注意过，一个是窦红宇，另一个是崔玉松，崔玉松这次没有来。人丛中有昭通诗人张雁超，我曾经当面请教过他，他以诗集《大江在侧》的出版被表彰为2017年云南优秀作家。《大江在侧》是诗人献给水富的歌，那是他的工作之地、生活之源，其实何止水富大江在侧，地处彝州北极的永仁北侧有奔腾的金沙江，彝州南极的双柏南侧有翻滚的红河，都是大江在侧的地方，有心人有歌咏，无心人被遗忘。后来到碍嘉，领导去旧丈村看望农村诗人、蚕桑诗社的董树平，我在碍嘉穿街过巷，这是双柏县最有历史感的地方。碍嘉古城北面的大河是空龙河，南面的小河是南咕噜河，它们在不远的东面汇合，抱住两个山头和山间一摆田坝，形成三面深谷环水、一面直上哀牢之巅的险要之地，难怪自元代始就把经营方圆百里银矿的千户所县衙州署建在这里。这虽为边陲弹丸之地，却是银矿"矿苗之旺，甲于全滇"的地方，这就是有着悠远历史的碍嘉，就是曾经"野无不耕之田，户多朗诵之声"的碍嘉。询问古城内街一位老者四方景象，老者一手指着田坝另一方的小山说，老虎山老虎山。又指指脚下说，碍嘉碍嘉。我似乎明白二十多年前轰轰烈烈的老虎山电站就建设在对面那个小山肚子里，数百年前开始建城的这个小山头就是碍嘉山了。我在碍嘉寻找常挂在双柏朋友嘴上的那四道著名的城门，只有西门还在，在一个陡坎上。从外往里看，西门不高却显得巍峨，门楼上大大的"碍嘉"两字中间嵌入两个小字"门西"，用方框框着。嘉峪路26号正对面是东门遗址，民房之间一条小路沿阶而下直通田坝，此外没有任何遗迹，南门、北门也一样了无遗物。寻找的结果是：东门东下红河，西门直上哀牢，北门可迂回到老虎山，南门只有象征意义，因为出门便入深涧，哪有这样开门的道理。老虎山和碍嘉山之间有千余亩耕地，街巷中，到处有人在撕苞谷、剥核桃，华灯初上，给莽莽哀牢平添一分暖色，这便是碍嘉古城，是双柏的精彩之处。精彩的双柏还有妥甸怀中的查姆湖、哀牢山巅的九天湿地、马龙河畔栖息的绿孔雀，活跃在乡间山野的老虎笙、大锣笙、小豹子笙，不一而足。

和于坚在通海[*]

在通海的心情和即将来通海时的心情十分相似，兴奋的火苗时不时在心里跳动。兴奋是需要触点和理由的。一个触点是在通海和几位作家朝夕相处，于坚、黄尧、汤世杰、张庆国等，名气早已溢出云南，弥漫到中国的很多角落。在没有认识他们之前，就读过他们的作品，心里早把他们当老师了。另一个触点是第一次身临通海。通海是读云南的历史绕不过去的关隘，必须直接通过，于是阅读云南历史，读着读着就读到了通海。

我们一到通海，天就一直往下掉东西，看秀山，看杞麓，看什么都湿漉漉的。不过，在通海，我兴奋的火苗水都浇不灭。

在通海，我们住的秀麓苑，是一个单位的职工宿舍改建而成的。那是一个四合院，院坝方方正正的，很小，像一个天井。秀

---

[*]《和于坚在通海》载于 2017 年 9 月 27 日《春城晚报·山茶》，原文名为《和作家们在通海》。

麓苑另外带有一个小前院和一个小侧院,都很精致。前院有苦竹摇曳,有沟渠清泉,还有一张方桌、几把椅子,可以打牌看书。侧院有一小幢两层小楼,可以喝茶写字。

从秀麓苑出来不远是聚奎阁,这是通海老县城的中心,东西南北,四街辐辏。我们在聚奎阁,猜一件做工精细、结构复杂的银饰件五个下摆的用途,其中中间那个下摆的用途谁也猜不出来。其实,只要朝蒙古族那个方向去想是应该猜得到的,因为元代以来,通海县就是蒙古族在云南生活比较集中的地方,兴蒙还是云南省现今唯一一个蒙古族乡。我们猜的是一件古代通海蒙古族妇女经常挂在胸前的银挂件,有五根银链子与一圈银项链相连,每一根银链子都有一个形状和作用不同的下摆,另有若干玉石和玛瑙点缀,五根银链子叫五丝,又叫五穗,中穗居中。中穗装饰精美,顶端尖锐。那是战时蒙古大军战旗上军徽的象征,是和平时期太平无事的吉祥物,只是后来已经微型化、生活化了。大家你一言我一语地猜,我说是防暴用的,话音未落,就听于坚说,你莫乱猜,防暴是现当代才有的事。看他义愤填膺的样子,我明白他那句话后面的意思。这是于坚第一次和我说话。

在始建于元代至正年间号称"滇南无双寺"的圆明禅寺,于坚对圆通宝殿的"大悲阁"三个字十分推崇,说是冯国语写得最好的字。看完字,我们在雨中下山,于坚突然问我:你给是彝族。估计于坚已经挂实我了,我说是。他一下子高兴起来,对我说,我一下就对你好起来了,否则,还不一定。

在河西文化站,作家们站在十二个石鼓旁边为上面镌刻的石鼓文兴奋不已。黄尧说,于坚认得,叫于坚来看。我一个字都看不懂，就看墙上的一张通海县地图，不是通海的那些部分已经被全部抹掉。这样的通海地图看起来像一只大碗，围着杞麓湖起伏的山冈是这只大碗的边缘，碗里的每一粒米都是一丘肥沃的水田，碗底的杞麓湖是一块流油的肥肉，这是通海富庶的源泉。与粗犷的永仁不同，721平方公里31万人口的通海县到处都有精致的东西，一颗豆末糖，一碗米线，一堂格子门，都精工细作。这里人们的生活，像在这里土生土长的狮子头番茄，总与别处有些微的不同，无法原样复制，无法完全照搬。

  在中铺，有一条古道经过。古道翻过一个个垭口，把一个个温润的滇中坝子连接起来，建水坝子、曲江坝子、通海坝子、江川坝子、玉溪坝子、昆明坝子就是穿在古道上的珍珠。在唐代，这条古道叫通海城路。走在通过中铺的古道上，我不由得想起永仁来，与通海城路同时期的经过永仁县的古道叫姚嶲道，也叫清溪关道。眼前的这条古道与永仁古道相同，却又不太相同，永仁的古道翻越的是一座座高山，连接起来的是金沙江、永定河、羊蹄江、江底河、蜻蛉河。金沙江在现在名气很大，蜻蛉河在古代名气更大，永定河跟流经北京那一条的字的写法一模一样。金沙江与永定河之间的方山是这条古道的必经之地。有一天，于坚跟我讲，他冬天要去永仁看方山。我知道他的心思，他要在粗犷的永仁最粗犷的时候来。埋在云南崇山峻岭里的古道一直到近现代公路开通之前，马锅头、背二哥、挑子客依然还是这些道上的常客。如果只准用一个词来区分同样有着古老历史的通海和永仁，那对于通海我选择的是精致，对于永仁我选择的是粗犷，2189平方公里却只有10万人的永仁县的确是粗犷的。

在蔡家山，在叮叮当当的捶打声中，我们参观了这个有名的铜匠村。于坚像个居家过日子的暖男，一口气买了大中小三种型号的铜锣锅，还有铜炊锅、铜饭勺、铜汤勺、铜汤匙、铜茶壶、铜茶床等生活用具，一下子花掉了五千多块钱。我在想，从此以后，于坚的生活将弥漫在铜锅煮出来的香味里。在财神街，于坚又买了一大纸箱通海菌子。通海的领导说，这是在为通海的经济建设做贡献。我们帮忙把这些东西搬运到于坚在昆明的家里时，我一眼看见他书桌上那块地砖一样大的砚台，里里外外全是墨迹，估计从开始使用到现在就没有洗过。于坚这么大的名气，我从他那块砚台上看到他的生活是那样的普通与真实。

在通海城里的某个农家小院，在秀山上的某家小餐馆，在中铺山道上的某户农家，通海县文联的林启龙亲自操厨。我忽然发现和于坚一起吃饭是一件非常轻松的事情。在美好的饭菜面前，于坚非常虔诚，他用餐是非常专注的，旁若无人。

在秀麓苑茶室，当朱宵华把黄尧的昔归泡到第九泡的时候，于坚来了。他在茶桌旁边坐定，从怀里摸出一只牛角杯来，往茶桌上一放，说，精致，精致到在买的时候我都不告诉你们。大家都应声笑起来。这时，张翔武来了，他也攥着一只茶杯过来，大家见了觉得不错，传着看。于坚看完茶杯，与自己的牛角杯摆在一起，一秒钟后迅速地拿到一尺开外，大家忽然明白他的意思，齐声大笑起来。笑完了，汤世杰点评说，于坚，你根本就买错了，谁会用牛角杯喝茶呢？就算是犀牛角杯，那也只是用来喝酒嘛！热茶在有机质里是有异味的。于坚端起茶杯看了看，说，汤色好，比你们的都好，然后喝了一口。

最后一晚是写字，我请黄尧给我写"通海城路"四个字，有人不解，黄尧却会意一笑，提笔为我写了"通海城路"四个大字，意犹未尽，又附小字若干：方山居士文芳聪素爱古道，每每思通达之道，嘱书此语。这确实是一条通达之道。通海城路是大唐帝国边州通往更边远地方的七条古道中的一条，即"安南天竺道"的南段，是一条在南诏与安南交州港之间具有重要战略意义的著名水陆交通要道，既是南诏政权最便捷的出海通道，也是内地通过海路和红河水道与天竺国进行经贸和文化交流的重要通道，更是唐廷在南部边疆制约南诏、控制南诏与海外发生政治经济文化联系的关键通道。通海是这条通道上的锁钥，唐廷在这里设置了这条道上的唯一一个镇——通海镇。从安南到南诏的通海城路是从安南（今越南首都河内）出发，沿红河水路逆流而行至贾勇步（今河口）上岸，再由陆路经通海到安宁，进入南诏交通大道到达南诏王城羊苴咩城。反过来，从南诏到安南交州港出海，也大多是走这条路，因为南诏是山地民族，不善操舟，很少走河窄水陡的步头路（今元江）上岸，"夷人不解舟船，多取通海城路"（《蛮书·云南城镇》）。通海城路无论对唐廷还是对南诏都实在是太重要了，为此还发生过多次征战。天宝战争后，通海镇连同通海城路一起没于南诏，南诏在这里设置通海都督，是南诏仅有的两个都督之一。另一个是会川都督，治所设在与永仁县隔金沙江相望的四川会理县城。南诏设立都督是为保障交通通道的安全，通海都督保障的是通海城路，通海城路是南诏唯一的出海通道。会川都督保障的是途经永仁的姚嶲道，姚嶲道是当时连接南诏洱海地区与成都平原的大通道，因道经大唐王朝曾经有效管辖的姚州

（治所在姚安县光禄镇）和巂州（治所在西昌市东南）而得名。从永仁南下和从通海北上的商队或者军队在普溯驿（今祥云县普朋镇）汇合后，一起前往南诏王城羊苴咩城。两条古道在普溯驿站一交汇，就把通海县的秀山和永仁县的方山连在一起了。巧的是，通海县文联办的刊物叫《秀山》，永仁县文联办的刊物叫《方山》。汤世杰写给我的字是"方山亦秀"，我完全明白他的意思。于坚写给我的字是"神方山彝"，厚重古朴。三幅字我都非常珍惜，小心地带回永仁，好生保管着。

最后一天早晨，所有的作家都出来之后，太阳也出来了。作家们带着发现的目光到街上漫无目的地闲游，期望在无意中又能发现点什么，我留在秀麓苑的前院里看于坚的《诸神之河，从澜沧到湄公》，这是昨晚我在秀麓苑茶室散场时顺出来的。秀麓苑的前院很雅致，前面有一股水，墙脚下有一攒苦竹，捅把椅子在那里坐着，很适合看书。看着看着，有些瞌睡，溜回房间，一下就睡着了，原来好地方其实在梦里，或者说轻而易举就进入梦乡的地方都是好地方。等我睡醒过来，已经是离开通海的时候，通海在我们的车子后面一步步退去。

最后，偌大的杞麓湖在我眼前一晃就不见了，我们已经远离通海，可我还在想着通海。通海是通江达海的意思，通海不玩虚的，通江达海全是实指，这里的江是元江、是红河，这里的海指的是南海。

河　口[*]

河口其实不在红河的入海口，在红河的半腰上。取了这么个名字，大概是因为红河离开这里就进入了另外一个国家。

十二年前，我们穿过大半个云南到达河口时已是傍晚，红色的红河水翻滚着从县城的边上蜂拥而过，站在红河的边上，看远处的夕阳打在近处的红河上，河面金光闪闪，而河的对面就是越南。我从来没有如此近距离地面对另一个国家，因此特别兴奋。和我不同，因为堵车，既定目标之一的宣威没有去成，因此有人到了河口还在愤愤然面露不快之色，可能是宣威火腿太诱人的缘故。

---

[*]《河口》原载 2018 年 2 月 7 日《红河日报·白鹇》，云南网转载时改为《十二年前的河口》。

这是一个陌生的地方，大家在这个陌生的地方不时谈论着更加陌生的越南老街，因为第二天就要到老街参观了。可是我走得突然，没有带身份证，不能和考察团一起去越南，只好留在河口反复逛街。

街上晃荡着卖玉器、木器、竹器、篾器的人不少，多数是越南男人。那些越南男人一眼就能看出来。他们会在不经意间晃荡到你的面前，在他们硕大的裤包里麻利地掏出一个说是象牙制品的东西问你要不要，见你在看与不看之间犹豫，他们会飞快地又掏出一个不知道是真是假的玉器说很便宜，热切地希望你买。只要你一问价，他们会悠你半天。越南女人也不少，也是一眼就能看出来。她们从她们的板车上一捆一捆地卸下越南产的拖鞋、筷子、牛角梳，一筐一筐的香蕉、荔枝、榴梿、柠檬、木瓜、杧果、菠萝、菠萝蜜、火龙果，水果是好水果，箩筐却十分简单。还有包装简陋的上好咖啡和八角。然后又一箱一箱往板车上装中国的衣裤鞋袜、针线、纽扣、纸杯、塑料袋、火柴、打火机、饼干、果脯。中国的纸箱都成了她们的宝贝。她们要尽可能地多拉一点，以至于她们在拉动板车上堆积如山的货物时，需一人躬身向前使劲拉，后面一人帮忙使劲推一把，才能让板车动起来。动起来的板车不能让它停下来，要是停了下来，再次启动须推拉如故，很麻烦。那时的河口只有一座桥联通两国，有卫兵把守。这些妇女上午从那边过来卖越南的东西，下午从这边过去，车上拉着中国的货物。

和逛街相比，我更喜欢看红河水。同样没有带身份证的李非要拉着我跟她一起逛街。她显然不止一次来过河口，很熟套的样子,这条街进,那条街出,这里摸摸,那里看看,出手很快。她一出手就是一蛇皮口袋拖鞋,一出手就是一百双筷子,一出手就是一纸箱青绿色的柠檬。我吓得一跳一跳的,问她你这是干什么。她说拖鞋好,橡胶做的;筷子好,铁木做的;柠檬好,又便宜,白送一样。她拿起一双拖鞋说,越南货,几年都穿不烂,不信你摸摸,软和和的。我一摸,果然软和,就说好。她说好你还不快点买,我还要再买点,送朋友,送亲戚。我说先逛逛,回去的时候再来买也不迟。她眼皮一抬说,我把东西提回去再来找你,你去找他们,他们就在这附近。原来没有带身份证的不止李和我。

我就闲逛着,心想总会碰上他们。他们没有碰上,碰上了"她们"——两三个衣着暴露的年轻女子,迎面走来,在擦肩而过的瞬间,一扭头,问给玩玩,给玩玩,吓出我一身冷汗。一抬头,太阳明晃晃的,几个熟悉的面孔在一家店门口瞅着我怪笑,手里大包小包地拎着。看得出来,他们已经被问过了。

到吃中午饭的时候,河口县接待处一男一女两个人来招待我们几个"留在国内的"。我和那个男的挺聊得来,可惜没有记住他的名字。从他那里,第一次知道这里有些民族跨国境居住,也就是说同一种民族一部分是中国人,一部分是越南人,时时有两个国家的男女变成一家人,生儿有女,毫无挂碍。这生生斩断了我一就是一、二就是二的简单思维。世界上的事情有那么简单?真没有那么简单。我们边吃饭边就永仁和河口两县的土地面积、山川河流、风俗习惯等做了最简单的交流。他告诉我,河口县主要是汉、瑶、苗、彝等民族,人口九万多,这和我们永仁县的人口差不多。巧的是一年以后,我在党校学习,班里有一个河口同学，我们处得还不错，也就是说，在河口县近十万人中，我只认识一个人，比例是十万分之一，这或许就叫天意吧。他叫蒋天使，瑶族，当时在河口瑶族自治县民族事务局工作。毕业时，组织员（不知道为什么，党校的班主任不叫班主任，叫组织员）做了通信录的小本子，一人一本，本子上有同学寄语。蒋天使的同学寄语是：欢迎你到河口来！可我那年去过河口以后就再也没有去过了。

我还在为错失出国机会而懊恼的时候，考察团回国了。他们回来，两手空空，脸上却充满疲惫，听说河口的东西便宜，纷纷表示要去买点。他们又是大包小包，我只买了二十双铁木筷子和三双拖鞋。那拖鞋，他们说是越南人用纯橡胶做的，在中国，那是要拿去造飞机轮胎的，舍得做拖鞋吗！

我不知道他们对越南筷子和拖鞋的表扬是否恰如其分，那筷子真的好使，一直用到现在，不腐，不弯，不勩；拖鞋确实好穿，不过早穿烂了。

落恐山记 *

2017年的最后几天,我身临一个县名与州名、河名完全相同的地方——红河。

红河县城在红河南岸一个叫作迤萨的山顶上,它少为人知的部分则深藏在更南面的落恐山里。落恐只是莽莽哀牢的一小部分,却是红河县的绝大部分。红河以县的建制首次出现的时间是1951年,比我现在生活的同样山川阻隔的永仁县建县还要晚数十年。此前,明、清、民国时期的红河县分属六个土司领地,更往前的元代则是辖地极广的落恐万户,唐南诏时的伴溪落恐部落到大理国时期已经发展成为强悍的乌白蛮三十七部之一,有史料把"落恐"记作"落孔",书写不同而已。

----

* 《落恐山记》原载2018年4月6日《云南日报·花潮》,后收入云南省作协选编的《红河霓虹》一书。

落恐部落以落恐山名为名还是落恐山以落恐部落名为名，由于年代久远而无从得知，它们的互生关系就像鸡与蛋的互生关系一样，孰先孰后已不可切实考证，可以切实知道的是囊括落恐大山的红河县为当今世界上哈尼族最集中的地方，27万哈尼族占红河全县总人口的八成，占到国内哈尼族（哈尼族是一个国际民族）人口总数的百分之十五。落恐大山中部高，南北两面低，南面的水流入远处的把边江，北坡的流水则就近东入红河。落恐大山雨水充沛，草木丰茂，北坡沟壑纵横，梯田密布，哈尼族世居于此，和夷、斡泥、干泥、和泥是他们在史籍里的别称。哈尼族千百年来赖以生存的是像绳索一样缠绕在红河南岸落恐山腰上的梯田。当地人告诉我，红河梯田是六百年前开始开垦出来的，一个名叫吴蚌颇（这名字初听起来，怪怪的，细问写法，便疑心朝廷给他的这两个汉字别有用心，因为"蚌"是一种软体动物，而"颇"是不正的意思）的哈尼头人是开创者。我却不以为然，红河梯田在1100多年前就出现了，成书于唐代末年的《蛮书·云南管内物产》就有"蛮治山田，殊为精好""浇田皆用源泉，水旱无损"的记载。这些沿山而上的层层"山田"，不就是梯田吗？浇灌这些"山田"的不就是从山上流淌下来的泉水吗？这样的山田在云南很多地方都能见到，不过没有红河县的山田这么集中，特点这么鲜明，景象这么宏大。看着水汪汪的层层梯田，我脑海里呈现的是金灿灿的红米稻谷一台一台从谷底顺着落恐大山爬上坡来的壮观景象。收完稻谷，梯田里依然要灌满水，这个我深以为然，这或许就是这些梯田亩产只有三四百公斤的原因。这里的梯田没有炕田一说，因为经过太阳的光热炕酥的梯田，来年经水一泡，全部跑到山脚去了，再造这样一片梯田，又得花数十年上百年时间。因此，明代《农政全书》作田制划分时，梯田是单列成一种的。路遇一位扛着板锄去挖田的满姓哈尼汉子，得知大多数梯田的耕作既没法使用机械也很难使用畜力，得靠人工在灌满水的梯田里一板锄一板锄挖，割谷的时候也一样艰辛，要一镰刀一镰刀在水里进行，而"打谷子"也实实在在是用手工一把一把"打"，收和种都十分不容易。如果说梯田的开垦是大地上的雕刻，那梯田的耕种就是大地上的刺绣，稻谷成熟时爽爽的黄则是这种刺绣的主色调。

　　哈尼梯田与我们常见的水田大不一样，根植于梯田之上的哈尼歌舞和婚恋习俗也别具一格。从土司时代的封建领主制一步迈入社会主义后，哈尼族人用一曲唱响云岭高原、唱遍大江南北的《阿波毛主席》表达了他们对旧社会的抛弃和对新生活的热爱。盘田种地是苦的，在红河似乎要更苦。落恐山里，一片梯田有成千上万丘，沿着落恐大山从山脚一直往上修，层层叠叠，形如天梯，把这样的梯田盘好，是要有强健的体魄的，尤其要有一双健壮的大腿，在田间耕作时，无论男女，他们的大腿常常要裸露至根部，哈尼族歌舞《木屐然咪》生动地反映了这种生活状态。哈尼梯田耕作时有多艰辛，收获时就有多快乐，新米节、长街宴是他们释放这种快乐的独特的表达方式，对此我深有体会。和云南大多数少数民族一样，哈尼族人待客先用酒，哈尼话"喝酒"与远隔千里的永仁彝话竟然一模一样，使我疑心世界上真有两片完全相同的树叶。两地的节庆和婚俗也有相同的地方，在哈尼族众多的节日里，奕车人（哈尼族的一支）的"亚阿娜"又叫姑娘节。听红河本地人普圆圆讲，奕车人的"亚阿娜"和我们永仁县的直苴彝族赛装节特别像，奕车人的"扭热"和直苴彝族的"姑娘房"也特别像，青年男女通过节日或者什么途径认识，就会在族人或者家人专门给即将成年的姑娘们准备的"扭热"里相谈相知，过从甚密。在恋爱的季节里，他们是自由的、快乐的，"桃之夭夭，灼灼其华"，绝没有"东风无力百花残"的痛苦。他们的恋爱没有框框套套的束缚，热情大胆，热烈奔放，而又好说好散，说简单点就是我的婚姻我做主。可是到了真正结婚之后，有了孩子，绝大多数夫妇都会恪守一生，从一而终。

值得一提的是，千山万水相隔的两个少数民族节日形成的时间也大体相当，永仁直苴彝族赛装节源传于南诏时期，奕车人的"亚阿娜"形成于落恐部落时代。

第五辑

苴却后记

情悟天钧

——"永仁文学丛书（2013）"后记

"碧玉妆成一树高"，55篇散文，209首诗词歌赋，像一片片碎玉，像一颗颗小珍珠，散落在古称苴却现在叫作永仁的这块"山川交汇，人文荟萃"的土地上，我们用"永仁文学丛书"这棵"树"用心地将它们穿挂起来，公开出版了。

这套丛书得以编成，源于去年10月那场诗会。在李明峰县长的主持和推动下，确定了丛书编辑的体例、主旨和要求，开始了对这套丛书的书稿收集和编辑。"蛱蝶飞来过墙去，却疑春色在邻家"，我们生怕好诗文遗漏，总是多方求索，多次增补和精简。在《永仁恋歌》的编辑过程中，直接与部分作者进行了多次对接，努力做到既保证抽号数与诗句数一致的既定的创作规则，又保持诗形的完整和诗意的流畅。因为有《永仁恋歌》的分流，《方山情歌》来稿偏少，今年5月以来，我们做了几次采风和创作动员，对诗稿做了三次大的增补。编辑《永仁情怀》的主要工作是精简，来稿毕竟太多，在此要向支持我们编辑工作而作品没有收入的作者表示歉意。收集，编辑，出样书，主编审定，凡五稿，编成了这套丛书。这些诗文，技法可能粗糙，情感却很真挚，可能不是"风定花犹落"的纯然之作，可是诗文的高下毕竟人言人殊。但值得肯定的是，通过有组织的采风之后，他们对或熟悉或陌生的永仁有了个性化的感受，感于目，会于心，流于笔，情悟天钧。这套丛书收录的诗文，有的已在公开的报刊发表过，更多的是抒写永仁的处子秀，希望读者给予更多的宽容和鼓励。

阅读和创作都离不开热爱。"晴空一鹤排云上，便引诗情到碧霄"，让这些诗文，像高高飞翔的鹤群，能激发人们对文学暖暖的爱意，甚至尝试着创作，组织诗会和编辑这套丛书就不虚此举了。倘若由此而了解和热爱永仁这块土地以及这块土地上劳作的人们，那更是预想之外的收获。

感谢所有关心这套丛书的人！感谢所有阅读这套丛书的人！

2013年9月23日

春风又绿

——"永仁文学丛书（2014）"后记

沐浴着县委、县政府"文化名县"的春风，"永仁文学丛书（2014）"顺利出版了。这套丛书由《永仁诗韵》《永仁散文》《永仁小说》《永仁民间故事》组成，是"永仁文学丛书（2013）"《方山情歌》《永仁恋歌》和《永仁情怀》的继续。出版丛书，目的是为永仁文学爱好者搭建平台，鼓励本土创作，繁荣地方文艺。

今年丛书收录原则是"永仁人创作的文学作品或以永仁为背景创作的文学作品"，鼓励永仁人写永仁，欢迎县外人写永仁。我们以此为基本要求，借去年文学创作和结集出版的东风及其激发的热情，发出征稿启事，组织采风，鼓励创作，获稿颇丰。在收集稿件、阅读稿件、编辑稿件的过程中，我们也在比较、体悟、检讨中获知差距、获得提高。文联订阅的 10 余种文学刊物，全省 129 个区县文联、18 个州市文联以及周边省份部分区县文联凡寄给我们的刊物（文学季刊《方山》也同样寄往这些地方），我们期期浏览；收到的日报副刊，我们日日翻阅。同时，每隔一段时间，我们都会通过互联网搜索有关永仁元素、苴却元素创作的文学作品。留心搜集的过程，就是我们阅读编辑的过程，也是我们学习借鉴的过程。

在编辑《永仁民间故事（一）》的过程中，我们向退休干部杞宗顺、范兆云了解了当年搜集整理的相关情况，直接使用 1981 年和 1988 年县文化馆两次搜集整理的资料，分为彝族、傣族、傈僳族、汉族四类重新进行了梳理、编辑、校对。《永仁民间故事（二）》是我们文联于 2013 年下半年和 2014 年组织采写的，署名者即采写者。这部分稿件的编排我们按照采风的时间顺序，即宜就、莲池、永定、维的、猛虎、中和、永兴来确定的。《永仁诗韵》《永仁散文》和《永仁小说》收录的作品，既有名家写永仁的优秀之作《那是我们学习的榜样》，也有本土作者的起步之作《这或许会成为我们的希望》，均是本职工作之外的努力，精神可嘉，应该鼓励。文联的几个人，虽然没有专业之长、专研之工，但职责所系，又有领导的鼓励和爱好者的期盼，我们乐于学、乐于做这方面的工作，为永仁文学艺术爱好者、创作者作嫁衣裳。

这套丛书通过三轮讨论编排，正式出版发行了，可谓修成正果。然而，诚如作家汤世杰老师所言："做书事小，人生事大。"

阅读不止于阅读，还阅世，让有心阅读的人在"阅读"这样的小事中对家乡、对自己、对人生有所感悟吧！

创作温暖灵魂，阅读温暖生活。祝愿我们永仁这小块文学绿洲绿了又绿！

2014年10月27日

苴却钩沉

——2015年永仁文学作品集《古道钩沉话苴却》后记

《古道钩沉话苴却》出版了，这是永仁县文联继"永仁文学丛书（2013）""永仁文学丛书（2014）"之后的一本以时间纵向为线、以地域苴却为面编辑出版的地域性、文史性较强的文学作品集。

古地苴却是现今还有新石器时期遗迹存留的人类家园，是秦汉灵关道、隋唐姚嶲道从北往南过金沙江第一站，地处川滇交界"环金沙江大曲之中心"之要冲，开发很早而记述简略。然居此终老的乡贤，身居异乡的游子，远游到此的墨骚，或有记述，雪地留痕，成为"发思古之幽情"的触点，后来人据此探寻古人遗迹，追思先人艰辛，珍惜当下，宏想未来。

乱世尚武，盛世著文，一批批有识之士有志于此，查古籍，阅史料，访遗迹，在古称苴却现名永仁的这块土地上开启了一次次小小的地域文化之旅，由此触发的思绪，不记不写不痛快，一旦写就，快然怡然。这些文章，有的侧重地理沿革，有的侧重民风民俗，有的据一点而发散开来，汪洋恣肆，一篇篇"钩沉苴却"的地方文化散文由此而成。至于发生于苴却古道上的历史往事，不同的作者见到的史料不一，视角不同，结果有异，我们姑且存之，给有兴趣的读者思之辨之。

本书编辑经历了漫长的"编辑选稿"和集中的"公开征稿"两个阶段，共选入文章47篇。选录的这些文章，有的在公开报刊发表，有的载于省州内刊，有的还是第一次面世，绝大多数篇目选编自我们县文联的文学季刊《方山》。我们为之编辑成书，公开出版，尽可能地接近历史的真相，尽可能地展示感悟者的个性思考，这与苴却的历史原貌或有偏差，诚盼专家与读者不吝赐教。

2015年12月25日

不拔的老张*

——《乍石地名考释》序

老张是我的常客，三天两头来。来了，恰好我手头无事，就一起海阔天空神款，所款无非苴却旧事。要是我正在忙，他便寥寥数语寒暄，轻轻放下材料，匆匆离去。他的材料，有时是三两张纸稿，手写的；有时是一沓资料，复印的。后来再来，就只带一个U盘——老张也与时俱进了。要是来了碰不到我，下次见面就说些戏谑的话。就这样，我与老张渐渐熟识。老张名叫张绍祥，乍石人，乍石是云南省永仁县第一个建立农村党支部的地方，背

---

*《不拔的老张》是为永仁本土作家张绍祥《乍石地名考释》写的序，云南楚雄网文苑栏目编辑选用时被改名为《常客老张》，后来在《楚雄日报·马樱花》刊出时被改名为《老张》。

景是红色的，老张也是红色的，虽年近古稀，却不失生活的激情。老张幼年就学乡间，及壮，先在部队服役，退役后在永仁县邮电局、县林业局、县属永定林场、县乡镇企业局下面的小厂等单位和企业工作过，做过测绘、驾驶、办厂等工作，现在算作企业工人退休，在永仁县社保中心领很低的退休工资。工资虽低，老张也不抱怨。老张之意不在工资，在乎桑梓也，醉心于家乡的资料搜集整理，整理了"永仁之最"数千条。世间事，难能则可贵，难得则珍惜。老张难能而为，难得的是他河北保定来的爱人很支持，当了医生一辈子，现在退休在家为他煮饭。他珍惜这样的时光到处跑，为查看一处断崖，或辨别一块残碑，有时在山梁上，有时在田坝里。

一天，老张带来一大摞资料，全是规整的打印稿，说要出一本村志，搞了好几年了，要我帮忙整理成书。我觉得职责不对口，再说"永仁文学丛书（2014）"四本书已经忙得不可开交，就拒绝说要是我参与了，人家会说那是编故事，存史的功效全无，岂不是白整。他还要坚持，我则厉言坚持拒绝。由是，老张悻悻离去。半年后，书出来了，送来一本，我看着蓝色的封面，似乎看到自己内心的愧疚。过一年，老张又送来一本书的半成品给我，书名叫《乍石地名志》，让我提点意见，另外要我一定在书的前面写点什么。我初看一遍，说了些想法，老张欣然接受。在随后的编辑过程中，对本书的了解也随之深入，老张在这本书中详细记录和考释了乍石这个地方大大小小的地名原来彝话怎么说，现在汉语怎么讲，具体位置何在，因何得名，很有意思的。又一天，老张来，很急的样子，说有人提出书名不妥，要改改，问我想法。

这几天，我也在想着这事，就说叫《乍石地名考释》怎么样？这个书名私人些、自由些，不那么官方。他表示认可，又轻声念了两遍便走了。

看着老张离去的背影，觉得老张爱家乡真是有股韧劲的，遂想起苏轼《晁错论》里的那句话："古之立大事者，不惟有超世之才，亦必有坚忍不拔之志。"忍者，韧也。说是"大事"，其实苏轼的本意是要强调一个"韧"字。其实，何止大事，小事也是如此。

有人爱家乡，就在家乡盖一所大房子；有人爱家乡，就在家乡修一座巨大的碑墓。老张爱家乡，就邀集乡贤，为家乡写了两本书，一本叫《乍石志》，一本叫《乍石地名考释》。

老张的家乡乍石，正在建设的成昆铁路复线要从村里经过，不久要在那里建一座方圆数平方公里的客货两用火车站，还将配套一个很大的物流园区，地形和地名或将不存。从这个意义上讲，老张编写这本书，意义或不止于当下。

2015年10月15日

苔花绽放

——2016年永仁本土作者文学作品集《苔花》后记

《苔花》是永仁本土作者获奖和公开发表的文学作品集，是永仁县文联自2013年以来编辑出版的第九部文学作品集。

我们永仁这些本土的文学爱好者、创作者，就像千山万壑中生生不息的苔花，在为生活而忙碌的同时用文字记录生活，生活于是如苔花绽放。记得小时候在元谋多克，跟随大人上山采苔花，回想起采回来的苔花在灶膛里引燃光热，与我们这种小地方普通人的文学创作和发表何其相似。年初以来，我们把永仁本土作者历年来获奖的和在公开刊物上发表的文学作品采录起来，这就像在苴却这块古老土地上的一次远途跋涉之后的采撷。编辑《苔花》，成书出版，是为2016年永仁文学作品集。由于受限于本书的容量和搜集的困难，采编的原则，《楚雄日报》以2015年以来为限，《金沙江文艺》以2005年以来为限，因为从2004年12月永仁县文联成立以来的《金沙江文艺》我们有完整的目录，寻找稿件就方便一些，但也尽可能地搜寻到之前的作品。获奖作品和省级及以上刊物公开发表的文学作品，我们尽可能地全部收录。编排的原则，无论戏剧、诗歌、散文，还是小说，均以获奖或发表的时间为序。收集和实证工作很是繁杂，有的作品又很难找到，有的直接找不到，比如永仁本土彝族作家基默热阔在永仁县文化馆工作时创作的小说《芦笙神》曾经获云南省首届少数民族文学评奖一等奖，我们通过多种渠道多方寻找，但还是连纸质版本都没有找到，更不要说电子版本，成为遗珠之憾。

我们要向这些在最底层默默耕耘的文学爱好者、创作者致以敬意。他们，诚如袁枚咏唱的《苔花》："白日不到处，青春恰自来。苔花如米小，也学牡丹开。"

文学引人向善，文学之花开向美好，给人以梦想和希望。作为永仁文艺工作者，我们期望着，生活在永仁这小块土地上的文学爱好者、创作者即便小如苔花，也会如期绽放。

2016年5月23日

阳光照耀

——《文化楚雄·永仁》后记

万物生长靠太阳，日照全省第一、全国第二的永仁早在石器时代就有人类的炊烟在这里袅袅升起，宜就大石门半穴居遗址、永定菜园子半地穴式窝棚建筑、维的打米嘎列石棺墓葬群、永兴灰坝岩画，一再证明今名永仁、曾称苴却的这块古老的土地是人类的早期家园。秦汉以来，这里是沟通成都平原和洱海地区的秦汉零关道、隋唐姚嶲道的必经之地、必驻之所，以至于诸葛亮平定南中、史万岁平爨都取道这里，完成伟业。唐初在苴却设置微州，管辖深利、十部二县，高宗永隆元年（680年）至武则天垂拱元年（685年）为吐蕃短期占领，天宝战争后长期没于南诏，南诏在此地大量移民，乌蛮、白蛮在这里生存繁衍，发展壮大，至今在这块2189平方公里的土地上还有百余个带有"苴"音的地名和村落。"苴"为南诏土语，"俊美"的意思，这在成书于唐代末年的《蛮书》里记载得很清楚，流传了千余年的直苴彝族赛装节该是那个时代硕果仅存的民风民俗活化石。蒙古宪宗时期，忽必烈大军万里大迂回破袭大理政权之后，把云南的政治经济文化中心从洱海地区转移到滇池地区，连接成都与大理的大通道在会理往东一拐，在金沙江上新开龙街渡，取道元谋马头山，往一个元初始称昆明的地方去了。川滇交通大道于是取代了连接成都平原与洱海地区的这条古老的交通大道，南诏称为末栅馆的永仁拉鲊渡口日趋没落，地处"环金沙江大曲中心"的苴却从此成为偏僻之地，一度沦为野蛮土司制下的边地。到清代初期，后来官至泰安府知府的张迎芳来到这里时曾经发出这样的感叹："滇云远居天末，苴却又极末之末"，是"教化未易覃敷"之地，文化荒漠成为此地印象。近年来，随着地方史志的搜集整理，当地碑题石刻的发现和印证，"苴却有进士、举人、贡生近百人"，驰名中外的苴却砚就是苴却文化人的一大创造，让世人读破了永仁没有文化的误会。

改革开放后，得天独厚的日照资源得到充分利用的永仁获得空前发展，生产日见进步，生活日趋富足，一二月份的草莓、三四月份的樱桃、五六月份葡萄和小枣、七八月份的油橄榄和石榴、九月十月的晚熟杧果，冬腊月的冬桃和冬梨，一年四季水果不断的阳光土地，一年四季不停发电的光伏电站……新时代新产业使文化永仁的内涵得到深化、外延得到拓展。于是，应势而为，开启了《文化楚雄·永仁》的写作。

《文化楚雄·永仁》撰写提纲经中共永仁县委宣传部批准后，

在云南人民出版社的具体指导下历时八个多月完成全书的撰稿。《文化楚雄·永仁》是对永仁文化的一次梳理，我撰写了"四千年苴却家园炊烟袅袅""两千年苴却古道交通南北""四百年苴却黉学浸润濡养""彝绣：指尖云朵，从直苴飘出"四章，李跃慧撰写了"姑娘房：不可辜负的青春盛会""魂兮归来：彝族丧葬习俗"两章，冯自科撰写了"阳光泼洒下的秀美山河""阳光托起来的幸福生活"两章。本书图片由文本所需组织实地拍摄和向社会公开征集两部分组成，当是反映永仁历史和现实的优秀之作。全书的统稿由我负责完成。这是我们以文学艺术的形式挖掘本土文化的一种尝试，力图展现古道永仁、赛装永仁、阳光永仁，然文化即人化，人事繁钜而记载简扼，卷帙浩繁而梳理艰难，其中疏略纰缪，敬请读者切实纠指，以期将来匡正。

2017 年 10 月 27 日

苔花点点

——2018年永仁本土作者文学作品集《苔花续编》后记

"苔花如米小,也学牡丹开",这既是我们文联文艺工作者的期望,更是我们写作者在阅读、创作过程中应该具有的勇气。让我们感到欣喜的是,看到这两年多来永仁本土写作者发表、获奖和受到表扬的文学作品,竟有四十多万字。永仁本土写作者,从《方山》走出来,在新时代的阳光照耀下,他们苔花绽放,他们苴却钩沉,他们春风又绿,他们情悟天钧,这是鼓励也是鞭策,激励着我们编辑出版这本永仁本土作者受表扬作品、获奖作品、发表作品合成的文学作品集——《苔花续编》。这是继2016年《苔花》之后再次编辑出版永仁本土作者发表类、获奖类文学作品集，算来是 2013 年以来我们县文联连续公开出版的第十一本文学作品集。

牡丹有牡丹的雍容与热闹，苔花有苔花的自在与悠然。我们期盼生活在永仁这片土地上的写作者多写作品、多发作品，愿他们像苔花繁星般点点盛开。

2018 年 12 月 18 日

后 记

  我有一群散兵,流落各处,现在用《苴却记》把他们集合起来了。《苴却记》分为"苴却钩沉""苴却风闻""在苴却记""出苴却记"和"苴却后记"五辑,凡43篇。这些作品的篇幅长短不一,长的两三万字,短的四五百字,都是近四五年来在报纸书刊上公开发表的文学作品。这些作品的质量参差不齐,但还算是长成了我认为的作品模样。偶尔有人读过,或觉得有意思,或觉得没意思,但是我觉得有意思,于是《苴却记》就诞生了。诞生之前,在后面写上这些话,且作后记。

  这些散兵集结,是一种结束,也是另一种开始。

文芳聪
2019 年 11 月 25 日